Mari Roth

You know I love you

Cynthia und John Lennon und die Anfänge der Beatles

atb aufbau taschenbuch

Mari Roth

YOU KNOW I LOVE YOU

Cynthia und JOHN LENNON
und die Anfänge
der BEATLES

Roman

atb aufbau taschenbuch

MIX
Papier | Fördert gute Waldnutzung
FSC® C083411

ISBN 978-3-7466-3972-7

Aufbau Taschenbuch ist eine Marke der Aufbau Verlage GmbH & Co. KG

1. Auflage 2023

www.aufbau-verlage.de
10969 Berlin, Prinzenstraße 85

Satz LVD GmbH, Berlin
Druck und Binden CPI books GmbH, Leck, Germany

Printed in Germany

»Als ich fünf Jahre alt war, sagte mir meine Mutter immer, dass das Glücklichsein das Wichtigste im Leben ist. Als ich zur Schule ging, fragten sie mich, was ich sein wollte, wenn ich erwachsen war. Ich schrieb ›glücklich‹ hin. Sie sagten mir, dass ich die Aufgabe nicht verstanden habe, und ich sagte ihnen, dass sie das Leben nicht verstanden haben.«

JOHN LENNON

PROLOG

Als sie seine Stimme im Radio hörte, erschrak sie. Sie war auf der Straße gewesen und hatte ein paar Flaschen Milch in ihr Bistro in Wales hineingetragen. In einer halben Stunde würde sie öffnen, so wie jeden Tag, doch da lief dieser Song im Radio. Es war seine Stimme, zweifellos, aber dieses Lied kannte sie nicht. »Woman«, sang er, »please let me explain I never meant to cause you sorrow or pain.«

Sie stellte die Kiste mit den Milchflaschen ab und sank auf den ersten Stuhl gleich hinter dem Eingang. Fast hörte es sich an, als hätte John diese Worte an sie gerichtet und sie um Entschuldigung gebeten, und wie gern hätte sie das auch geglaubt, aber sie wusste genau, dass es nicht so war. Trotz ihres gemeinsamen Sohnes hatten sie schon seit Jahren kein Wort mehr miteinander gewechselt. Er war nach Amerika, in eine andere Welt verschwunden.

Dann moderierte der Sprecher im Radio den Song ab. »Ein neuer Song von dem genialen John Lennon. Am 17. November ist sein neues Album erschienen, das er mit seiner japanischen Ehefrau …«

Cynthia stand auf und stellte das Radio hinter der Bar mit einer schnellen Handbewegung ab.

Ich spüre keinen Kloß im Hals, sagte sie sich, ganz und gar nicht. Ich habe eben nur einen hübschen Song im Radio gehört, zufällig von meinem Exmann und Vater meines einzigen Sohnes, der schon seit einer Ewigkeit, wenn ich mich nicht täusche, keine Platte mehr herausgebracht hat. Es hatte geheißen, dass John Lennon sich ganz um seinen kleinen fünfjährigen Sohn kümmern wolle …

In den nächsten Tagen schaltete sie das Radio nicht mehr an. Offenbar hatte auch Julian nicht mitbekommen, dass sein Vater ein neues Album herausgebracht hatte. Jedenfalls verlor er kein Wort darüber.

Die beginnende Vorweihnachtszeit hielt sie alle auf Trab. Aber der Gedanke an John ließ Cynthia nicht los. Sie dachte an ihre gemeinsamen Anfangstage, ihr Kennenlernen am Art College, nicht an die hässlichen Tage zum Schluss, an ihre Scheidung und an das Gefühl, betrogen worden zu sein.

Ich muss Julian mehr über seinen Vater erzählen, nahm sie sich vor. Wie es damals in Liverpool gewesen ist, Ende der fünfziger Jahre. Julian war selbst ein begabter Gitarrist.

Doch wo hätte sie anfangen sollen mit ihrer Geschichte? Sie war doch froh gewesen, aus allem heraus zu sein, fernab in Wales.

Als sie Anfang Dezember wegen eines Anwaltstermins nach London fuhr, schaltete sie das Radio immer noch nicht ein. Trotzdem wusste sie, dass Johns neues Album ein Megaerfolg war, und das war ja auch nicht verwunderlich. John war ein Genie, seinen Song »Imagine« würde man noch in hundert Jahren spielen, und die Beatles waren, obschon sie sich bereits vor zehn Jahren aufgelöst hatten, eine Band, die man niemals mehr vergessen würde.

Am Abend blieb Cynthia bei ihrer Freundin Maureen in London. Auch sie hatte eine Geschichte mit den Beatles und war eine Ex – sie war von 1965 bis 1974 mit Ringo Starr verheiratet gewesen und hatte sogar drei Kinder mit ihm.

Das Haus war voller Gäste, eine richtige Party war im Gange, von der Cynthia sich kurz vor zwölf Uhr verabschiedete. Doch mitten in der Nacht stand plötzlich Maureen an ihrem Bett im Gästeschlafzimmer und rüttelte sie wach.

Maureen war aschfahl. »Es ist etwas passiert«, sagte sie mit heiserer Stimme. »Ringo ist am Telefon und will mit dir sprechen.«

Es war der neunte Dezember, gegen vier Uhr in der Nacht.

Für einen Moment, während Cynthia sich aufrichtete und zum Telefon hinunterwankte, hatte sie Angst, dass etwas mit Julian sein könnte. Ein Feuer im Bistro? Ein Autounfall? Aber warum hätte dann ausgerechnet Ringo sie anrufen sollen?

Sie nahm den Hörer in die Hand. Ihr Herz klopfte so laut in ihrer Brust, dass sie schon fürchtete, gleich ohnmächtig zu werden.

Sie musste sich räuspern, um überhaupt einen Ton sagen zu können. »Hallo, Ringo«, brachte sie mühsam hervor. »Hier ist Cynthia.«

Im nächsten Moment hörte sie nur einen tiefen Atemzug, dann sagte eine unsichere Stimme, von der sie lediglich ahnen konnte, dass sie Ringo gehörte. »Es tut mir leid, Cyn. John ist tot. Er ist vor seinem Haus in New York erschossen worden.«

Die nächsten Worte, die Ringo sagte, verstand sie nicht mehr wirklich. John war tot. Ihre Hand zitterte, sie hatte das Gefühl, nicht genug Luft in ihre Lungen zu bekommen. John, die Liebe ihres Lebens, war tot. Er war am Abend in New York erschossen worden, mitten auf der Straße …

Dann kam ihr ein anderer Gedanke, der sie ebenso in Panik versetzte. Sie musste zurück nach Wales, zu ihrem

Sohn – Julian durfte nicht aus dem Radio oder dem Fernsehen erfahren, dass sein Vater ermordet worden war, sondern sie musste es ihm beibringen – so schonend wie möglich. Niemand sonst.

Kaum eine Stunde später war sie schon unterwegs, aber natürlich kam sie zu spät. Ihr Haus in Wales wurde schon von Journalisten und Kamerateams umlagert. Die ganze Welt wusste bereits, dass der legendäre John Lennon am achten Dezember 1980 vor seinem Haus Ecke 72. Straße/ Central Park West um 22 Uhr 50 Ortszeit von einem Mann erschossen worden war, der einmal ein großer Fan der Beatles gewesen war, sich dann aber in den Wahn verrannt hatte, der Welt beweisen zu müssen, dass er kein Niemand war.

1. KAPITEL

Liverpool 1958

Cynthia hatte ihn schon früher gelegentlich gesehen, er war einer dieser Teddyboys, die mit ihren engen, schwarzen Röhrenhosen und ihren Wildlederschuhen in Liverpool neuerdings an jeder Ecke herumhingen, aber er lachte noch lauter als die anderen, dabei waren seine Augen voller Traurigkeit. Ja, das hatte sie gedacht: Er macht einen auf groß und stark, doch seine Augen sind abgrundtief traurig. Einmal hatte sie gesehen, dass er eine Gitarre auf dem Rücken trug, aber so nebensächlich, als gehöre sie einfach dahin, als sei sie ihm buchstäblich auf dem Rücken festgewachsen.

»Er heißt John«, hatte ihre Freundin Phyl ihr gesagt, als sie ihn wieder einmal vor dem Art College gesehen hatten, »John Irgendwer. Manchmal sitzt er im Bus hinter mir, aber, Cyn, er ist bestimmt nicht dein Typ. Außerdem hat er wahrscheinlich eine Freundin.«

»Klar«, hatte sie erwidert. »Klar, gar nicht mein Typ, auf keinen Fall.«

Jungs, besonders Teddyboys wurden ohnehin überschätzt und machten einem meistens nur Ärger.

Patrick etwa – erst hatte er sie angehimmelt, hatte sie ins Abbey Cinema eingeladen, doch nachdem sie einmal miteinander geschlafen hatten, ein sehr kurzes, enttäuschendes Erlebnis, an das sie sich lieber nicht genauer erinnern wollte, hatte er ihr gestanden, dass er sich in ein rothaariges irisches Mädchen verliebt hatte, das neuerdings in der Nachbarschaft wohnte, und dass nur noch an sie denken konnte. Er hatte Cynthia sogar den Schal zurückgegeben, den sie, dumm, wie sie gewesen war, zu seinem Geburtstag für ihn gestrickt hatte, aber keine Sorge, Paddy, so etwas wie einen Schal stricken würde sie nie wieder für jemanden tun, schon gar nicht in einem knalligen Rot, das ihr selbst nicht gefallen hatte.

Sie liebte es, zu malen und sich in Bilder zu vertiefen. Gemälde von berühmten Künstlern wie van Gogh oder Picasso anzuschauen verhieß für sie einen Blick in eine andere, bedeutungsvolle Welt. Als Kind hatte sie einen Sommer lang versucht, einen Nachthimmel zu malen, wie es van Gogh in seinem berühmten Bild »Café-Terrasse in Arles« gelungen war. Natürlich hatte sie es nicht geschafft, aber damals schon hatte sie beschlossen, dass sie Kunst studieren wollte. Und nun hatte sie sich vorgenommen, einen guten Abschluss zu machen, und dann würde sie Kunsterzieherin werden und Kindern das Zeichnen beibringen und ihnen erklären, wie viele wunderbare Malerinnen und Maler und Kunstwerke es auf der Welt gab. Und dass diese Künstler die Welt mit einem besonderen Blick sahen. Das hatte sie auch ihrer Mutter versprochen – und insgeheim auch ihrem toten Vater, der 1956, ein Jahr bevor Cynthia auf das Art College gegangen war, nach einem schweren Krebsleiden gestorben war. Sein Leben lang hatte er filterlose Zigaretten geraucht. Es hatte ihn am Ende umgebracht.

John Irgendwer tauchte in der zweiten Stunde des Kalligraphiekurses auf, den sie in ihrem zweiten Jahr am College of Art belegt hatte. Zuerst sah sie nur seinen alten abgewetzten Mantel, den er immer trug, dann seine traurigen Augen hinter der hässlichen schwarzen Hornbrille. Er winkte dem Lehrer lässig zu, ein beiläufiges Handheben, und steuerte, ohne sich für sein Zuspätkommen zu entschuldigen, wie es jeder andere getan hätte, geradewegs auf den Platz hinter Cynthia zu. Er bedachte sie mit einem flüchtigen Blick und hob die Augenbrauen an, als wolle er sagen: Was glotzt du so? Ich bin doch nur ein wenig spät dran.

Sie hörte, wie er sich den Stuhl hinter ihr zurechtschob, dann, nur eine Sekunde später, beugte er sich vor, sein Mund nah an ihrem Ohr. »Sweetheart«, hauchte er, »könntest du mir ein paar Sachen leihen? Einen Bleistift und ein paar Blätter aus deinem Block? Kriegst du nächste Woche wieder.«

Cynthia überlegte, so zu tun, als hätte sie ihn nicht gehört, und einfach mit der Kalligraphieübung weiterzumachen, die Mister Morgan, ihr Lehrer, ihnen aufgegeben hatte, doch da schwebte sein Mund wieder an ihrem Ohr. »Ich bin zwar etwas kurzsichtig, aber wenn ich das richtig sehe, hast du drei Bleistifte vor dir liegen. Ich brauche nur den linken, den gelben. Dann bin ich ganz lieb und happy.«

Wortlos und ohne ihn anzuschauen, reichte sie ihm ihren gelben Bleistift und ein Blatt aus ihrem Block nach hinten. Sie war ehrlich gespannt, was er nun zeichnen würde, irgendwie hatte sie das Gefühl, er würde etwas Besonderes zustande bringen.

»Der Künstler dankt«, flüsterte er ihr in einem ironischen Tonfall zu. Seine Finger berührten für einen Moment ihre Hand. »Hast mir wirklich geholfen.«

In der Woche darauf ließ John Irgendwer sich nicht im Kurs blicken. Insgeheim war sie sogar ein wenig enttäuscht. Natürlich hatte er ihr den Bleistift nicht wiedergegeben, sondern war am Ende der Stunde mit übertriebenen Bewegungen wie eine Ente nach vorn gewatschelt und hatte dem Lehrer sein Blatt hingeworfen – statt einer Kalligraphieübung hatte er eine Ente gezeichnet. Dann war er, irgendeinen Song summend, aus dem Klassenzimmer verschwunden und hatte sich selbst applaudiert.

Als sie nun nach dem Unterricht aus dem Gebäude trat, sah sie ihn neben dem Eingang hocken. Er spielte Gitarre. Zwei Mädchen und drei Jungen, von denen sie einen, ein hübsches Milchgesicht, schon einmal gesehen hatte, hatten sich zu ihm gesellt.

»Ain't she sweet?« Plötzlich erhob John Irgendwer seine Stimme und starrte zu ihr herüber. »Ain't she sweet, boy?«

Das Milchgesicht neben ihm stimmte gleich mit ein und sang auch: »Ain't she sweet, boy? – Yeah, yeah, yeah.«

Cynthia spürte, dass sie eine Sekunde zu lang in Johns Richtung geschaut hatte. Mit einer kurzen Geste hatte er sich seine hässliche Hornbrille ins dunkle Haar geschoben.

Du bist ein Idiot, John, dachte sie, und als hätte er ihre Gedanken erraten, lachte er plötzlich laut auf, traktierte noch härter die Saiten seiner Gitarre und wiederholte sein »Ain't she sweet?«.

Cynthia beeilte sich, zu ihrem Bus zu kommen. Sie schaffte es, sich nicht noch einmal umzudrehen. Er war wirklich ein Idiot mit seinem aufdringlichen Gehabe, aber eines musste man ihm lassen: Er hatte eine gute Stimme, sie klang weich und melodisch, aber nicht so schmalzig wie diese Sänger im Radio, die ihre Mutter so gern hörte. Und richtig übel sah er auch nicht aus.

2. KAPITEL

Er konnte nichts dafür. So viel Wut war manchmal in ihm, dass er zum Hafen hinunterlief und sie hinausschreien musste. Am liebsten hätte er wie ein echter Boxer auf etwas eingeprügelt, aber nein, seine Hände waren kostbar, sie durfte er auf keinen Fall verletzen. Stattdessen sammelte er Steine auf und warf sie in den Mersey oder gegen eine Schiffswand, wenn er sich nahe am Kai aufhielt. Es tat gut, die Steine über das Wasser hüpfen zu sehen und zu schreien. Das Art College ging ihm mit jedem Tag mehr auf die Nerven. Er wollte Musik machen, wollte spielen, nicht irgendwelche chinesischen Schriftzeichen malen oder Bücher über Kirchenmalerei lesen. Aber nicht nur das nervte ihn – die Enge in Liverpool, wo die Leute offenbar froh waren, dass sie wieder ein paar Penny mehr verdienten und keine Bomben mehr fielen. Und besonders wütend wurde er, wenn er an seine Mutter dachte, an ihren schrecklichen, ungerechten Tod.

Wenn er genug Steine in den Fluss geworfen hatte und dann der Mond hervorkam oder zumindest die Dämmerung hereingebrochen war, legte er sich irgendwo abseits ins Gras und redete mit seiner Mutter.

»Julia«, flüsterte er vor sich hin, »ich hätte besser auf dich aufpassen müssen. Und was wird nun aus deinem Banjo? Wir können nicht mehr zusammen Musik machen und Platten von Chuck Berry und Elvis hören, verdammt.«

Mit ihrem Tod war sein Unglück komplett geworden. Dieser Gedanke drehte sich in solchen Momenten in seinem Kopf. Auch wenn er nicht dabei gewesen war, sondern ausgerechnet bei seiner Mutter im Haus gewesen war und auf seine beiden Halbschwestern aufgepasst hatte, sah er es vor sich, wie Julia aus der Tür lief, wie sie Mimi, ihrer Schwester, zuwinkte und dann … dann, nur wenige Atemzüge später, raste das Auto dieses Betrunkenen heran, traf sie, seine schöne, lebenslustige Mutter, die den Zebrastreifen überquerte, um zur Bushaltestelle zu gehen, und sie wurde durch die Luft gewirbelt. Julia Lennon, geborene Stanley, Mutter von drei Kindern, wurde förmlich aus dieser Welt hinausgeschleudert. Sie sei sofort tot gewesen; er hatte gehört, wie Mimi das einer Nachbarin erzählt hatte. Es hatte wie ein Trost klingen sollen, aber für ihn war es das nicht.

»Julia«, sagte er still in sich hinein, »ich wollte einen Song für dich schreiben, einen richtig guten Song, den wir dann gemeinsam gesungen hätten, auf der Bühne, bei einem richtig fetten Konzert. Ich hätte den Jungs gesagt, sie sollen mal eine Pause machen, und dann hätte ich dich auf die Bühne geholt, vor aller Augen, und wir hätten unseren Song gesungen – John und Julia.«

Warum war seine Mutter überhaupt bei seiner Tante gewesen? Er hatte Mimi drei Tage nach der Bestattung danach gefragt. Vorher hatte er sich nicht getraut, weil Mimi ganz gegen ihre Gewohnheit kaum ein Wort gesprochen hatte.

Aber Mimi hatte ihn nur mit einem langen, strengen Blick bedacht, wie sie es oft tat. »Wasch dir die Hände vor dem Abendessen«, hatte sie gesagt, statt ihm eine Antwort zu geben.

Er glaubte jedoch, die Antwort zu kennen. Julia wollte ihn wieder zu sich nehmen. Deshalb war sie gekommen. Seine Mutter wollte, dass er wieder bei ihr lebte statt bei Tante Mimi, bei ihr, bei Bobby, ihrem Freund, und bei seinen beiden kleinen Schwestern. Ja, einen anderen Grund konnte es nicht gegeben haben. Deshalb hatte sie gewollt, dass er nicht da war, sondern in Julias Haus. Damit sie mit ihrer älteren Schwester Mimi alles in Ruhe besprechen konnte.

Wenn er seine Wut hinausgeschrien und mit seiner toten

Mutter gesprochen hatte, ging es ihm eine Weile besser. Sollte er noch bei Paul vorbeigehen oder gleich zu Stu?

John entschied sich dagegen und bereute es, als er sah, dass in seinem Haus noch Licht brannte. Seine Tante wartete auf ihn und saß wie so oft in ihrem Sessel am Kamin, schlafend, bei angeschaltetem Radio, aber sie schreckte sofort auf, sobald er die Tür aufgeschlossen hatte.

»John, my dear, wo warst du so spät noch?«

»Bei Paul«, erwiderte er wie meistens, auch wenn es nicht stimmte. Mimi mochte Paul, weil er so höflich war und gute Manieren hatte. Stu hingegen, der so gut wie nie mit ihr sprach, konnte sie nicht leiden. »Wir haben noch ein wenig geprobt. Bald haben wir wieder einen Auftritt.«

»Du sollst nicht proben, sondern an dein Studium denken. Wozu gehst du schließlich auf das Art College?«

Ja, wozu ging er dahin? Es gab keinen wirklichen Grund. Er ging dahin, weil ihn eine andere Schule noch mehr angeödet hätte. Immerhin interessierte er sich für Cartoons und zeichnete selbst welche, auch wenn die natürlich nicht den Ansprüchen seiner Lehrer entsprachen. Aber meistens schwänzte er den Unterricht, was allerdings nicht groß auffiel, oder es kümmerte niemanden wirklich. Auch ein Vorteil, am Art College eingeschrieben zu sein. Niemals würde er Lehrer oder so etwas werden. Leute, die einem sagen wollten, was man zu tun und zu lassen hatte, verabscheute er.

»Dein Onkel wäre stolz auf dich, wenn du einen guten Abschluss machen würdest.«

Immer wenn Mimi nicht mehr weiterwusste, brachte sie ihren Mann ins Spiel. Uncle George war ein feiner, sehr leiser Mann gewesen, der immer gut zu ihm gewesen war, aber er hatte sich ebenfalls davongemacht. Er war tot umgefallen, als John bei seiner anderen Tante in Edinburgh zu Besuch gewesen war. So ähnlich hatte John sich dessen Tod jedenfalls vorgestellt. Innere Blutungen – Leberzirrhose –, daran war Uncle George wohl gestorben, fast von einem Tag auf den anderen.

»Mit Musik kann man jedenfalls kein Geld verdienen. Auch wenn deine Mutter dir diesen Floh ins Ohr gesetzt hat, aber sie hat ja auch keinen Penny mit ihrer Singerei verdient, sondern musste kellnern gehen.« Wenn Mimi einmal in Fahrt war, hörte sie nicht mehr auf. »Ich weiß genau, dass du oft zu ihr gefahren bist – heimlich.« Das Wort »heimlich« spie sie ihm entgegen. Seit er bei ihr lebte, weil seine Mutter mit einem Mann, der nicht sein Vater war, zusammenlebte und damit in ihren Augen Unzucht betrieb, hasste sie es, wenn er zu Julia ging. »Du hast die Schule geschwänzt, und ihr habt Platten gehört – Rock 'n' Roll –, oder wie heißt das?«

Einmal hatte er Mimi in der Küche einen Song vorgespielt, den er mit seiner Band einstudiert hatte – »Come Go With Me« –, ein wirklich guter Song, den er im Radio gehört und dessen Text er nicht ganz verstanden hatte, aber der hatte ohnehin zumeist aus einem sehr rhythmischen *dom dom dom-be doo* bestanden. Seine Tante hatte weiter abgewaschen und ihn nur kurz angeschaut. Musik interessierte sie nicht, Musik wurde in der Kirche gespielt oder auf Beerdigungen. Das Radio schaltete sie nur an, um Nachrichten in der *BBC* zu hören, und einen Plattenspieler hatte sie nicht.

Als er Mimi endlich entkommen war, zog er seinen alten Mantel aus, den Uncle George eine Ewigkeit getragen hatte, und nahm seine Gitarre. Auch die Gitarre – eine Gallotone Champion Acoustic –, die Julia in London bestellt hatte, erinnerte ihn an seine Mutter. Er schlug ein paar Akkorde an.

Misery, dachte er, Misery war ein gutes Wort für einen Song. »The world is treating me bad – misery – I'm the kind of guy who never used to cry.«

Ja, auch bei der Beerdigung seiner Mutter hatte er keine einzige Träne vergossen, und bei Uncle Georges Trauerfeier war ihm sogar zum Lachen zumute gewesen. Besser lachen als weinen. Er war keiner, der herumheulte, sondern einer, der anderen ins Gesicht lachte, wenn es ihm schlecht ging.

Misery – er würde mit Paul darüber sprechen, ob es für einen guten Song ausreichte.

Radio Luxemburg brachte einen guten Song – »Twenty

Flight Rock« von Eddie Cochran. Auch seiner Mutter hatte der Song gefallen, obwohl sie mehr auf Lonnie Donegan und Skiffle-Musik gestanden hatte – sie mochte es, wenn Jungs auf Waschbrettern herumschrammelten oder auf Zinkeimern trommelten –, aber sie war ja auch eine Banjo-Frau gewesen. »Lieber Banjo als Gitarre« war ihre Devise gewesen, und am Anfang, in seiner ersten Band, hatte er selbst die Gitarre wie ein Banjo gespielt.

»Julia, ich denke an dich«, sagte er jeden Abend zu seiner Mutter, fast wie ein Gebet, obwohl er natürlich nie betete. Ein Gott, der ihm die liebsten Menschen wegnahm, konnte ihm gestohlen bleiben.

Dann musste er zu seiner eigenen Überraschung noch an etwas anderes denken. Wie hieß dieses Mädchen aus seinem langweiligen Kalligraphiekurs, das, seit es seine Frisur verändert hatte, ein wenig wie Brigitte Bardot, diese superschöne französische Schauspielerin, aussah?

Er überlegte kurz, bis es ihm einfiel. Sie hieß Cynthia, aber brav und ordentlich, wie sie war, war sie gar nicht sein Typ, auf keinen Fall. Wahrscheinlich war Cynthia mit einem Burschen von der Army zusammen oder mit jemandem, der den ganzen Tag in einem Büro saß und Dinge abheftete. Ja, so eine war sie – keine, die etwas mit einem richtigen Gitarristen anfangen konnte.

3. KAPITEL

Er heißt John Lennon«, sagte ihre Freundin Phyl, als sie sich auf dem Flur des Art College trafen. »Falls es dich interessiert: Er hat eine eigene Band und wohnt irgendwo an der Menlove Avenue, in der Nähe der Penny Lane. Hat mir Mary aus meinem Graphikkurs erzählt, die ihn vom Sehen kennt, weil sie da in der Nachbarschaft wohnt.«

Cynthia hob die Schultern. Nein, interessiert mich eher nicht, sollte das heißen. John war wieder nicht in ihrem Kurs erschienen, und diesmal hockte er auch nicht vor dem Art College und klimperte auf seiner Gitarre herum.

Als jemand sie von hinten ansprach und ihr eine Rose reichte, eine volle rote Rose, dachte sie zuerst, John würde sich einen Spaß mit ihr erlauben – oder vielleicht wollte er sich so für den Bleistift und die Blätter bedanken, die sie ihm gegeben hatte.

Doch es war gar nicht John.

Patrick hielt ihr die Rose hin. Er lächelte sie an, eine schwarze Haarsträhne hing ihm ins Gesicht. Jeder, der seinen Namen hörte, musste erst mal denken, er sei Ire, dabei kam seine Familie aus Italien, Sizilien, genauer gesagt.

»Für dich, Cyn«, sagte er und schob ihr die Rose beinahe direkt unter die Nase.

Sie hörte, wie Phyl neben ihr kurz auflachte und dann sagte: »Ich gehe dann schon mal zum Bus. Bis morgen.« Ein helles Lachen wehte ihr hinterher.

Zögernd nahm Cynthia die Rose entgegen. »Was soll das?«, fragte sie eher unfreundlich.

Patrick strich eine schwarze Locke zurück. »Siehst klasse aus, Cyn. Deine neue Frisur gefällt mir, dieses besondere Blond. Wirklich toll – siehst fast wie ein Filmstar aus … Nicht, dass mir deine Löckchen nicht auch gefallen hätten, aber …« Er geriet ins Stocken.

»Was soll das?«, fragte Cynthia erneut. »Hat deine neue irische Freundin dir Ausgang gegeben? Und …« Sie blickte auf die Rose in ihrer Hand. »Und mag sie keine Rosen?«

Patrick lächelte unsicher und machte Anstalten, sich bei ihr einzuhaken. »Ich dachte, wir könnten irgendwo was trinken gehen. Ich kenne einen neuen Pub und …« Er spürte, wie sie sich versteifte. »Die Rothaarige ist dumm wie Bohnenstroh, ganz anders als du. Ehrlich. Tut mir leid, das alles.«

Langsam gingen sie die Straße hinunter.

»Ich glaube nicht, dass ich heute Zeit habe«, erwiderte Cynthia, doch sie ließ es zu, dass Patrick zaghaft seinen Arm um sie legte. »Ich habe mit meinem Studium viel zu tun.«

»Nur auf ein Bier«, erwiderte Patrick hastig. »Oder ein Glas Wein, wenn dir das lieber ist. Wir könnten ins Ye Cracke gehen und hinterher zu mir. Mein Dad hat Spätdienst, und meine Mum ist bei ihrer Schwester zu Besuch.«

Er beugte sich vor, um sie auf die Wange zu küssen, doch sie wandte den Kopf, und da sah sie ihn, in seinem alten, abgewetzten Mantel, die Gitarre hing ihm über der Schulter, er stand an der Bushaltestelle in die andere Richtung, und er starrte sie an. Und plötzlich lächelte er. Für einen Moment sah es so aus, als würde er sie grüßen, doch dann schob er sich nur seine Haarsträhne zurück und schaute an ihr vorbei.

»Gut«, sagte sie, aus einem Impuls heraus, den sie selbst nicht verstand. »Trinken wir etwas. In welchen Pub wolltest du gehen?«

Das Ye Cracke war eine Studentenkneipe, laut und verraucht, so dass man sich schon sehr nahe kommen musste, um einander zu verstehen.

Patrick begann über Fußball zu reden, über die Rivalität zwischen Everton und dem FC Liverpool, der nur in der zweiten Liga spielte, aber das würde sich bald ändern. Die Zukunft gehöre dem FC Liverpool an der Anfield Road. Ob sie mit ihm einmal zu einem Spiel gehen wolle.

Er redet zu viel, dachte Cynthia, viel zu viel und zu viel langweiliges Zeug. Sie nippte lustlos an ihrem Bier. Die Geräuschkulisse war so ohrenbetäubend, dass sie nicht mitbekam, welche Musik gespielt wurde. Klangfetzen wehten heran, laute Gitarren, eine abgehackte Männerstimme. Sie starrte auf Patricks Mund, sah, wie seine Zähne dann und wann hervorblitzten, und hörte ihm überhaupt nicht mehr zu. Was sollte das Gerede über Fußball? Nicht einmal ihr Vater hatte sich zu seinen Lebzeiten für Fußball interessiert.

Ich mag keine Männer, die zu viel reden, dachte sie. Patrick war nun offenbar bei einem Spieler von Everton angekommen, der mehr Tore als jeder andere geschossen hatte. Er steckte sich eine Zigarette an und hielt ihr die Schachtel hin. Sie schüttelte den Kopf. Von Zigaretten bekam sie Kopfschmerzen.

Wie nur hatte sie mit diesem Typen schlafen können? Es war plötzlich unvorstellbar. Als seine Eltern an einem Samstagnachmittag nicht zu Hause gewesen waren, hatte er sie in seine Dachkammer gelockt. Sie hatten erst Tee, dann ein wenig Wein getrunken, und dann war es passiert. Es ging ganz schnell, und es war alles andere als ein schönes Erlebnis für sie gewesen. Nachdem Patrick das Blut auf dem Laken gesehen hatte, war er förmlich ausgeflippt. Verdammt, wie sollte er das Blut aus dem Laken bekommen, ohne dass seine Mutter etwas merkte.

Was denkst du, hätte sie ihn am liebsten angeschrien, mit wie vielen Jungen ich schon geschlafen habe, Idiot? Du bist der Erste gewesen, leider.

Als Patrick seine Hände nach ihr ausstreckte, um sie an sich zu ziehen und zu küssen, wich sie abrupt zurück. Für einen Moment glaubte sie, in der Menge, die sich in der Kneipe drängte, John Lennon zu sehen, seinen braunen Haarschopf und die hässliche Hornbrille. Diese schmutzige Kneipe passte viel eher zu ihm als zu Patrick und ihr. Aber nein, er war mit seiner Gitarre vermutlich nach Hause gefahren oder zu irgendwelchen Freunden, mit denen er Musik machte. Phyl hatte gemeint, dass er mit seiner Band schon in richtigen Clubs gespielt hatte, deren Namen Cynthia allerdings nicht kannte, weil sie noch nie in dieser Art Laden gewesen war.

»Ich muss gehen«, brüllte sie Patrick zu. »Ich will nach Hause. Sofort.« Die Rose hatte sie auf den Tisch vor sich gelegt und ließ sie achtlos dort liegen, als sie aufstand.

Er nickte und begleitete sie zur Tür. Es war noch nicht spät, aber bereits dunkel draußen. Ihre Mutter würde sich Sorgen machen.

Patrick hakte sich wieder bei ihr ein. »Ich kann Karten für das nächste Spiel besorgen, wenn du willst«, sagte er mit einem Lächeln und machte erneut Anstalten, sie auf die Wange zu küssen.

Sie blieb stehen und funkelte ihn wütend an. »Hör zu«, sagte sie, »ich finde Fußball sterbenslangweilig, und außerdem bin ich in einen anderen Jungen verliebt, einen, der Fußball genauso hasst wie ich.«

Dann riss sie sich los und lief, so schnell sie konnte, bis sie endlich ihre Bushaltestelle erreicht hatte, um zum Bahnhof und dann nach Hoylake zu kommen.

Sie hatte gelogen, um Patrick endlich loszuwerden. Sie war in niemanden verliebt. Natürlich nicht.

Zu Hause saß ihre Mutter in der Küche. Vor Trauer über den Tod ihres Mannes war ihr Gesicht in den letzten Monaten ganz grau geworden, grau und freudlos. Außerdem musste sie sich nun um die vier Lehrlinge kümmern, die sie als Untermieter ins Haus genommen hatten, damit Cynthia auf das Art College gehen konnte und nicht irgendwo arbeiten musste.

Niemals, dachte Cynthia, niemals möchte ich so eine graue, müde Frau werden wie meine herzensgute Mutter. Früher hatte sie es geliebt, Blumen zu kaufen, hatte sie kunstvoll in Vasen arrangiert und in die Fenster gestellt, aber auch das ließ sie nun bleiben.

»Dein Freund war hier«, sagte sie und lächelte. Als Cynthia die Stirn runzelte, weil sie nicht verstand, fügte sie hinzu: »Dieser Italiener mit dem irischen Namen … Er hat dich gesucht.«

»Patrick ist nicht mein Freund«, erwiderte Cynthia barsch. »Und seit heute Abend schon mal gar nicht mehr.«

Mit einer Tasse Tee ging sie auf ihr Zimmer. An dem Tischchen, das am Fenster stand, nahm sie ihren Zeichenblock hervor und machte sich daran, eine Gitarre zu zeichnen – keine elektrische, die jetzt groß in Mode gekommen war, sondern eine akustische, wie John sie mit sich herumschleppte.

4. KAPITEL

Wenn John von allem genug hatte, ging er zu Stuart. Mit Pete hatte John seine erste Band gegründet, aber Stu hatte etwas, das niemand hatte, den John in Liverpool kannte. Stu schien seinen Weg zu kennen, wusste immer, was er tat. Er war klein und drahtig und war ein Typ, auf den die Mädchen standen, und niemals wäre er auf die Idee gekommen, sich von sich aus mit jemandem prügeln zu wollen. Und dass er das Geld für sein Kunststudium bei der Müllabfuhr verdiente, hätte man auch nicht gedacht.

Stu wohnte in einem Zimmer in einem Mehrfamilienhaus, an dem der Putz bröckelte und von dem es hieß, es werde bald abgerissen. Dabei hatte es noch nicht mal eine der Bomben abgekriegt, die die Deutschen 1940 auf Liverpool abgeworfen hatten, und das nicht zu knapp. Seine Mutter hatte John davon erzählt, und angeblich war er im

Oktober 1940 selbst während eines Bombenangriffs zur Welt gekommen.

Stu hatte zwar keine Möbel, aber Bier und Zigaretten gab es bei ihm immer. Außerdem standen ein Sarg in seinem Zimmer und eine Lampe, die er an einem Zebrastreifen abmontiert hatte.

»Du solltest mit in meiner Band spielen.« John wusste, dass er Stu mit seinem Vorschlag auf die Nerven ging, den er mindestens schon zehnmal vorgebracht hatte. »Paul ist super an der Gitarre, und dann haben wir da einen Neuen, George, einen Jungen mit einem riesigen Gebiss, der Sachen an der Gitarre kann, die glaubt man nicht.«

Stu streckte seine Hände vor. In einer Hand hielt er eine brennende Zigarette. »Das sind die Hände eines Malers, John«, sagte er. »Meine Musik mache ich auf der Leinwand. Farben und Licht …« – er sprang auf und beugte sich über seinen Sarg, in dem er alles aufbewahrte, was er besaß – »… bedeuten mir alles.« Er zog ein Buch hervor und hielt es John hin, der es zögernd in die Hand nahm. »Impressionisten«, las er auf dem Umschlag, darunter war eine hingetupfte Blumenwiese zu sehen.

»Weißt du, was meine erste Erinnerung ist?«, fragte Stu, ohne eine Antwort abzuwarten. »Ich hocke mit meiner Mutter in einem Keller in Edinburgh, weil die verdammten Nazis Bomben über der Stadt abwerfen. Und als wäre das nicht schlimm genug, soll ich mich auch noch unter einem

Stuhl zusammenrollen. Ich kriege fast keine Luft mehr, und da ist kein Licht … überhaupt kein Licht, verstehst du? Maler wie Renoir und Manet haben das Licht neu erfunden und in die Malerei gebracht. Ich kann nicht wie sie malen, werde ich nie können und will ich auch gar nicht, aber ich muss immer etwas tun, das mit Licht zu tun hat.«

John blätterte das Buch durch. »Musik hat auch mit Licht zu tun – es gibt helle und dunkle Töne.«

Stu lachte. »Du willst es nicht verstehen.« Er nahm John das Buch ab. »Hier«, sagte er und deutete auf ein Bild, das eine ganze Seite des Buches füllte. »Renoir hat zwei Menschen in einem Ruderboot gemalt, aber sie sind kaum zu erkennen, eine Frau hält das Ruder, die zweite Gestalt ist vermutlich auch eine Frau, was irgendwie schon ungewöhnlich ist, dass da kein Mann dabei ist und am Ruder sitzt, aber eigentlich sind nur zwei Lichtgestalten auf einem leuchtend blauen See zu sehen. Der See ist so blau, dass man die Sonne erahnen und deren Strahlen auf dem See fast spüren kann.«

»Du könntest es wenigstens versuchen … Bass spielen kann man an einem Wochenende lernen.« John steckte sich eine Zigarette an und wandte sich zum Fenster. Es wurde bereits dunkel. »Wir könnten einen Bassisten und einen Schlagzeuger gebrauchen. Die Quarrymen brauchen dich, Stu. Außerdem …« Er drehte sich wieder um und verzog das Gesicht zu einem Lächeln. »… die Mädchen mögen dich.« Er lachte lauter auf und begann zu singen. »Ain't she sweet, yeah, yeah.«

Stu warf ihm eine Flasche Bier zu, ohne in sein Lachen miteinzustimmen, die letzte, die neben seiner Matratze stand.

»Quarrymen ist überhaupt ein bescheuerter Name für eine Band. Klingt, als wärt ihr Vierzehnjährige, die beim Schulfest drei Lieder singen dürfen.« Stu steckte sich die nächste Zigarette an. »Wenn ich nur ein bisschen Geld habe, bin ich sowieso weg aus Liverpool, dann gehe ich nach Paris. Ein halbes Jahr lang werde ich nur durch alle Museen laufen und mir die wichtigsten Bilder anschauen, bevor ich selbst anfange zu malen. Und dann eine erste Ausstellung in Paris. Mann, das wäre was.«

»Vergiss nicht die Mädchen.« John schaffte es beinahe, die halbe Flasche in einem Zug zu leeren. »In Paris soll es die schönsten Mädchen geben, und richtig klug sollen sie obendrein sein. Wenn du in meiner Band wärst, könnten wir einen Song darüber machen. French Kisses – so könnte der Song heißen.«

»Vielleicht mache ich mit, wenn du die Band umbenennst«, sagte Stu ganz ernsthaft. »Nennt euch doch Crows oder Ravens. Edgar Allan Poe hat eine grandiose Geschichte geschrieben – The Raven.«

»Buddy Hollys Band heißt Crickets – Grillen«, erwiderte

John, als würde er wirklich darüber nachdenken. »Aber ist es nicht total bescheuert, so zu heißen?«

»Alles ist besser, als auf die Bühne zu springen und zu rufen: Hier kommen die Quarrymen, und dann stolpert ihr auf die Bühne.« Stu legte sein Buch über die Impressionisten vorsichtig in den Sarg zurück. »Wenn ich eine Band gründen würde, würde ich sie ›The Renoirs‹ nennen, und auf der Bühne würde ich ein riesiges Bild von Renoir aufhängen.«

»Wenn du in meiner Band mitspielst, können wir uns nennen, wie du willst«, sagte John. Er trank die Flasche aus und warf sie auf die Matratze. »Na, vielleicht müssten wir Paul noch fragen, was er davon hält. Hier kommen The Renoirs.« Er verzog affektiert das Gesicht. »Klingt, als würde man in einem Altersheim voller Franzosen spielen.«

»The Renoirs klingt nach guter Musik«, erwiderte Stu. Er schob die Flasche Bier beiseite und ließ sich auf die Matratze fallen. »Nicht nach einem Song, wo es nur darum geht, dass ein Junge ein Mädchen trifft.«

»Boy meets girl, yeah, yeah«, schrie John plötzlich und tat so, als würde er mit der rechten Hand über Gitarrensaiten streichen. Für seine abrupten Stimmungswechsel war er berühmt und gefürchtet. Nur seine Mutter und Uncle George hatten sich darüber nie aufgeregt, Mimi dagegen umso mehr. »Heute ist das verdammte Semester zu Ende. Wir könnten noch zu einer Party im Art College gehen. Da gibt es dieses eine Mädchen ... eine hübsche Blonde, die ein wenig wie diese französische Schauspielerin ... Brigitte Bardot aussieht.«

»Solche Mädchen interessieren mich weniger als gar nicht«, sagte Stu. »Wenn ich mitkomme, dann nur, weil wir kein Bier und keine Zigaretten mehr haben. Ich hoffe, das Bier da ist umsonst.«

Die Party vor dem Ende des Semesters fand in einem Unterrichtsraum in der ersten Etage im Art College statt. John hasste alles in diesem Gebäude, den Geruch, das matte Licht der Lampen, die hallenden Geräusche, alles klang, als würde man durch einen alten Tempel laufen, und Stu hatte auch schon keine Lust mehr, als sie durch die halbdunklen Gänge gingen.

»Sorry«, sagte er, »so eine Party ist gar nichts für mich.« Er machte auf dem Ansatz kehrt und marschierte wieder nach draußen.

John überlegte, auch umzukehren, aber nein, ein Bier könnte er trinken, und dann hörte er auch schon Musik, die ihm aus dem ersten Stockwerk entgegenschallte. Elvis mit »Jail House Rock« – was für eine starke Nummer!

Als er mit seiner Mutter den Song zum ersten Mal bei ihr zu Hause gehört hatte, hatte er gedacht, die Erde tue sich vor ihm auf. So etwas, verdammt, hatte er noch nie gehört. Ja, verdammt, mit dieser Musik begann eine neue Zeit. Wahrscheinlich war es Stu ähnlich ergangen, als er zum ersten Mal ein Bild von Renoir oder einem der Impressionisten gesehen hatte. Was, zur Hölle, war das? Wer konnte so singen? Und dann dieser Rhythmus, dem sich niemand entziehen konnte. Ein gigantischer Bass und ein Schlagzeug, das einen förmlich umhaute. Und erst der Text: »Everybody, let's rock, everybody in the whole cell block was dancin' to the Jailhouse Rock.« Elvis Presley, ein weißer Junge, war der neue Star in den USA. Johns Mutter, die die Platte entdeckt hatte, hatte gleich seine Hand genommen, und sie hatte mit ihm getanzt, obschon er tanzen eigentlich gar nicht mochte, aber der Song war einfach zu mitreißend.

John ging hastiger auf den Raum zu, aus dem die Musik dröhnte. Stimmen waren nun auch zu hören. Zum Glück, es war eine richtige Party, da waren dreißig, vierzig Leute. Er nahm sich ein Bier aus einem Kasten, der in der Ecke neben dem Eingang stand. Nach »Jailhouse Rock« kam ein anderer Song, den er nicht so spannend fand. Connie Francis, »Who's Sorry Now« – ein lahmes Liedchen, langweilige Gitarrenakkorde und ein müder Chor im Hintergrund. Bei dieser Musik konnten einem die Füße einschlafen. Ein paar Leute tanzten trotzdem in der Mitte des Raumes, andere hockten auf den Schulbänken und nippten an ihrem Bier. Er hatte seine Brille nicht auf, daher konnte er nicht erkennen, ob sie auch da war, die Blonde – er wusste mittlerweile genau, wie sie hieß: Cynthia Powell. Sie kam aus Hoylake, einem kleinen Kaff außerhalb von Liverpool, direkt an der See gelegen. Wahrscheinlich war ihr Vater bei irgendeiner Behörde oder Lehrer, jedenfalls irgendwas Besseres.

Er kniff die Augen zusammen und wanderte durch den Raum. Sogar einer der Dozenten war da, bei dem er für ein paar Stunden Malunterricht gehabt hatte, aber da hatte er irgendwelche bescheuerten Blumen malen sollen – ein sogenanntes Stillleben – und war dann nicht mehr hingegangen.

Einige von den Jungs, mit denen er in den Pausen abhing, waren auch zu der Party gekommen. Einer hob die Hand und winkte ihn heran. »John, wann spielt ihr wieder einmal?«, brüllte er über das endlose »Who's sorry now« von Connie Francis und das Stimmengewirr hinweg.

»Bald«, schrie John im Vorbeigehen zurück. »Wir haben jetzt einen Manager für die Quarrymen.«

Nigel, ein alter Freund, hatte versprochen, ihnen ein paar Auftritte zu besorgen. Mit seiner Hilfe waren sie schon einmal im Cavern Club aufgetreten, einem der besten Clubs von Liverpool, aber am liebsten hätten sie jedes Wochenende irgendwo gespielt, ach, am besten jeden Tag. Sie waren gut, wurden immer besser, und seit Paul dabei war, waren sie eine richtige Band.

Der nächste Song wurde gespielt. »Blue Suede Shoes« – ein Stück, das die Quarrymen auch draufhatten und das mit seinen Rhythmuswechseln jeden Saal zum Kochen brachte. Carl Perkins war einer der ganz Großen, er kam gleich nach Elvis. Auch Johns Mutter hatte den Song gemocht, und seitdem John ihn zum ersten Mal gehört hatte, achtete er tatsächlich mehr auf seine teuren Wildlederschuhe, die er meistens trug.

Er war versucht, seine Brille hervorzukramen. Hatte er da den schwarzhaarigen Kerl gesehen, der neulich Cynthia vor dem Art College abgepasst hatte? Nein, wohl nicht, aber sie war tatsächlich nirgends zu entdecken. Diese verdammte Kurzsichtigkeit! Auf der Bühne war sie ein Vorteil, weil man sich da ganz auf die eigene Musik konzentrieren konnte und sonst nicht viel mitbekam, aber jetzt war er klar im Nachteil. Er wanderte zum Eingang zurück und holte sich das nächste Bier. War ja wohl umsonst heute. Nun hatten fast alle begonnen zu tanzen. Ein neuer Song war aufgelegt worden. Larry Williams – »Bony Moronie«. Der Rhythmus war okay, aber eigentlich kein besonderer Sound, nicht zu vergleichen mit Songs von Elvis, aber er trieb noch mehr Leute auf die Tanzfläche. Ein paar der Mädchen waren schon so angetrunken, dass sie bei besonders wilden Bewegungen aufkreischten. Eine hing förmlich an den Lippen eines Typen und küsste ihn.

John kippte das Bier hinunter. Ach, eigentlich war es lächerlich, dass er nach einem Mädchen wie Cynthia Ausschau hielt. Wahrscheinlich kam sie aus einer Familie, wo sie jeden Sonntag zur Kirche gingen und wo immer alles ganz ordentlich ablaufen musste, womöglich waren sie sogar katholisch oder so etwas. Vielleicht sollte er bei Paul vorbeigehen. Sie wollten noch ein paar Songs einüben. In Pauls engem Zimmer herrschte eine besondere Akustik; es gab da einen Nachhall, der ihnen besonders gefiel, und neulich hatten sie sich sogar im Badezimmer eingeschlossen und da geprobt. Da war der Sound noch besser gewesen.

Kurz entschlossen stellte er die leere Flasche zurück, und plötzlich sah er sie, nur zwei Meter von ihm entfernt, diese Phyl, die er manchmal im Bus traf, Cynthias Freundin. Er erkannte schemenhaft, dass sie ihn angrinste, verlegen, aber auch irgendwie herausfordernd. Und dann schob sich noch jemand in sein Blickfeld – ein anderes Mädchen, blonde lange Haare, eine enge schwarze Samthose. Cynthia – sie beugte sich vor, um ihrer Freundin etwas ins Ohr zu flüstern, aber dabei schaute sie ihn an. Sie kniff dabei die Augen zusammen, als wäre sie genauso kurzsichtig wie er. Verstohlen schaute er sich um. Von dem Schwarzhaarigen war nichts zu sehen, doch eigentlich war es auch egal. Sollte er zu ihr rübergehen? Mit ihr reden? Ihre Stimme hatte er noch nie richtig gehört.

5. KAPITEL

Hoylake, der kleine Ort, in den Cynthias Eltern kurz vor Ausbruch des Krieges gezogen war, um den Bombenangriffen der Deutschen auf Liverpool zu entgehen, lag direkt am Meer. Es gab eine Promenade am Wasser, und in der Nähe lag das weite Grün des Royal Golfclub. Immer wenn sie von allem genug hatte oder wenn sie etwas bedrückte, lief Cynthia zum Wasser hinunter. Nichts regte ihre Phantasie mehr an, als dort zu sitzen und sich die Wellen anzuschauen. Ihre ersten Zeichnungen hatte sie am Meer gemacht, und auch der letzte gemeinsame Spaziergang, bevor ihr Vater gestorben war, hatte sie zur Promenade geführt. Ihr Dad hatte kaum mehr gehen können und sich auf einen Spazierstock stützen müssen, aber noch einmal hatte er mit ihr aus ihrer kleinen Doppelhaushälfte hinausgehen wollen, um über das Wasser zu schauen.

»Irgendwo da hinten liegt Amerika«, hatte er gesagt und träumerisch gewirkt. Dann hatte er ihre Hand fester gegriffen. »Deine beiden Brüder sind nicht mehr zu Hause, doch zum Glück bist du noch da.« Sein Blick war traurig, aber so klar und wach wie schon lange nicht mehr. »Nun musst du deiner Mum beistehen – bis …« Er hatte gestockt und um Atem gerungen. »Bis du vielleicht den richtigen Mann findest, der dich liebt. Aber eins musst du mir versprechen, dass du deine Mum niemals im Stich lassen wirst.«

Mit Tränen in den Augen hatte sie es versprochen. Langsam waren sie dann zurückgegangen, und Cynthia hatte sich in ihr Zimmer geflüchtet und leise geweint. Wenige Tage später war ihr Vater gestorben, und am Tag nach der Beerdigung war sie allein zu ihrer Lieblingsstelle am Hoylake Lighthouse gelaufen. Die Trauer hatte sie ganz stumm und taub gemacht, und auch ihre beiden Brüder, die aus London gekommen waren, hatten sie nicht zum Sprechen bringen können, einzig das glatte weite Meer hatte sie getröstet.

Irgendwo dahinten liegt Amerika, und ich will ein glückliches Leben führen, hier in Liverpool oder sonst wo, hatte sie sich gesagt, ich will genauso freundlich und fröhlich sein, wie mein Dad gewesen ist, und ich werde immer mein Bestes geben, mich selbst und meine Familie niemals verraten und mich auf keinen Fall in den falschen Mann verlieben.

Mit Patrick war sie nie zu ihrer Lieblingsstelle gegangen, obschon er mehrmals bei ihr zu Hause gewesen war und nicht weit entfernt in Birkenhead wohnte, wahrscheinlich war das schon ein Zeichen gewesen, dass sie ihn nicht richtig geliebt hatte.

Ich würde gern einmal mit John dorthin gehen, hatte sie tatsächlich am Morgen gedacht. Es war ihr letzter Tag im Art College vor den Ferien, dann jedoch hatte sie sich diesen Gedanken gleich wieder verboten. John war ein typischer Liverpooler, der auf die Leute herabschaute, die auf der anderen Seite des Merseys wohnten. Wahrscheinlich verließ er so gut wie nie die Stadt, und warum überhaupt sollte er mit ihr etwas zu tun haben wollen?

Die Party zum Semesterende sollte in einem Unterrichtsraum stattfinden. Mister Bloom, der netteste Lehrer am College, hatte ihnen erlaubt, dort zu feiern, aber so richtig gemütlich war es natürlich nicht geworden. Immerhin hatten sie genügend Gläser, Bier und Wein und einen Plattenspieler mit zwei riesigen Lautsprechern.

Cynthia war sicher, dass John nicht kommen würde. Trotzdem hatte sie schon am Nachmittag, als sie geholfen hatte, die Gläser und etliche Tüten Chips in den Raum hinaufzubringen, insgeheim nach ihm Ausschau gehalten. Allerdings nicht so geschickt, dass Phyl es nicht mitbekommen hätte.

»Glaubst du, ein Typ wie John geht freiwillig in einen

Unterrichtsraum im College?«, fragte sie spöttisch. »Noch dazu einen Tag vor den Ferien?«

Cynthia hatte nichts darauf erwidert. Ist mir egal, hatte sie stumm in sich hineingesprochen. Ich feiere das Ende des Semesters. Dann hatte sie mit Phyl und drei anderen Kommilitoninnen angestoßen.

Von John war tatsächlich nichts zu sehen, aber wenigstens hatte jemand die neuesten Platten mitgebracht. Mit einem Song von Elvis Presley ging es los. »Wear My Ring Around Your Neck.« Ein Lied, das die Ersten auf die improvisierte Tanzfläche trieb. Dann kam gleich »Rock Around The Clock« von Bill Haley.

Phyl zog Cynthia mit sich zu den Tänzern. Kaum jemanden hielt es mehr auf den Bänken. Der Song war wirklich gut, obschon der Mann, der ihn sang, eher wie ein Bankangestellter aussah denn wie ein Rockstar. Elvis Presley hingegen war ein Rockstar, jeder wollte wie er aussehen, na, fast jeder.

Immer mehr Leute drängten sich in dem Raum. Die Musik hatte ein paar junge Typen von draußen hereingelockt, die gar nicht zum College gehörten. Nur keine Spur von John. Während sie noch tanzte, musste Cynthia feststellen, dass sie insgeheim enttäuscht war. Aber so what! Was sollte das alles? Sie hatte nie wirklich einen Satz mit ihm gesprochen, und eigentlich hatte er sie nur beachtet, wenn er etwas von ihr haben wollte. Jemand hatte ihr erzählt, dass er gar nicht freiwillig in den Kalligraphiekurs gegangen war, sondern dass ihn alle anderen Dozenten abgelehnt hatten. Wenn er so weitermachte, würde er wahrscheinlich ohnehin bald vom College fliegen.

Mike kam auf sie zu, ein smarter blonder Junge, der jünger war als sie und aus Blackpool ans Art College gekommen war. Dort war sie geboren worden, als ihre Eltern Liverpool wegen der Bombenangriffe verlassen hatten. Irgendwie fühlte sie sich dadurch mit ihm verbunden. Mike war schüchtern, und er stotterte ein wenig, wenn er unsicher war. Einmal, als ihn einer der Dozenten nach vorn an die Tafel geholt hatte, damit er ihnen etwas über Perspektive in der Malerei der Renaissance erklärte, war er vor Verlegenheit knallrot geworden, wirklich so rot wie eine Tomate. Sie tanzten zusammen, noch ein, zwei weitere Songs, die Cynthia nie zuvor gehört hatte, wobei sie sich nicht wirklich berührten, sondern sich nur gelegentlich die Hand reichten. Der dritte Song handelte von einem Mädchen mit Namen Bony Moronie, die dünn wie eine Stange Makkaroni war und die der Sänger, wie er mit beinahe sich überschlagender Stimme versicherte, unter einem Apfelbaum geliebt hatte.

Dann, nachdem der Song zu Ende war und sie sich wieder zu ihrer Freundin Phyl gesellt hatte, tauchte er plötzlich auf. John hielt eine Flasche Bier in der Hand und hatte den Mund zusammengekniffen, als würde er eine Zigarette im Mundwinkel balancieren. Er trug seinen scheußlichen, viel zu großen Mantel, schob den Kopf vor und zwinkerte, als sei er total kurzsichtig.

Phyl versetzte ihr einen leichten Stoß. »Da ist jemand im Anmarsch – Mister Lennon in seinem fürchterlichen Mantel.«

Cynthia wandte den Kopf. Nun, dachte sie plötzlich, ist es mir egal, dass er kommt. Er ist der interessanteste Junge im College, keine Frage, und er hat eine supertolle Stimme, aber irgendwie schüchtert er jeden ein, der mit ihm zu tun hat.

Doch obwohl sie es nicht wollte, musste sie immer wieder in seine Richtung schauen. Sein Blick hielt sie fest. Nun, begriff sie, hatte er sie auch erkannt. Ein Lächeln rutschte in sein Gesicht – ja, so sah es aus; ein merkwürdiges Lächeln, spöttisch und unsicher zugleich. Er schien zu überlegen, ob er auf sie zugehen sollte oder nicht. Geschickt strich er sich mit der Hand, in der er seine Bierflasche hielt, eine Haarlocke aus dem Gesicht.

Er ist wirklich etwas Besonderes, dachte sie, er verändert einen Raum, wenn er ihn betritt, er wirkt unsicher und hat zugleich diese Präsenz. Als würde er sich ständig auf einer Bühne bewegen. Seine Augen waren immer noch traurig, obschon sie so, nicht hinter einer Brille verborgen, ganz anders wirkten.

Ein neuer Song lief nun, viel langsamer und melodischer. »All I Have To Do Is Dream«, hörte sie zwei Amerikaner singen, die Namen der beiden kannte sie nicht.

John stand nun beinahe direkt vor ihr. Er lächelte anders, tiefer, sie konnte seine Zähne sehen, und er sagte etwas, das sie nicht verstand. Trotzdem nickte sie, und während sie ihr Nicken wiederholte und Johns Augen sie taxierten, hatte sie das Gefühl, einen besonderen Moment zu erleben, etwas Unvergleichliches, das sie so noch nie gekannt hatte. Es waren seine Augen, ja, wie seine Augen über ihren Körper wanderten. Sie verliebte sich in diese Gestalt vor sich – in sein schiefes Lächeln, seine traurigen Augen, seine feingliedrigen Finger, die nun über ihren Arm streiften. Er zog sie auf die Tanzfläche, seine Bierflasche drückte er jemandem in die Hand wie einem Bediensteten, der nur darauf gewartet hatte, ihm etwas abzunehmen. Sie wiegten sich in der Musik. »All I have to do is dream.«

Wieder sagte er etwas, seine Zähne blitzten auf, doch sie verstand kein Wort. Seine rechte Hand hielt ihre. »When I feel blue in the night and I need you to hold me tight.«

Sie nickte wieder, obschon sie nicht wusste, warum. Dann schob er sich noch etwas näher an sie heran. Sein Atem roch nach Bier, was sie aber erstaunlicherweise gar nicht störte.

Als er nun wieder etwas sagte, verstand sie ihn endlich.

»Wollen wir mal zusammen ausgehen?« Er zog die Augenbrauen in die Höhe. Sie mochte seine Stimme, und dann hörte sie sich plötzlich hektisch sagen. »Sorry, ich habe einen Freund.«

6. KAPITEL

Sie war wirklich hübsch, mit ihren langen blonden Haaren, die aus der Nähe wie gefärbt aussahen, glich sie tatsächlich Brigitte Bardot. Er stand auf Brigitte Bardot, so gut wie alle Jungs, die er kannte, taten das. Gut, Paul und George vermutlich nicht, weil sie noch zu jung waren. Die Musik wurde immer unerträglicher. The Everly Brothers – zwei Lackaffen aus den USA, Typ beste Schwiegersöhne. »All I Have To Do Is Dream.« Ja, dann macht es doch, Burschen, aber vom Träumen allein kam man zu nichts. Man musste etwas machen, Dinge tun, große Dinge.

Sie tanzten nun, Cynthia und er, obschon er wusste, dass er eigentlich kein Tänzer war, aber sie gefiel ihm wirklich. Auch wenn er aufhören sollte, sie mit einer französischen Schauspielerin zu vergleichen. Sie bewegte sich einerseits recht elegant, dann wieder unsicher. Für einen Moment, während er sie musterte, war er sicher, dass sie keinen festen Freund hatte. Vielleicht war da noch nie jemand aufgetaucht, der sie richtig geküsst hatte. Sie hatte schöne Lippen, und sie roch gut, nach Parfüm, keinem billigen, wie es Rosa – oder wie die hieß, mit der er neulich nach einem Konzert der Quarrymen zu Stu gegangen war – benutzt hatte.

Er begann zu schwitzen. Er hätte den Mantel von Uncle George ausziehen sollen, aber wenn den jemand klaute, würde er durchdrehen.

Der Song ging allmählich zu Ende. Die Everly Brothers wiederholten: »Dream, dream, dream …« Zig Male – so konnte man auch Texte für einen Song schreiben.

Er beugte sich vor. Cynthia hatte wirklich besonders schöne Lippen. »Wollen wir mal zusammen ausgehen?«, fragte er, ohne darüber nachgedacht zu haben.

Cynthia zögerte. Der Song war endlich zu Ende, das letzte »Dream« erstarb, untermalt von einem letzten Gitarrenakkord. Dann sagte sie merkwürdig schrill: »Sorry, ich habe einen Freund.« Doch es klang unsicher, als wäre die Geschichte mit dem Freund längst vorbei oder als hätte sie noch gar nicht richtig begonnen.

»Hey«, sagte er. »Ich will dich nicht gleich heiraten. Ich will nur einmal mit dir ausgehen. Oder vielleicht kommst du mal zu einem unserer Konzerte.«

»Vielleicht«, sagte sie, dann drehte sie sich um und entschlüpfte ihm zurück zu ihrer Freundin, die sie beide die ganze Zeit beobachtet hatte.

Okay, sagte er sich, vielleicht war das eine Abfuhr, aber darauf brauchte er ein weiteres Bier, und dann ging er zu dem bleichgesichtigen Jungen, der offenbar die Platten auflegte.

»Hör auf mit dem Schmalz«, schrie er ihm ins Ohr. »Hast du nichts von Chuck Berry oder was Neues von Elvis?«

Das Bleichgesicht nickte und hielt ihm eine Single von Chuck Berry hin. »Roll Over Beethoven«. Chuck hatte als Pförtner bei einem Radiosender angefangen, und nun war er ganz oben angekommen. Er war ein schwarzer Gott des Rock 'n' Roll, und dieser Song war wie ein Hurrikan, der allen Dreck aufwirbelte und ins Meer blies. John hatte ihn schon mit den Quarrymen gespielt, keine einfache Sache, vor allem nicht das Intro, und den Text hatte er auch nicht gleich verstanden, aber die Zeile »Roll over Beethoven and dig these rhythm and blues« riss jeden von den Stühlen. Eines Tages, sagte er sich, würde er diesen Song nicht nur fehlerfrei spielen, sondern er würde mit dem göttlichen Chuck auf einer Bühne stehen.

Als der Song aus den Boxen dröhnte, schaute er sich nach Cynthia um, aber sie war nirgends mehr zu sehen, soweit er das ohne Brille erkennen konnte. Also spazierte er zu ihrer Freundin und zog sie auf die Tanzfläche. Seinen Mantel hatte er dem Bleichgesicht am Plattenspieler in die

Hand gedrückt, damit er auf das kostbare Stück aufpasste und gegebenenfalls mit seinem Leben verteidigte.

Die Freundin hieß Phyl, erinnerte er sich, aber er fand sie bei Weitem nicht so hübsch und interessant wie Cynthia. Nachdem Chuck sein letztes »Roll over Beethoven« gesungen hatte, verschwand sie auch gleich wieder.

Verdammt, sollten die Girls doch alle nach Hause abhauen oder sonst wohin. Er würde ein paar Bierflaschen mitnehmen und zu Stu zurückgehen, der vielleicht in der Zwischenzeit etwas zu rauchen besorgt hatte. Doch dann war Cynthia wieder da. Ihre Haare lagen ein wenig anders, sie lächelte ihn verlegen an.

Gut, dachte er sich, gebe ich dir noch eine Chance. Hast du es dir überlegt?, wollte er sie fragen. Oder hast du in der Zwischenzeit deinen Freund angerufen und um Erlaubnis gefragt, mit mir auszugehen?

Er beobachtete, wie sie mit einem anderen Typen tanzte, einem blonden, dünnen Typen, der aussah, als hätte er gestern noch im Kirchenchor gesungen. Was sollte das alles? War sie auf der Flucht vor ihm?

Geoff und Tony waren mittlerweile auch eingetroffen. Die beiden waren die Einzigen, denen das Art College genauso auf die Nerven ging wie ihm. Tony spielte in einer Skiffle-Band, neulich hatte er John gefragt, ob er nicht bei ihnen aushelfen könne, der Banjospieler hatte sich den Arm gebrochen, aber Skiffle war nichts mehr für John.

Nichts gegen Lonnie Donegan, dessen Songs waren ganz in Ordnung, aber er hatte mittlerweile andere Helden, richtige Künstler wie Elvis und Chuck. Sie tranken noch ein Bier, und dann musste John dringend seine Blase erleichtern.

Als er zurückkehrte, war die Musik plötzlich aus. Der Lehrer, bei dem er Malunterricht gehabt hatte und dessen Namen ihm immer noch nicht einfiel, stand im Gang. »Die Party ist zu Ende. Ihr müsst jetzt leider alle nach Hause gehen! Wir sehen uns nach den Ferien wieder.«

Party?, hätte John beinahe erwidert, soll das etwa eine Party gewesen sein? Oder eher ein lausiges Biertrinken mit zu leiser Musik?

»Okay«, rief Geoff. »Bier war sowieso keins mehr da.«

Auch Cynthia und ihre Freundin standen nun im Gang herum. Ihre Jacken hatten sie über den Arm gelegt. Von dem blonden Typen, mit dem sie zuletzt getanzt hatte, war nichts mehr zu sehen.

John steckte sich eine Zigarette an, die er von Tony geschnorrt hatte. Er spürte Cynthias Blick, reagierte jedoch nicht darauf. Jetzt zu Paul oder zu Stu, überlegte er. Nach Mendips zu fahren, dafür war es jedenfalls noch viel zu früh. Und Mimis düsteren, vorwurfsvollen Blick hätte er schon gar nicht ertragen. Sie glaubte immer noch daran, dass er voller Tatendrang auf dieses College ging und bald seinen Abschluss machen würde.

»Hey, Leute!«, rief nun Tony und baute sich vor den anderen auf. »Also los, ins Ye Cracke! Da warten jede Menge Black Velvets auf uns!«

Drei, vier Leute grölten, und dann setzte sich ein Tross von zwanzig, dreißig Leuten in Bewegung. Cynthia und Phyl waren auch dabei und ließen sich ebenfalls mitziehen, erkannte John.

Also gut, sagte er sich, letzte Chance für Miss Holylake. Er warf die Zigarette vor sich hin und trat sie aus, wobei ihn der missbilligende Blick des Mallehrers traf. John sah ihn an und hob die Achseln. »Ist mir aus der Hand gefallen, sorry«, sagte er und lachte. Dann machte er sich daran, hinter Cynthia herzuschleichen.

7. KAPITEL

Nachdem Mister Bloom das Zeichen gegeben hatte, das Licht anzuschalten und die Musik abzustellen, fühlte sie sich einen Moment beinahe erleichtert. Ständig hatte sie gemeint, Johns Blicke zu spüren, die ihr überallhin folgten.

Gleich würde sie also mit Phyl zur Bushaltestelle gehen und nach Hause fahren. Die Ferien hatten begonnen, und übermorgen würde sie mit ihrer Mum, die sich darauf seit Wochen freute, ihren Bruder in Buckinghamshire besuchen. Dann stellte sie sich plötzlich vor, dass John sie an der Bushaltestelle abpassen würde und sie vielleicht noch ein paar Worte mit ihm wechseln könnte. Sollte sie ihm sagen, dass ihr das Gerede von einem Freund nur so rausgerutscht war – aus Verlegenheit, Nervosität, weil sie manchmal einfach zu aufgeregt war?

Auf dem Gang jedoch, im kalten Neonlicht, standen sie

auf einmal alle so unschlüssig da. Keiner wollte schon nach Hause gehen, es war erst kurz nach neun, und als jemand rief: »Los! Auf ins Ye Cracke!«, setzten sie sich alle in Bewegung.

Es war dieselbe Kneipe, in der sie zum ersten Mal mit Patrick gewesen war. Nun aber, am Freitagabend, war es noch stickiger und voller. Phyl drückte sich neben sie. Nur für eine Sekunde hatten sie überlegt, nach Hause zu fahren. Im Grunde waren sie viel zu neugierig, was der Abend noch bringen würde. John war auch mitgekommen, wieder in seinem scheußlichen Mantel, den er irgendwann doch noch zum Tanzen ausgezogen hatte. Er blödelte mit zwei Typen herum und beachtete sie nicht.

Erst in der Kneipe war er plötzlich neben ihr und schob ihr ein Glas hin. »Hier, ein Black Velvet«, rief er ihr über das Stimmengewirr um sie herum zu.

Unsicher nahm sie das Glas; Black Velvet war Guinness mit Cider, wie sie wusste, aber sie hatte im College schon zwei Bier gehabt und auf keinen Fall vor, noch mehr Alkohol zu trinken.

»Stehst du um diese Zeit nur auf Tee?«, fragte John ein wenig spöttisch, als er ihr Zögern bemerkte, und hob sein Glas, um es entschlossen an die Lippen zu setzen. Sein Adamsapfel hüpfte auf und ab, während er trank. Vorsichtig tat sie es ihm gleich.

»Schmeckt doch, oder?«, sagte er. Seine Augen funkelten

sie an. »Du musst mal zu einem unserer Konzerte kommen«, redete er weiter. »Hast du uns schon mal spielen sehen?«

Sie schüttelte den Kopf, wollte etwas sagen, aber dann wusste sie plötzlich nicht mehr, was. Seine sanften Augen hielten sie förmlich in Bann.

»Okay«, sagte er und wischte sich mit der linken Hand über die Augen, »ich gebe es zu. Ich bin kurzsichtig, müsste eigentlich immer eine Brille tragen, aber sorry …« Er lächelte unschuldig. »Das geht natürlich nicht. Wie sähe das aus?«

»Mit Brille ist doch okay«, entgegnete sie. »Ich habe selbst eine, allerdings trage ich sie auch nicht immer, obwohl ich total kurzsichtig bin. Und zu einem Konzert würde ich gern mal kommen.«

John lächelte wieder. Er zählte ein paar Bands auf, die er mochte oder deren Songs er spielte, so genau verstand sie ihn nicht. Auch von dem Trubel um sie herum hörte sie kaum noch etwas und bekam nur am Rande mit, wie Phyl zu ihr kam, um sich zu verabschieden. Sie müsse zum Bus. Es sei schon spät.

Irgendwann nahm John ihre Hand. Er beugte sich zu ihr vor und küsste sie. Ein Kuss, der sie ganz ausfüllte; seine Zunge nahm ihren Mund in Besitz, aber eigentlich geschah so viel mehr. Eine Grenze war auf einmal aufgehoben; sie meinte, seinen ganzen Körper zu spüren, seine Wärme, sein Herzklopfen, ja sogar ein sanftes Zittern, das über seinen Rücken lief.

Als er sich von ihr löste, flüsterte er ihr ins Ohr: »Okay, lass uns gehen.«

Sie hatte keine Ahnung, wohin sie unterwegs waren. Sie klammerte sich an seine Hand wie er sich an ihre. Zumindest kam es ihr so vor. Vor dem Pub war es dunkel und erstaunlich kalt. Und ruhig. Eine gleichmäßige Stille hüllte sie ein. Wenige Leute waren auf der Straße unterwegs, aber die, die ihnen entgegenkamen, starrten sie an, als gehe von ihnen etwas Besonderes aus, etwas Magisches vielleicht.

John küsste sie immer wieder, und wenn nicht, strich seine rechte Hand sanft über ihre Wange.

Das ist das Glück, dachte sie für eine Sekunde, aber dann lagen seine Lippen schon wieder auf ihren.

Liverpool wirkte auf einmal nicht mehr düster und abweisend, nicht mehr so, als müsse man bei jedem Schritt aufpassen, dass einem nicht jemand in die Quere kam.

»Wohin gehen wir?«, fragte sie, als sie in eine noch stillere Seitenstraße abbogen.

John zögerte einen Moment, bevor er ihre Frage wieder mit einem Kuss beantwortete. »Zu Stu«, sagte er dann leise. »Er ist ein Freund von mir. Er wird uns sein Zimmer überlassen.«

Sie nickte, obwohl sie nicht genau begriffen hatte, was John ihr da soeben mitgeteilt hatte.

Das Haus, in das sie dann eintraten, nachdem sie zwanzig Minuten durch die Stadt gelaufen waren, hatte schon bessere Tage gesehen. Der Putz bröckelte ab, die Eingangstür quietschte, weil sie schief in den Angeln hing. Ein leichter Geruch von Moder hatte sich im Treppenhaus verfangen. Sie stiegen die Treppe bis ganz nach oben hinauf.

Als John an eine Tür klopfte, war dahinter Musik zu hören, kein Rock 'n' Roll, sondern überraschenderweise Geigen, klassische Musik. Nach einem zweiten Klopfen wurde die Tür zaghaft geöffnet. Ein blasses Männergesicht erschien im Türspalt.

»Stu«, sagte John, eine Spur zu laut. »Miss Hoylake und ich brauchen dein Zimmer. Hol dir irgendwo ein Bier, okay?«

Von dem Mann in der Tür waren eigentlich nur die Augen zu sehen; sie taxierten John, dann glitten sie zu Cynthia. Einen Moment später wurde die Tür wieder geschlossen. Der Mann hatte kein einziges Wort gesagt, und Cynthia war fast sicher, dass sich die Tür nicht wieder öffnen würde.

John schaute Cynthia an. »Stu ist in Ordnung«, sagte er, als hätte sie Zweifel daran geäußert. »Und er versteht mich – so wie ich ihn.«

Tatsächlich wurde die Tür dann wieder geöffnet. Ein schmaler, jungenhafter Typ mit einer Nickelbrille und in einer Lederjacke schlich an ihnen vorbei, ohne die Tür zu schließen.

»Eine Stunde«, sagte er tonlos zu John, bevor er sich in Richtung Treppe bewegte.

»In Ordnung, Stu«, rief John ihm nach. »Das Bier geht auf mich.«

Stu hob nur die Hand und machte, ohne dass er sich umdrehte, eine Geste, die man als eine Art abzuwinken verstehen konnte.

In der Wohnung, nein, es war im Grunde nur ein Zimmer, brannte eine Kerze auf einem schwarzen Holzkasten. Dahinter befand sich eine Matratze, auf der eine Decke und ein Kissen lagen, wie Cynthia im matten Licht erkennen konnte.

Während er sie erneut küsste, begann John, ihren Mantel abzustreifen. Seine Küsse wurden intensiver und leidenschaftlicher.

Wenige Sekunden später standen sie nackt voreinander. John kniete sich vor ihr hin, er fing an, sie zu liebkosen. Sie schloss die Augen. Wärme hüllte sie ein, ein Gefühl, das sie so noch nie erlebt hatte. Sie spürte, wie er sich vortastete, und dann begann er zu summen, eine Melodie, die sich in ihrem Kopf fortsetzte.

»John Lennon«, flüsterte sie vor sich hin, als müsse sie seinen Namen schmecken, ihn auf der Zunge probieren, als würde sie eine neue, unbekannte Speise testen.

Sie hätte schreien können vor Glück, und vielleicht tat sie das auch, später, als sie auf der Matratze lagen, als die Kerze flackerte und die Schatten ihrer Körper an die Decke malte.

»Ich nenne dich nie wieder Miss Hoylake oder Miss Powell«, flüsterte ihr John ins Ohr, nachdem sie sich geliebt hatten. »Nun bist du Cyn, meine Freundin.«

8. KAPITEL

Nachdem sie sich geliebt hatten, lagen sie nackt nebeneinander. Er hätte gern eine Zigarette geraucht, aber dazu hätte er aufstehen und die hässliche Deckenlampe anschalten müssen, um in Stus Sarg nach Tabak zu suchen. Wahrscheinlich war ohnehin keiner mehr da, und dann hätte Cynthia auch noch richtig zu sehen bekommen, wie schmutzig diese Bude mit dem schwarzen Sarg bei Licht betrachtet war.

Ihre kleine Hand lag warm auf seiner Brust. Über so einen Moment möchte ich einmal einen Song schreiben, dachte er und beugte sich vor, um an ihrem Haar zu riechen, über den Nachhall der Liebe nach dem Akt, so etwas Ähnliches zumindest. Vielleicht sollte er einmal mit Paul darüber reden. Ob Paul so etwas auch schon einmal gefühlt hatte.

»Du hast manchmal so traurige Augen«, sagte Cynthia unvermittelt. Sie blickte starr an die Decke, als stände da etwas geschrieben. »Das ist mir zuerst an dir aufgefallen. Du hast ganz sanfte, traurige Augen.«

Bullshit, wollte er erwidern, ich habe keine traurigen Augen. Wie kommst du nur auf so etwas? Doch sie sprach schon weiter.

»Ich weiß, dass deine Mutter kürzlich gestorben ist. Ein schrecklicher Unfall! Phyl hat es von dem Mädchen gehört, das in deiner Straße wohnt.«

Ihn überfiel der Impuls, sich aufzurichten, sich anzuziehen und sofort zu gehen. Abhauen und noch einmal durch die Nacht ziehen – auf der Stelle! Wie lange waren sie jetzt überhaupt schon in Stus Bude? Über Julia wollte er auf keinen Fall sprechen. Jeden Tag, wenn er aus seinem Zimmer auf die Straße sah, hatte er die Stelle im Blick, an der sie überfahren worden war – von einem verdammten, betrunkenen Polizisten, der längst wieder im Dienst war und der nie eine richtige Strafe bekommen hatte. Einmal hatte er sich vorgestellt, wie er zu ihm hinging und ihm eine Pistole an die Schläfe drückte, um ihn wenigstens mit einem Augenblick des Schreckens zu bestrafen.

»Mein Vater ist auch kürzlich gestorben«, redete Cynthia weiter. »Er war noch gar nicht alt – fünfundsechzig. Es hat mir und meiner Mum fast das Herz gebrochen.« Sie verstummte abrupt, beugte sich vor und küsste ihn auf die Brust, genau an der Stelle, an der sein Herz pochte.

Okay, dachte er und schloss kurz die Augen, muss ich also nicht über Julia sprechen. Und die ganze Geschichte erzählen, warum ich bei meiner Tante Mimi aufgewachsen bin und nicht bei meiner Mutter. All diese Familienstreitigkeiten, die er so viele Jahre hatte ertragen müssen. Es war auf jeden Fall besser so.

Die Kerze flackerte. Sie war fast ganz heruntergebrannt.

»Ich glaube, wir müssen aufstehen. Stu kommt bald zurück.« John richtete sich langsam auf. Er sah auf ihre kleinen weißen Brüste, die im Kerzenlicht schimmerten, als wären sie aus Alabaster.

Auch Cynthia erhob sich. Sie blickte auf ihre schmale Armbanduhr. »Oh, fast Mitternacht«, rief sie aus. »Ich muss mich beeilen, um den letzten Zug nach Hoylake zu kriegen.«

Hastig zogen sie sich an. Stu hockte auf der letzten Treppenstufe vor der Tür, er hatte eine erkaltete Zigarette im Mund und schreckte auf, als hätte er, den Kopf an das Geländer gelehnt, schon geschlafen.

»Danke, Stu – bist ein wahrer Freund«, rief John ihm zu, während sie die Treppe hinunterliefen, Cynthia voraus, voller Panik, dass sie den Zug verpassen könnte.

Sie schafften es gerade noch zum Bahnhof, bevor der Zug abfuhr.

»Wann sehen wir uns wieder?«, rief er ihr nach.

»Ich weiß nicht.« Cynthia winkte. Sie sah glücklich aus, als wäre dieser Abend nicht nur für ihn etwas Besonderes gewesen.

»Morgen!«, rief er. »Unbedingt morgen und übermorgen und überübermorgen.« Ja, er musste sie wirklich so bald wie möglich wiedersehen, wie er sich fast gegen seinen Willen eingestand.

Cynthia winkte noch heftiger, dann endlich schloss sich die Tür, und der Zug gewann an Fahrt.

John blieb allein auf dem Bahnsteig zurück. Julia, flüsterte er stumm in sich hinein, wie gefällt dir Cynthia? Sie ist ganz anders als du, stiller und ein wenig schüchtern, sie ist ein Mädchen, das immer alles richtig machen will, und eigentlich passt sie gar nicht zu mir, könnte aber sein, dass ich mich gerade in sie verliebt habe.

9. KAPITEL

»Wie heißt er?«, fragte ihre Mutter am nächsten Morgen, als sie gemeinsam am Frühstückstisch saßen. Die vier Lehrlinge, die sonst bei ihnen wohnten, waren alle nach Hause gefahren, daher waren sie ausnahmsweise allein.

Cynthia tat, als habe sie nicht verstanden. Sie blickte ihre Mutter über die Kaffeetasse hinweg an. »Wie heißt wer?«

»Der Junge, mit dem du gestern bis tief in die Nacht unterwegs warst?« Ihre Mutter musterte sie mit strengem Blick.

Welcher Junge?, wollte sie erwidern. Sie mochte es nicht zu lügen und tat es auch recht selten. Aber konnte ihre Mutter es ihr wirklich ansehen, was passiert war, dass sie mit John geschlafen hatte, nachdem sie vielleicht dreimal mit ihm getanzt hatte? Ihr schlechtes Gewissen meldete sich.

»Wir haben nur das Ende des Semesters gefeiert. Mehr nicht …« Cynthia schaute tief in ihre Kaffeetasse. Gleich würde sie ihre Sachen packen, und morgen würden sie für mindestens drei Wochen zu ihrem Bruder fahren. Eigentlich hatte sie sich darauf gefreut, doch seit gestern war alles anders.

»Das ganze Haus hat nach Zigarettenqualm gestunken«, sagte ihre Mutter vorwurfsvoll. »Und du warst den ganzen Abend mit Phyl zusammen, und da war kein Junge? Bist du nicht wegen eines Jungen so spät nach Hause gekommen?«

Cynthia zog es vor, nichts zu sagen. Sie schaffte es immerhin, ihrer Mutter in die Augen zu schauen. »Wir haben nur gefeiert«, erklärte sie schließlich, weil der fragende Blick ihrer Mutter weiter auf ihr ruhte, aber in ihren Augen stand offenbar doch etwas geschrieben, etwas, das verriet, dass sich ihr Leben gestern Nacht verändert hatte.

»Du bist noch jung«, sagte ihre Mutter, »noch keine zwanzig. Ich wäre gern mit zwanzig auf ein Art College gegangen, du wirst bestimmt eine wunderbare Lehrerin werden, denke immer daran, auch wenn da ein Junge sein sollte. Jungs denken nicht daran, was alles …« Ihre Mum zögerte, und ihr Blick wurde noch strenger. »… was alles passieren kann.«

Sie wollte etwas erwidern, um ihre Mutter zu beruhigen, als im nächsten Moment ihr Telefon klingelte, ein unförmiger schwarzer Kasten, der in der Diele hing und den sie seit ein paar Wochen besaßen, vor allem, damit die Lehrlinge nach Hause telefonieren konnten.

John, ging ihr durch den Kopf, während ihre Mutter sich stöhnend erhob, um das Gespräch anzunehmen, John ruft mich an, aber nein, sie hatte ihm gar nicht ihre Nummer gegeben.

Laut und deutlich, wie sie es immer tat, nannte ihre Mum ihren Namen und fügte auch ihre Adresse hinzu, dann geriet sie aus dem Takt. »Wie lautet Ihr Name?«, fragte sie. Dann sagte sie leiser und mit einem gewissen Erstaunen: »Einen Moment, ich hole sie.«

Er war es tatsächlich, es war halb neun am Morgen, und John rief sie an, begriff Cynthia, noch bevor ihre Mutter in der Tür stand und mit verkniffenem Mund meinte: »Es ist für dich – ein Junge. Er hat sich als Mister John Lennon vorgestellt.«

Mit einem verlegenen Nicken schob Cynthia sich an ihrer Mutter vorbei. Ihr Herz klopfte, einerseits, weil sie gleich Johns Stimme hören würde, andererseits, weil ihre Mutter nun wusste, dass sie angelogen worden war.

»Ich musste dich einfach sprechen!«, rief John in den Apparat hinein. Er klang so wach und lebendig, als wäre er anders als sie schon seit Stunden auf den Beinen. »Wann sehen wir uns?«

Cynthia blickte zur Tür, die sie leider nicht geschlossen

hatte, also würde ihre Mutter alles mitbekommen, wenn sie nicht ganz leise sprach.

»Es geht nicht«, hauchte sie in den Apparat. »Habe ich dir das nicht gesagt? Ich fahre mit meiner Mum zu meinem Bruder in die Ferien, gleich morgen, und wir müssen noch packen und aufräumen, aber wenn ich zurück …«

»Ach, verdammt!«, unterbrach John sie. »Du kannst nicht einfach wegfahren. Es war doch so schön … gestern Abend.« Er schien an einer Zigarette zu ziehen. »Wie lange bist du weg?«

»Drei Wochen«, sagte sie zaghaft. »Ich glaube, drei Wochen …«

»Eine Ewigkeit also«, sagte er und klang zutiefst enttäuscht, »aber versprich mir zu schreiben. Eine Karte am Tag, was du so machst und denkst. Ich muss wissen, wie es dir geht.«

»Klar«, sagte sie und hatte plötzlich Angst, dass drei Wochen wirklich eine viel zu lange Zeit waren. John würde sich eine neue Freundin suchen, ja, so würde es sein; er sah richtig gut aus, er hatte schon andere Freundinnen gehabt, und er langweilte sich schnell mit einem Mädchen, aber dann dachte sie an ihren Abend bei Stu.

Nein, es war ganz anders gewesen, sehr besonders auch für ihn.

»Es war schön«, flüsterte sie und hoffte, dass ihre Mutter sie nicht hörte. »Es war wirklich schön gestern mit dir.«

»Ja, das war es.« Seine Stimme war nun auch leiser. »Deshalb bin ich ja so enttäuscht, dass du wegfährst. Ich dachte, ich könnte dir Paul und George vorstellen, und wir würden dir ein paar Songs vorspielen, eigene Songs, oder wenn du magst, was von Elvis und Chuck Berry. Unsere Band ist wirklich gut.«

»Ich weiß«, sagte sie. »Ihr seid gut und werdet immer besser.« Sie hörte, wie ihre Mutter in der Küche hantierte, und entspannte sich ein wenig. Also hatte Mum beschlossen, nicht zu lauschen.

»Unsere Band wird die beste von Liverpool«, sagte John, »und vielleicht steigt Stu auch noch mit ein.« Er zog schon wieder an seiner Zigarette. Sie versuchte sich vorzustellen, was er anhatte und wo er war. Zu Hause bei seiner Tante? Konnte er da so gelassen telefonieren?

»Ich muss Schluss machen«, sagte sie. »Ich schreibe dir – jeden Tag eine Karte, versprochen.«

»Versprochen«, erwiderte John, als würden sie einen Pakt abschließen. »Ich werde jeden Tag zum Postkasten rennen – wirklich!«

10. KAPITEL

Liverpool, August 1959

Er musste sie anrufen und sie um Verzeihung bitten. Hey, würde er sagen, mir sind die Pferde durchgegangen. Das passiert manchmal, sorry. Aber du kennst mich, du weißt, dass ich es nicht so gemeint habe. Er hatte sie nicht direkt geschlagen, eher kräftig geschüttelt, weil sie im Ye Cracke ein wenig zu eng mit Stu getanzt hatte. Aber danach hatte sie ihn nicht mehr sehen wollen. Fast drei lange Monate war das jetzt her, und nun hatte George ein großes Konzert organisiert. Sie sollten im Casbah Coffee Club zur Eröffnung spielen. George kannte Pete, den Sohn der Besitzerin, aber damit der Club rechtzeitig fertig wurde, musste alles noch gestrichen werden, fünf Räume im Keller. Kein Problem, hatte George versprochen, John ist Kunststudent, er kennt sich mit so was aus, und wir packen alle mit an und schwingen den Pinsel.

Mehrmals hatte er angesetzt, Cynthia einen Brief zu schreiben, und einmal war er sogar nach Holylake hinausgefahren, um mit ihr zu reden. Es war dumm von ihr gewesen, gelegentlich, nicht sehr oft gingen seine Gefühle mit ihm durch … so etwas in der Art. Ihre Mum war nett, sie hätte ihn bestimmt hereingebeten. Zweimal war er zuvor bei Cynthia zu Hause gewesen, sie hatten zu dritt Tee getrunken und geplaudert, ganz zivil, er hatte sich sogar einen Anzug für den ersten Besuch angezogen, um einen passablen Eindruck zu hinterlassen.

Aber nachdem er in Hoylake aus dem Zug gestiegen war, hatte ihn der Mut verlassen. Er hatte sich nicht einmal in Cynthias Straße getraut, sondern war am Leuchtturm zum Wasser gegangen, in der Hoffnung, sie zu treffen, weil sie dort gern spazieren ging, aber natürlich war sie ihm nicht begegnet. Ja, so musste man es sehen, verdammt. Ihm fehlte der Mut, Cynthia zu bitten, zu ihm zurückzukehren.

»Du bist ein Idiot«, hatte Stu ihm gesagt. »Cyn war das Beste, was dir bisher passiert ist.« Und Paul hatte gemeint: »Hey, wir müssen diese Bude da verschönern und nicht nur weiß streichen. Dazu könnten wir jemanden wie Cynthia gut gebrauchen.«

Paul hatte recht.

Sie hatten noch eine Woche bis zur Eröffnung des Clubs. Er vermisste Cyn, er hatte sie gleich vom ersten Moment an vermisst, als sie wütend aus dem Ye Cracke hinausgelaufen war und ihn hatte stehen lassen.

John suchte sich eine Telefonzelle in der Nähe von Pauls Wohnung. Langsam wählte er ihre Nummer, die er tatsächlich auswendig konnte. Was würde er tun, wenn sie sofort wieder auflegte? Shit, dann würde er sich wieder in den Zug setzen und zu ihr hinausfahren. Vielleicht mit Blumen. Oder mit Schmuck. Nein, Schmuck kam nicht infrage. Er würde sich etwas anderes überlegen müssen – ein besonderes Geschenk.

Nein, sagte er sich, sie wird nicht auflegen. Sie wird spüren, dass ich sie brauche. Und nicht nur, um den Club zu verschönern.

»Ohne dich ist mein Leben anders, nicht richtig.« Das würde er ihr sagen.

Er hörte das Tuten in der Leitung, einmal, zweimal. Nach dem fünften Signalton wollte er schon auflegen, als doch noch abgehoben wurde.

John hörte, wie sie sich mit einem schönen, hellen »Yes, Cynthia Powell« meldete.

Er räusperte sich und fand zu seinem Schrecken nicht sofort die richtigen Worte. Doch sie kam ihm zuvor.

»John, bist du das?«, fragte sie. Ihre Stimme zitterte ein wenig.

»Ja«, sagte er. »John hier. Es tut mir leid. Ich schäme mich, dass ich dich … Können wir uns sehen. Heute noch?«

Sie zögerte. »Warum?«, fragte sie. »Warum willst du mich sehen?«

Er lachte auf, ein wenig hohl und verlegen. »Die Sache mit Stu tut mir leid. Manchmal bin ich ein Idiot. Und ich weiß, was deine Freundinnen sagen … dass wir nicht zusammenpassen, ganz und gar nicht, nicht wahr?«

»Ja«, sagte Cynthia, und nun klang ihre Stimme heller und freudiger, »genau das sagen sie, aber ich weiß, dass sie nicht recht haben … jedenfalls nicht, wenn du normal bist … irgendwie normal. Na ja …« Sie zögerte. »Soweit du überhaupt normal sein kannst.«

Eine Pause trat ein.

Er hörte, wie Cyn atmete. Sie wartete darauf, dass er etwas entgegnete. Draußen lief Paul vorbei, der ihm den Daumen entgegenstreckte. Er hatte sich alte Klamotten angezogen und war auf dem Weg nach West Derby in den Casbah Club. John räusperte sich, obwohl er dieses Geräusch hasste. Seine Tante Mimi hatte die Angewohnheit, sich ständig zu räuspern. »Ja, wir passen nicht zusammen«, sagte er endlich, »und doch … Ich möchte wieder mit dir zusammen sein, Cyn, wirklich.«

»Wenn du mich noch einmal schlägst, siehst du mich nie wieder«, sagte sie mit einer Stimme wie aus Stahl. »Versprich mir, dass es nie wieder vorkommt.«

Sein erster Impuls war, zu erwidern, dass er sie gar nicht geschlagen habe, nicht richtig, zumindest. Er war einfach plötzlich wütend geworden, als er ihre Hand auf Stus Schulter gesehen hatte. Ein Ausraster – nicht mehr, nicht weniger.

»Versprich es«, wiederholte sie noch eindringlicher. »Oder wir sehen uns nie wieder.«

»Es tut mir leid«, sagte er. »Ich verspreche es. – Sehen wir uns dann heute noch? Wir sind in West Derby im Casbah Club. Wir helfen da beim Renovieren, und nächste Woche treten wir in dem Laden auf. Da ist die große Eröffnung. Es kommen bestimmt zweihundert Leute – zweihundert!«

»Morgen kann ich in den Club kommen und euch helfen – morgen Nachmittag, eher nicht.«

»Ich freue mich«, rief er in den Apparat hinein, bevor sie wieder auflegte. »Ich freue mich riesig.« Und das tat er wirklich. Erleichterung durchflutete ihn. Er hatte Cynthia nicht verloren, wie er es sich in seinen dunklen Träumen ausgemalt hatte. Er hatte etwas wieder ins Lot gebracht, und nächste Woche würde die Band durchstarten. Mit Paul und George waren die Quarrymen doppelt so gut wie vorher. Ach bullshit, sie waren zehn Mal so gut, mindestens, und Geld hatte Mona, die Besitzerin vom Casbah Club, ihnen auch versprochen. Sie würden ein gutes Geschäft machen, auch wenn ihnen noch immer ein Drummer fehlte.

Der Casbah Coffee Club lag ein wenig abseits in einer Straße, die Hayman's Green hieß. Man musste in einen Keller hinuntergehen, ein recht schmaler Abgang, aber der Keller war groß, fünf Räume, von denen drei Platz genug für Konzerte boten. John wartete am nächsten Tag mit bangem Herzen auf Cynthia, ob sie auch wirklich kommen würde, während Paul und George sich schon an die Arbeit machten. Mona, die Besitzerin, die oben im Haus wohnte, hatte die Farben besorgt und dirigierte alles, ihr Sohn Pete drückte sich auch unten herum, allerdings wirkte es nicht so, als würde er mitarbeiten wollen.

»Alle Räume haben Namen«, sagte Mona. Sie stemmte ganz wie eine Chefin ihre Hände in die Hüften, so als hätte sie einen Bautrupp vor sich, was John ein wenig gegen den Strich ging. Sie waren Musiker, keine Handwerker, denen man nach Lust und Laune Befehle erteilen konnte. »Und das nicht ohne Grund. Deswegen könnt ihr nicht alles in derselben Farbe streichen.«

»Aber nicht zu hell«, sagte John. »Es gefällt mir nicht, wenn es zu hell ist.«

Mona schaute ihn an. Sie hatte schwarze Haare, einen recht dunklen Teint und kam aus Indien, was an ihrem leichten Akzent zu hören war. »Gehört das Haus dir?«, sagte sie zu John. »Hast du hier was zu bestimmen?«

»Kann sein«, sagte er. »Kann sein, dass ich hier was zu bestimmen habe.«

»Hast du nicht«, sagte Mona. »Ganz bestimmt nicht.« Sie ließ ihren Blick schweifen, taxierte erst John, dann George und ihren Sohn Pete. »Oder ist jemand von den jungen Herren anderer Meinung?«

»Wenn wir berühmt sind, kaufen wir diesen Schuppen und machen eine Bar oder ein Museum daraus«, sagte John. Von so jemandem wie Mona würde er sich nicht einschüchtern lassen. Sie waren die Musiker, sie würden ihren Laden zum Kochen bringen – mit Songs, die hier noch nie gespielt worden waren.

Mona gab ein hohles, schnaufendes Geräusch von sich. »Ihr könnt froh sein, dass ihr hier nächste Woche spielen dürft.«

John wollte etwas erwidern, aber plötzlich hörte er Schritte, leichte, schnelle Schritte. Dann tauchte sie auf, in einem hellen Mantel. Ihr blondes Haar leuchtete. Endlich, Cynthia. Sie nickte erst Mona und dann den anderen zu und hauchte ein leises »Hallo«. Nach einer Pause fügte sie schüchtern hinzu: »War mir nicht ganz sicher, ob ich hier richtig bin.«

John konnte nicht anders. Er stürzte förmlich auf sie zu, wollte sie auf den Mund küssen, doch sie wandte den Kopf, so dass seine Lippen nur sanft über ihre Wange strichen. Er mochte ihren Geruch, sie hatte Parfüm aufgetragen, wie er sofort bemerkte.

Cynthia streifte ihren Mantel ab und legte ihn auf eine

alte Holzbank, die in dem holzvertäfelten Eingang stand. »Ich habe mir extra alte Sachen angezogen, damit ich helfen kann.«

Mona klatschte in die Hände. »Helfen – endlich ein richtiges Wort.« Sie musterte Cynthia und rang sich dann ein Lächeln ab. »Du bist wirklich die Freundin von dem da?« Sie deutete auf John. »Dann sollte ich dich eigentlich bemitleiden, aber irgendwie scheinst du mir ganz patent zu sein.« Wieder klatschte sie. »Und wenn ich die Herren nun bitten dürfte, mit der Arbeit loszulegen, sonst wird es nichts mit der Eröffnung nächste Woche.«

John versuchte, in Cynthias Nähe zu bleiben, während sie sich an die Arbeit machten. Sie verteilten sich auf die verschiedenen Räume. Im Rainbow Room werkelte Paul vor sich hin. Wie immer höflich, bemalte er die Decke in Regenbogenfarben, wie Mona es ihm aufgetragen hatte. George hatte sich in den Spider Room verdrückt, und John hatte sich den Aztec Room ausgesucht. Am liebsten hätte er irgendwelche Cartoons an die Decke skizziert, aber da Mona ständig patrouillierte und aufpasste, beschloss er, die Arbeit ernst zu nehmen, und verschönerte den Raum mit Zeichen, die er für mexikanisch hielt, weil die Azteken, wie Mona meinte, aus Mexiko kamen.

Die ganze Zeit dudelte ein altes Radio, das Pete im Eingang aufgebaut hatte, aber richtigen Rock 'n' Roll sendeten sie natürlich nicht, sondern irgendwelche seichte Tanzmusik.

»Hey«, rief John zwischendurch, »irgendwann werden unsere Songs im Radio gespielt und nicht so ein niveauloser Mist.« Und wenn er das Gedudel nicht mehr aushielt, fing er an, selbst zu singen – Songs von Elvis oder Chuck Berry, doch nicht einmal Paul stimmte mit ein.

Cynthia redete fast gar nicht mit ihm. Am Ende des Tages verzog sie sich in einen anderen Raum, den Mona den Star Room genannt hatte. Er wollte ihr hinterhergehen, aber sie hielt ihn zurück.

»Ich will was probieren, John«, sagte sie ernst. Immerhin hatte sie ihn zweimal auf den Mund geküsst. »Ich zeige es dir, wenn es fertig ist, okay?«

»Okay.« Er nickte. Er war so froh, sie wieder bei sich zu haben, da machte es ihm auch fast nichts aus, dass Mona herumtobte, weil er angeblich die falsche Farbe benutzt hatte, nicht die schnell trocknende Emulsionsfarbe, die sie ihm hingestellt hatte, sondern eine Ölfarbe, die wahrscheinlich eine Woche brauchte, um zu trocknen, aber fuck, es war doch egal, ob seine Pinseleien unter der Decke rechtzeitig trocken wurden oder nicht.

Mona war eine Nervensäge, keine Frage, und die Arbeit ging auf die Knochen. Ständig hatte er das Gefühl, sich den

Kopf zu verrenken, wenn er seine aztekischen Muster an die Decke pinselte. Aber sobald er die Lust verlor, stellte er sich vor, wie der Laden erst aussähe, wenn sie spielten. Ausverkauft – zweihundert Leute, die alle Eintritt bezahlt hatten, drängten sich vor der Bühne, um sie zu sehen, und die Akustik in den Räumen würde großartig sein, der beste Ort, um richtig loszulegen.

Nach zwei Tagen waren sie zum Glück mit der Arbeit fertig, und er durfte sich endlich Cynthias Kunstwerk anschauen. Er wusste, dass sie künstlerisch etwas draufhatte, jedenfalls konnte sie viel besser zeichnen als er. Paul hatte Bier verteilt, und dann liefen sie durch die Räume, und es riss ihm beinahe die Beine weg, als sie in den Star Room kamen. Wow, was war das denn? Cynthia lächelte ihn an. Sie hatte ihn an eine Wand gemalt, eindeutig seine Silhouette, seinen Schattenriss ganz in Weiß. John küsste sie, und dann konnte er nicht anders, er nahm sein Taschenmesser und ritzte seinen Namen in eine der Kellerwände. Gigantisch, er, John, war im Casbah Club angekommen.

Aber kaum hatte er den letzten Buchstaben in die Holzwand im Aztec Room geritzt, stürmte Mona wie eine Furie heran und verpasste ihm einen Schlag, dass ihm die Brille vom Kopf fiel und über den Boden schlitterte.

»Hey, spinnst du! Was fällt dir ein!«, schrie sie. »Meinst du, nur weil du ein paar Kleckse an die Decke gemalt hast, kannst du meine Wand ruinieren?«

John sah sie nur verschwommen vor sich, aber, verdammt, wo war seine Brille? Cynthia hielt sie ihm schließlich hin. Ein Glas war kaputt, ein Bügel abgerissen.

»Was soll der Scheiß?« Nun wurde sogar Paul wütend.

»Welcher Scheiß!« Mona nahm Cynthia die kaputte Brille ab und drückte sie John in die Hand. »Wer meine Wände ruiniert, kriegt es mit mir zu tun. Und nun haut ab. Und lasst euch vor Samstag hier nicht mehr blicken. Dann ist die Eröffnung. Seid bloß pünktlich.«

11. KAPITEL

War dieser Sommer 1959 die bisher beste Zeit ihres Lebens? Ja, es war ihr so vorgekommen. In den Ferien, nach ihrem ersten Treffen, hatte sie John fast jeden Tag eine Karte geschickt – manchmal hatte sie lediglich einen kurzen Gruß darauf notiert, manchmal ein paar Worte darüber, was sie mit ihrem Bruder und ihrer Mutter den Tag über unternommen hatte. Auf einer Karte hatte sie nur »I love you« geschrieben – zehnmal hintereinander. Zu Hause in ihrem Briefkasten hatte sie dann Johns Post gefunden. Elf Umschläge mit Cartoons, die er für sie gezeichnet hatte, dazu hatte er kleine Briefe gelegt. »Ich denke an dich.« – »Wieso bist du nicht hier?« – »Liverpool ist kalt ohne dich – mitten im Sommer.« – »Ich gehe die Penny Lane hoch, allein – wo bist du nur?«

Als Cynthia aus den Ferien zurück war, trafen sie sich in

der Stadt, hockten stundenlang, weil sie kein Geld hatten, bei einem Kaffee zusammen und hielten sich an den Händen. Gelegentlich, wenn die Sonne schien und es nicht zu kalt war, fuhren sie mit der Fähre über den Mersey nach New Brighton an die See. In den Dünen gab es geheime Plätze, an denen sie sich ungestört lieben konnten. Hinterher waren ihre Sachen so voller Sand, dass ihre Mutter sich wunderte, wo sie gewesen war, statt zum Art College zu gehen. John stellte sie auch Paul und George vor. Die Quarrymen probten jeden Mittag im College und manchmal auch abends zu Hause bei Paul in der Forthlin Road. Mehr als »Hi, Cyn« sagten Paul und George jedoch selten zu ihr. Entweder weil sie zu schüchtern waren oder weil Johns Freundin sie überhaupt nicht interessierte. Musik interessierte sie, sonst gar nichts.

John und sie waren eigentlich immer zusammen, und wenn sie dann spät am Abend den letzten Zug nach Hoylake nehmen musste, regte er sich oft auf. »Warum wohnst du so weit draußen?« – »Kannst du nicht über Nacht bei mir bleiben?«

»Wo bitte soll ich übernachten?«, hatte sie ihn gefragt. »Bei dir und deiner Tante Mimi? Oder bei Stu auf einer Matratze? Doch wohl kaum.«

An einem Samstag hatte John sie sogar zu sich nach Mendips eingeladen, um sie seiner Tante Mimi vorzustellen. John sprach fast nie von ihr, aber Cynthia wusste, dass sie, nachdem seine Mutter verunglückt war, der wichtigste Mensch für ihn war. Alles, was er tat, tat er auch, um Mimi zu beeindrucken. Ihretwegen ging er noch immer aufs Art College, und vor ihr versuchte er zu verheimlichen, dass er fast nur noch Musik machte, statt für sein Studium zu arbeiten.

Zusammen mit John, der sie vom Bahnhof abgeholt hatte, fuhren sie im Bus nach Woolton. Als sie ausstiegen und die wenigen Meter die Menlove Avenue hinuntergingen, musste Cynthia sich eingestehen, dass sie sich Johns Zuhause ganz anders vorgestellt hatte, viel kleiner und ärmlicher, aber in Wahrheit war es eine recht wohlhabende Gegend. John wohnte in einem hübschen Haus mit einem recht großen, gepflegten Garten. Mimi öffnete ihnen sogleich die Tür, als hätte sie schon auf der Lauer gelegen. Sie war eine kleine Frau mit hochtoupierten dunklen Haaren und trug ein geblümtes Kleid. Eine Katze schlich um ihre Füße, die sich jedoch gleich davonmachte.

Mimi musterte Cynthia kritisch, ohne sie zu begrüßen. Erst als John ungewohnt förmlich erklärte: »Das ist Cynthia, meine Freundin«, nickte sie und bat Cynthia mit einer harten, kantigen Handbewegung herein.

Cynthia hatte sich ihren schönsten Rock angezogen und ihr Haar ordentlich gescheitelt, doch sie meinte, unter Mimis Blicken immer kleiner und unbedeutender zu werden.

Mimi hatte in einem Raum neben der Küche, den sie Frühstückszimmer nannte, den Tisch gedeckt. Es gab Spiegeleier, Brote und eine Kanne Tee, dann, kaum dass Cynthia sich gesetzt hatte, begann das Verhör. Mimi wollte alles wissen. Woher Cynthia komme, was ihre Eltern genau machten, warum sie an das Art College gegangen sei, ob sie Alkohol trinke … Dabei sprach sie ohne jeden Dialekt. Sie hätte mit ihrem feinen, klaren Englisch auch die Nachrichten in der *BBC* lesen können.

Cynthia beantwortete alle Fragen ausführlich, aber ihr wurde immer mulmiger zumute.

Was soll das?, hätte sie am liebsten zurückgefragt. Ich bin Johns Freundin, ich liebe ihn, ich liebe seine Musik, seine Augen, einfach alles an ihm. Gibt es sonst noch etwas, was zählt?

Dann fing Mimi an, über John zu sprechen, als säße er gar nicht mit am Tisch – dass sie ihn bei sich aufgenommen habe, nachdem seine Mutter unzüchtig mit einem fremden Mann zusammengezogen war, damit etwas aus ihm werde – ein guter Lehrer, ein ordentliches Mitglied der Gesellschaft, so etwas. Dass die Musik für John das Wichtigste war, erwähnte sie mit keinem Wort. Einmal meinte sie sogar, dass sie John gerettet habe – vor seiner eigenen Mutter, ihrer jüngeren Schwester, die bei all ihrer Freundlichkeit auch eine vulgäre Seite gehabt habe, und davor, auf die schiefe Bahn zu geraten.

John neben ihr verzog das Gesicht, doch er traute sich offensichtlich nicht, etwas einzuwenden.

Cynthia hätte beinahe laut aufgelacht. Wenn John etwas niemals werden würde, dann ein Lehrer, ob nun für Kunst oder Musik oder sonst irgendein Fach. Er hatte eine Abneigung gegen jede Form von Erziehung, und er hasste Lehrer, und eigentlich hasste er auch das Art College.

»Es wäre gut«, sagte Mimi dann und machte Anstalten, Cynthias rechte Hand zu ergreifen, »wenn John sich ganz auf sein Studium konzentrieren könnte. Keine Ablenkung, verstehst du?«

Cynthia zog ihre Hand zurück. Leichter Zorn stieg in ihr auf. Nein, sie verstand nicht. Wenn überhaupt, lenkte John sie von ihrem Studium ab, was ihrer Mutter zunehmend Sorgen bereitete, aber sie tat das ganz gewiss nicht.

Stattdessen jedoch sagte sie: »Ja, ich verstehe, aber John ist etwas Besonderes, seine Zeichnungen sind große Klasse. Die gefallen jedem, auch den Lehrern …«

Mimi verzog das Gesicht und unterbrach sie: »Um die Zeichnungen geht es nicht, Kleines, es geht um das Studium, um das große Ganze.«

Um das große Ganze? Was sollte das nun heißen?

»Ich habe keine eigenen Kinder«, fuhr Mimi fort und bedachte John mit einem sanften Seitenblick. »Seit mein Mann tot ist, habe ich nur noch John – und seit Julia tot ist, hat John nur noch mich. Wir passen beide aufeinander auf.«

Zwei lange Stunden dauerte der Besuch bei Mimi. John hatte fast kein Wort gesagt, was ihm überhaupt nicht ähnlich sah.

Cynthia atmete durch, als er sie zur Bushaltestelle brachte.

»Deine Tante … sie ist …« Komisch, wollte sie sagen, traute sich jedoch nicht, dieses Wort auszusprechen. »… speziell«, fuhr sie fort. »Glaubst du, sie mag mich?«

»Klar.« John nahm sie in den Arm und küsste sie leicht auf den Mund. »Wegen Mimi musst du dir keine Gedanken machen. Sie ist etwas förmlich und steif, alte englische Schule eben, aber wenn ich dich mag, mag sie dich auch.«

Nein, war sie drauf und dran zu erwidern, deine Tante mag mich nicht. Sie mag vermutlich kein Mädchen, das sich in deine Nähe wagt, weil kein Mädchen in ihren Augen gut genug ist und dich nur von den Dingen abhält, die sie für wichtig hält.

Einem weiteren Besuch bei Mimi ging Cynthia aus dem Weg, und John schien auch keinen besonderen Wert darauf zu legen, dass sie sich wieder in Mendips zeigte. Die Begegnung mit seiner Tante hatte Cynthia eher neugierig gemacht, wie Johns Mutter gewesen war. Wenn sie richtig verstanden hatte, was John ihr in Bruchstücken über sie erzählt hatte, dann hatte Mimi ihre eigene Schwester damals beim Jugendamt in Liverpool angeschwärzt, weil sie mit einem Mann zusammenlebte, der nicht Johns Vater war. Sogar von Unzucht und Untreue hatte Mimi gesprochen. Dabei war Alfred, Johns Vater, aus freien Stück verschwunden und hatte seitdem nie mehr von sich hören lassen. Der fünfjährige John war dann von den Behörden in Mimis Obhut gegeben worden. Wie konnte so etwas sein? Was war das für eine Familie, wo die eine Schwester der anderen das Kind wegnahm? Doch John wollte nie darüber sprechen. Einmal nur hatte er ihr ein Foto seiner Mutter gezeigt. Diese Julia ähnelte seiner Tante überhaupt nicht – sie war hübsch und auf dem Bild viel jünger als Mimi, hatte längere lockige Haare, und sie lächelte so warmherzig, als würde sie aus einer ganz anderen Welt stammen.

Als sie wieder einmal nach New Brighton gefahren waren und in den Dünen lagen, angekleidet, weil es zu kalt war, um sich zu lieben, fragte Cynthia ihn: »Wie war deine Mutter eigentlich? Vermisst du sie nicht? Ich vermisse meinen Vater jeden Tag. Immer wenn ich morgens in die Küche komme, meine ich, er müsste da über seinem Tee sitzen, seine Rühreier essen und dabei die Frühnachrichten in der *BBC* hören.«

John wandte ihr den Kopf zu, er kniff die Augen zusammen, wie er es häufiger tat, wenn er keine Brille trug, um etwas in der Ferne zu erkennen. »Ich vermisse sie auch«, sagte er leise. Er holte eine Schachtel Embassy hervor und steckte sich mühevoll, weil der Wind so heftig blies, eine Zigarette an. »Sie hat viel gesungen, und sie konnte Banjo spielen – nicht richtig toll, aber mit ganz viel Power. Sie hat mir meine erste Gitarre geschenkt und eine Platte von Elvis … Und sie roch immer gut – nach Blumen und frischer Seife.« Er nahm einen tiefen Zug und blickte in den bewölkten Himmel. Ein winziger Fetzen Blau war zu sehen. »Ich …« Er brach ab.

Cynthia strich ihm sanft über die Wange, doch er wich zurück, ganz leicht, aber so, dass sie es sofort bemerkte.

»Und dein Vater?«, fragte sie. »Erinnerst du dich noch an deinen Vater? Ich denke oft an meinen Dad. Ich erinnere mich an seine Hand, an eine große, kräftige Hand, die sich um meinen kleinen Kinderdaumen schließt.«

»Nein!«, stieß John heftig hervor. »Ich erinnere mich nicht an ihn, und eigentlich will ich auch nicht darüber reden. Er ist abgehauen, als ich fünf Jahre alt war, weil er wieder zur See fahren wollte. Warum fragst du mich das alles? Meine Mutter ist tot und mein Vater vielleicht auch, aber bei ihm ist mir egal, ob er noch lebt oder tot ist. Von mir aus kann er in irgendeinem beschissenen Meer ertrunken sein. Ach, die Fische können ihn gefressen haben.« Mit einer heftigen Bewegung warf er die halb gerauchte Zigarette neben sich in den Sand, dann sprang er auf und lief zum Fluss hinunter, so schnell, dass sie ihm unmöglich folgen konnte.

John weint, dachte Cynthia, er weint aus Kummer und will nicht, dass ich ihn so sehe, aber dann hörte sie ihn schreien, Schreie oder Flüche gegen den Wind. Er war wütend, weil sie ihn nach seinem verschwundenen Vater gefragt hatte.

Erst an der Fähre holte sie ihn wieder ein. John saß da, rauchte und blickte kaum auf, als sie ankam. Sie redeten auch nicht, während sie nach Liverpool hineinfuhren.

»Tut mir leid«, sagte John, als sie sich am Bahnhof verabschiedeten, obwohl es noch gar nicht so spät war. »Ich muss noch zu Paul. Wir wollen noch etwas probieren. Sein Vater und sein Bruder sind nicht da, deshalb haben wir das ganze Haus für uns.«

»Es ist okay«, erwiderte Cynthia. Am liebsten hätte sie ihn geküsst, ganz lange und warm, aber John hatte sich schon abgewandt und lief die Straße hinunter. Doch zum Glück drehte er sich noch einmal um: »I love you«, schrie er so laut, dass sich einige Passanten nach ihm umschauten, und er sprang in die Luft und drehte sich in seinem schäbigen Mantel, als wäre er ein Eiskunstläufer, der ein neues Kunststück probte.

Einmal, als John beim Augenarzt war, weil er eine neue Brille brauchte, traf sie Paul und George allein in der Mittagspause, die auf der Bühne hinter der Mensa des Art College probten. Sie wusste, dass John das nicht gefallen würde, aber sie war neugierig, die beiden allein zu sehen, wie sie, über ihre Gitarren gebeugt, dasaßen und übten. Paul gab einen Akkord vor, und George stieg mit ein.

Paul lächelte ihr kurz zu, als sie eintrat, eine Tüte Fish and Chips in der Hand. Sie hockte sich auf einen Stuhl und hörte zu. Der schweigsame George war der Virtuose in der Band. Eine Stelle übte er immer wieder und wieder, bis er sie endlich perfekt beherrschte.

»John kommt heute nicht«, sagte Paul plötzlich in einem Tonfall, als müsse er sich rechtfertigen.

»Ich weiß«, erwiderte Cynthia. »Ich wollte euch nur zuhören.«

George blickte kurz auf und sah sie verblüfft an. Wenn sie ehrlich war, hatte sie ihn noch keine drei Sätze reden hören. John sah immer ein wenig auf George herab, nicht nur weil er der mit Abstand Jüngste war, sondern auch, weil er nie widersprach, wenn Paul und John einen Vorschlag machten. Mitunter nannte John ihn sogar »Mister Milchgesicht«, weil er drei Jahre jünger war. Mit Paul aber war John wirklich befreundet. Cynthia wäre gern einmal dabei gewesen, wenn die beiden sich unterhielten. Wahrscheinlich redeten sie nur über Musik – wann welche neue Platte herausgekommen war oder in welchen Clubs sie spielen könnten. Aber vielleicht sprachen sie gelegentlich auch über andere Dinge. Paul war etwas jünger als John, doch Cynthia merkte, dass John ihn respektierte. Vielleicht hatte es etwas damit zu tun, dass auch Paul früh seine Mutter verloren hatte. Sie war Hebamme gewesen und an Krebs gestorben, als Paul vierzehn gewesen war. Seitdem lebte er mit seinem Vater und seinem jüngeren Bruder allein in einem Reihenhaus in Allerton.

»Wir haben bald wieder einen Auftritt im Cavern Club«, sagte Paul. Er trug seine Schuluniform, nur die Krawatte hatte er abgenommen. »Du musst kommen. Wir haben ein paar neue Songs auf Lager. John und ich haben selbst welche geschrieben.«

»Hat John eigentlich noch andere Freundinnen?« Cynthia erschrak über ihre eigenen Worte, die sie so unbedacht hervorgebracht hatte. Verdammt, warum fragte sie Paul so etwas? Sie war doch nicht eifersüchtig. Zweifellos, John hatte vor ihr schon andere Mädchen gehabt, obwohl er nie einen Namen genannt hatte, aber nun liebte er nur sie, da war sie sich sicher.

Paul lächelte verlegen, er hob die Achseln, während George aufgestanden war und seine Gitarre einpackte. Die Mittagspause war gleich zu Ende.

»Keine Ahnung«, erklärte Paul. »Wir sind seine Band ...«

Er zögerte. »Wir machen zusammen Musik. Darum geht es. Außerdem ist er doch mit dir zusammen, oder nicht?«

Cynthia nickte. Sie hatte ihre Chips aufgegessen. »Klar, wir sind zusammen. War eine blöde Frage.«

Paul begann ebenfalls seine Gitarre zusammenzupacken und kam zu ihr herüber. »John ist anders. Das hast du bestimmt schon gemerkt. Er hat ...« Mit einem kurzen Gruß verabschiedete er George, der offenbar froh war, sich davonmachen zu können und nicht mit Cynthia reden zu müssen. »Er hat seine eigenen Gesetze. Weißt du bestimmt.«

Cynthia nickte wieder. »Kann man so sagen.«

»John ist auch der Einzige, den ich kenne, der sich gern prügelt. Neulich, nach einem Konzert ...« Er brach ab, weil ihm plötzlich bewusst wurde, was er da über seinen Freund zu sagen im Begriff war.

»Was war da?«, fragte Cynthia.

»Na ja.« Paul blickte auf seine Uhr. »Da ist uns einer dumm gekommen, meinte, wir hätten scheiße gespielt und so, und da hat John ... John hat ihm kräftig die Meinung gegeigt.« Paul holte kurz mit der rechten Hand aus. »Ich bin jedenfalls froh, dass er mein Freund ist, und ich bin sicher ... er liebt dich. Tut er wirklich. Wenn du nicht da bist, geht es ihm viel schlechter – irgendwie.« Mit einem letzten verlegenen Lächeln ging Paul an ihr vorbei. Sie sah noch, wie er sich im Hinausgehen ganz geschickt wieder seine Krawatte umband, weil er gleich wieder in seinen Unterricht zurückkehrte.

John liebt mich, dachte sie, er liebt mich wirklich.

Dann aber kam der Abend mit Stuart Sutcliffe.

Sie waren wieder im Ye Cracke gewesen. Songs von Elvis liefen. Erst »Heartbreak Hotel«, dann »Wear My Ring Around Your Neck«. John hatte den Arm um sie gelegt, er war schon den ganzen Tag aufgekratzt. Zwei Konzerte waren ihnen durch die Lappen gegangen. Ja, so hatte er es gesagt. Eine andere Band war ihnen zuvorgekommen, und sie hatten immer noch keinen Drummer.

»Eine Band muss einen guten Drummer haben.« Den halben Abend hielt er sich an diesem Thema fest. »Ich bin Gitarrist, kein Drummer. Was soll daran so schwer sein, ein bisschen herumzutrommeln und der Band den Rhythmus vorzugeben?«

Sie konnte ihm keine Antwort darauf geben, und es interessierte sie auch nicht. John rauchte und trank Bier, und irgendwann kam Stuart vorbei. Er sah müde aus, aber John ging ihn gleich an, er solle endlich in die Band eintreten.

Stu bestellte sich auch ein Bier. »Ich habe bald eine Ausstellung«, sagte er – mehr zu Cynthia als zu John. »Es gibt tatsächlich ein paar Leute, die sich für meine Bilder interessieren. Neulich habe ich sogar eins verkauft.«

»Gratuliere.« Cynthia stieß mit Stu an, und John verschwand, um sich ein neues Bier zu holen oder weil er ein paar Bekannte entdeckt hatte.

»Tut mir leid, dass wir dich manchmal aus deinem Zimmer vertreiben, aber …« Sie hob die Achseln … aber John ist eben so, wollte sie sagen.

Stu lächelte. »Es macht mir nichts aus. John ist mein bester Freund – niemand ist so wie er, so ehrlich und voller interessanter Gedanken. Und wo solltet ihr sonst hingehen? Aber wenn es mit der Band bald besser läuft, kann John vielleicht endlich bei seiner Tante ausziehen. Sie ist ein Drachen, auch wenn er das nicht gern hört.«

Die Musik und das Stimmengewirr wurden nun noch lauter. Ein Song von Cliff Richard erklang – »Move It« –; jedenfalls meinte Cynthia, dass es dieser Song war. John und die Quarrymen hatten ihn auch gespielt.

Stus Gesichtsausdruck veränderte sich. Er schaute sie an. »Wollen wir tanzen? Ich habe den ganzen Tag nur blöd irgendwo herumgesessen.«

Sie war zu überrascht, um Nein zu sagen. Stu tanzte eigentlich fast nie. Hinten in dem Pub gab es so etwas wie eine Tanzfläche, auf der sich auch schon einige Paare bewegten. Aber kaum hatten er und Cynthia begonnen zu tanzen, stand John plötzlich vor ihnen. Er kniff die Augen zusammen, und fast wirkte es, als würden Funken aus ihnen hervorschießen. Während Cliff Richard »Come on, pretty baby, let's move it and groove it« sang, stieß John seinen Freund Stu beiseite und packte ihre Handgelenke. »Was soll das?«, zischte er.

»Ich tanze – oder wonach sieht das aus?«, erwiderte Cynthia ungerührt und versuchte, ein paar Schritte zur Musik zu machen, doch John hielt sie noch fester.

»Ich will nicht, dass du tanzt.« Er schob sein Gesicht näher an sie heran. »Verstehst du?«

»Es ist mir egal, ob du das willst oder nicht.« Sie wollte sich von ihm losmachen, doch er zerrte an ihr, und dann, als würde ein Stromstoß durch sie beide hindurchgehen, ließ er sie unvermittelt los und schlug ihr mit der rechten Hand ins Gesicht, nicht allzu hart, aber sie war so verblüfft, dass ihr Tränen in die Augen traten.

Durch ihren Tränenschleier sah sie Stu, der den Mund vor Erstaunen oder Entsetzen aufgerissen hatte, und John, der auf seine Hand blickte, als gehöre sie gar nicht zu ihm, dann stürmte Cynthia an ihnen vorbei durch das Getümmel, riss ihren Mantel von ihrem Stuhl und lief nach draußen.

Er hatte sie geschlagen, ins Gesicht. Wie sollte sie mit so einem Mann befreundet sein? Nein, das ging nicht. Niemand hatte das Recht, die Hand gegen sie zu erheben. Und niemand hatte das jemals getan. Sie lehnte sich gegen die Hauswand. Jemand kam heraus, aber es war nicht John, sondern irgendein blonder Typ, der sie gar nicht beachtete. John war ihr nicht nachgelaufen, wie sie insgeheim gehofft hatte. Sie schloss die Augen. Ihre Wange brannte, weniger vor Schmerzen denn aus Zorn und Verzweiflung. Sie hatte auf einmal das Bedürfnis, eine Zigarette zu rauchen, und begann stumm, rückwärts zu zählen. Er hatte zehn Sekunden Zeit, herauszukommen und sich zu entschuldigen. Zehn, neun …

Sie zählte immer langsamer, aber sie wusste längst, dass er nicht kommen würde. Niemand kam, auch Stu zeigte sich nicht. Nur monotones Stimmengewirr und Fetzen von Musik drangen zu ihr heraus.

Tränen liefen ihr über das Gesicht, als sie zum Bahnhof ging. Phyl hatte recht gehabt. John passte nicht zu ihr. Jemand, der sie ins Gesicht schlug, konnte niemals ihr Freund sein – wie sollte sie so jemanden lieben?

Drei Tage konnte sie fast nicht schlafen. Sie war verzweifelt, immer wieder sah sie vor sich, wie John da stand, wie er die Hand erhob. Verdammt, sie liebten sich doch. Wie hatte er ihr so etwas antun können? Klar, manchmal war er wütend, wegen seiner Mutter, weil Mimi ihn nicht verstand, weil nicht jeder begriff, wie viel die Musik ihm bedeutete, aber das gab ihm kein Recht, sie zu schlagen. Und er meldete sich nicht. Da war kein Anruf, keine Entschuldigung.

Als John ihr drei Tage später im Art College über den Weg lief, baute sie sich vor ihm auf – mit einem Schritt Abstand, damit er sie nicht berühren konnte. »Es ist aus«, sagte sie. Ihre Stimme war heiser und drohte zu kippen, doch sie schaffte es weiterzureden. »Du hättest dich entschuldigen müssen. Mit jemandem, der mich geschlagen hat, kann ich nicht zusammen sein.«

Dann drehte sie sich um und lief den Gang hinunter.

Sie meinte, dass John ihren Namen rief – hilflos und panisch, aber da war sie schon in den nächsten Gang abgebogen und wischte sich eine Träne aus dem Gesicht.

Danach war es, als hätte sie ihn mit ihren Worten aus dem Art College vertrieben, denn auch wenn sie gelegentlich verstohlen nach ihm Ausschau hielt, war von ihm in den Gängen der Schule nichts mehr zu sehen.

12. KAPITEL

Die Band war gut, sie hatte Drive, das richtige Gefühl für den Rhythmus, und der Wechselgesang mit Paul klappte immer besser. John musste es sich nicht einreden. Sie waren gut, auch wenn sie immer noch keinen Drummer hatten, aber die Songs, die sie spielten, brachten die Leute zum Tanzen und Mitsingen. Es war eine neue Zeit angebrochen, und sie waren mit ihrem Sound mittendrin – mit Songs von Elvis, Buddy Holly, Chuck Berry, den Everly Brothers. Sie spielten die Charts rauf und runter, aber natürlich gab es Schmerzgrenzen. Einen Song von Connie Francis würden sie nicht spielen, und zwar nicht nur, weil das für sie stimmlich nicht passte. Eigentlich, so musste John sich eingestehen, waren die Quarrymen erst eine Band geworden, seit Paul dabei war. Bei diesem Gartenfest in Woolton im Sommer 1957 war er aufgetaucht.

»Ihr seid echt nicht übel«, hatte er zu John gesagt und verlegen gegrinst, ein schüchterner Vierzehnjähriger in einem ordentlichen Pullover und einer gebügelten Hose. »Und deine Stimme gefällt mir, kraftvoll, irgendwie ehrlich …«

John hatte ihn anfangs gar nicht ernst genommen, aber es stimmte, das Konzert im Garten der St Peter's Church, für das er sich die Hacken abgelaufen hatte, war gut gelaufen.

»Nur …« Der Junge druckste ein wenig herum. »… deine Gitarre … sie …«

»Was ist mit meiner Gitarre?« Solche verklemmten Typen, die sich nach einem Auftritt heranschlichen, konnte John überhaupt nicht ausstehen. Er wollte ein Bier trinken, sich die paar Shilling Gage abholen und wieder verschwinden.

»Sie ist nicht richtig gestimmt«, erwiderte der Junge. »Es fällt nicht groß auf, aber …«

John schaute das blasse Bürschchen herausfordernd an. »Aber dir ist es aufgefallen?«

»Ja, ist mir aufgefallen«, sagte der Junge, und dann stellte er sich vor, nannte seinen Namen, »Paul McCartney«. Er wohne in der Nähe, sei deshalb vorbeigekommen, er spiele Gitarre, sein Vater mache auch Musik, und er schreibe eigene Songs. Plötzlich legte er seine Verlegenheit ab, und die Worte sprudelten nur so aus ihm hervor.

Als Paul die eigenen Songs erwähnte, wurde John hellhörig. Dieser Junge schrieb eigene Songs? Genau darüber hatte er auch schon häufiger nachgedacht und sich dann und wann ein paar erste Notizen gemacht.

Plötzlich mutig geworden, trat Paul einen Schritt vor. Er streckte seine Hand aus. »Ich weiß, jeder passt auf seine Instrumente auf, aber ich könnte sie dir stimmen … Deine Gitarre«, schob er nach, als John nicht sofort reagierte.

Überrascht und über sich selbst erstaunt, hielt John ihm seine Gitarre hin. Paul nahm sie und wandte sich sofort ab, ganz konzentriert über das Instrument gebeugt. Er spielte einen Akkord, lauschte dann und beugte sich noch weiter über die Gitarre.

Er ist Linkshänder, fiel John auf, deshalb bewegt er sich so merkwürdig. Die meisten Instrumente waren für Rechtshänder gemacht.

Nach fünf Minuten reichte Paul ihm die Gitarre zurück. »Ist nun perfekt gestimmt«, sagte er und schob seinen Worten wieder ein Lächeln hinterher. Überhaupt schien er sehr viel zu lächeln. »Und vielleicht«, redete er weiter, »besorgt ihr euch noch bessere Verstärker. Dann wärt ihr beinahe richtig gut.«

Beinahe richtig gut – die Worte hallten in John nach.

So hatte es angefangen. Drei Monate später hatte er Paul in die Band aufgenommen.

Und nun würden sie zur Eröffnung des Casbah Club

spielen, und Cynthia und er waren wieder zusammen. John wusste nicht, was ihn glücklicher machte. Dabei hätte er fast die leidige Sache mit dem fehlenden Drummer vergessen. Na, wenigstens hatten sie noch einen weiteren Gitarristen organisieren können. Ihr Sound würde den Club zum Beben bringen.

Es war der 29. August 1959. Am liebsten hätte er auch dieses Datum in eine der Wände geritzt, aber wenn Mona das mitbekommen hätte, wären sie wahrscheinlich noch vor dem Konzert rausgeflogen. Als John und Cynthia ankamen, standen schon etliche Leute vor der Tür. Lässig schlenderten sie an ihnen vorbei. Mona saß am Eingang im Keller, um die Tickets zu kontrollieren.

»Schön, dass die Herren Künstler pünktlich kommen«, sagte sie und schaute John finster an.

»Immer wieder gerne«, erwiderte er und setzte dann hinzu: »Und du mich auch.«

»Wäre schön, wenn du meine Gäste heute nicht beleidigen würdest – ist ja angeblich eine Spezialität von dir«, rief sie ihm nach, als sie im Star Room verschwanden, wo Paul, George und Ken, der vierte Gitarrist, den sie für diesen Abend angeheuert hatten, schon auf sie warteten.

»Meine Gäste!«, zischte John. »Was bildet die sich ein! Wir sind heute Abend hier die Attraktion.«

Als er die weiße Silhouette von sich an der Wand sah, die Cynthia von ihm gemalt hatte, besserte sich seine Stimmung augenblicklich. Er zog sie zu sich heran und küsste sie leicht auf den Mund.

»Warum treten wir nicht hier auf? Da könnte jeder dieses grandiose Bild sehen. Außerdem passt es doch viel besser zu uns, im Star Room zu spielen.«

Cynthia lächelte und erwiderte seinen Kuss.

»Wir spielen im Rainbow Room«, meinte Paul ganz ernst. »Mona wollte es so. Unter einem Regenbogen – kann vielleicht Glück bringen.«

»Hast du ja auch gemalt – den Regenbogen«, warf George ein. Er verstummte jedoch sofort wieder, als er Johns düsteren Blick registrierte.

Sie machten einen kurzen Soundcheck und kehrten dann in den Star Room zurück. Die Anlage war nicht wirklich gut, die zwei Verstärker waren allenfalls okay, aber zumindest würde es ziemlich laut werden. Und das wäre heute Abend die Hauptsache – sie würden ihre Gitarren kreischen, jaulen und heulen lassen, dass allen Hören und Sehen verging.

Während sie eine Bierflasche herumgehen ließen, vernahmen sie dann Schritte und Stimmen draußen im Gang. Die ersten Leute kamen, und es wurden immer mehr. John spürte, dass er nervös wurde. Er steckte sich eine Zigarette an. So ging es ihm oft vor den Konzerten. Cynthia lächelte ihm zu, ohne ein Wort zu sagen. Sie kannte ihn mittlerweile gut genug, um zu wissen, dass es nun besser war, ihn nicht mehr anzusprechen. Ken redete irgendetwas von einem Auftritt, den er kürzlich mit einer Band namens Rory Storm & the Hurricanes gehabt hatte, aber niemand hörte ihm richtig zu. Vor einem Gig war George noch schweigsamer als sonst. Nur Paul ging auf Ken ein und stellte zwei, drei Fragen, die allerdings nicht sonderlich interessiert wirkten.

Irgendwann steckte Mona ihren Kopf herein. Sie lächelte. »Sind die feinen Boys ready? Das Haus ist voll. Dreihundert Leute warten auf euch. Macht mir keine Schande, damit es eine glanzvolle Eröffnung meines Clubs wird.«

Fast vier Stunden standen sie nun schon auf der winzigen Bühne und zogen alle Register. John hatte das Gefühl, in Hochform zu sein – sie spielten die besten Sachen von Elvis, von Gene Vincent, Carl Perkins, Little Richard und Chuck Berry. »Roll Over Beethoven« brachten sie sogar zweimal, beim zweiten Mal mit einem langen Solo von George, der zum ersten Mal richtig aus sich herausging und sich bis an den Rand der Bühne vorwagte. John spürte das Feuer, das sie im Saal entzündeten. Die Leute tobten und tanzten, ein paar Mädchen winkten ihm zu. Wie immer bei seinen Auftritten hatte er seine Brille nicht aufgesetzt, so dass er keine einzelnen Gesichter unterscheiden konnte, er sah nur ein Meer aus tanzenden Menschen vor sich, das auf und ab wogte.

»Wir sind die beste Band aus Liverpool!«, schrie er einmal, und ein langes, lautes »Yeah« antwortete ihm. Wenn er manchmal den Text vergaß, dann übernahm Paul den Gesangspart, oder er improvisierte einfach. Das war ohnehin seine Stärke, Dinge zu tun, die ihm spontan, aus einer Laune heraus einfielen. Wenn er auf der Bühne stand, konnte ihm niemand etwas anhaben, dann war er unverwundbar, unsterblich.

»Das Leben gehört uns«, schrie er. »Wir sind Liverpool, wir sind die Quarrymen.«

Sie hörten erst auf zu spielen, als es so heiß und stickig war, dass sie kaum noch Luft bekamen und auch kein Bier mehr auf der Bühne hatten.

Verschwitzt und erschöpft saßen sie dann auf den Holzbänken im Star Room.

»Gigantisch«, sagte Paul, der eigentlich nicht so leicht ins Schwärmen geriet. »Das war gigantisch!«

»Heute haben die Leute begriffen, was Rock 'n' Roll ist«, meinte Ken, der sich allerdings meist hinter John auf der Bühne aufgehalten hatte.

Nur George wirkte nicht zufrieden. »Mein Solo bei ›Roll Over Beethoven‹ ...«, meinte er. »Ich hätte es sauberer spielen müssen, und dann der Übergang, als John in den Refrain einsteigen wollte, da habe ich ...«

»Halt die Klappe«, fuhr John ihn an. »Wir waren der Hammer, nichts anderes. In ein paar Wochen sind wir wirklich die beste Band in Liverpool.«

Selbst Mona war zufrieden. Sie kam mit ein paar Leuten herein und umarmte sie alle nacheinander, zuletzt Cynthia und dann John. »Er war richtig gut – dein Freund«, sagte sie mit einem leicht spöttischen Lächeln zu Cynthia. »Hätte ich gar nicht von ihm erwartet. Und heute hat er auch nicht so viel Scheiß auf der Bühne geredet.«

»John redet keinen Scheiß«, erwiderte Cynthia ernst.

Auch Pete, Monas Sohn, gratulierte ihnen. »Man hat gar nicht gemerkt, dass euch ein Drummer fehlt«, sagte er. »So viel Power habt ihr gehabt. Ihr solltet eine Schallplatte aufnehmen, ehrlich.«

»Klar«, sagte John ungerührt, »machen wir. Wir nehmen eine Platte auf, aber erst muss deine Mutter uns unsere Gage auszahlen. Und weil wir so gut waren, sollte sie noch was drauflegen. Dann kommen wir vielleicht wieder und bringen diesen Laden noch einmal zum Kochen.«

13. KAPITEL

Dieser John und du, ihr habt wirklich nicht zusammengepasst«, sagte Phyl zu ihr, nachdem sie die Beziehung zu John beendet hatte, und ihre Mutter war froh, dass sie sich wieder etwas mehr um ihr Studium kümmerte. Nur Cynthia fühlte sich unglücklich. John hätte sie niemals schlagen dürfen, keine Frage, und doch fehlte er ihr – sein Witz, seine Spontanität, seine Energie. Er war wirklich der Erste, den sie geliebt hatte. Als Patrick anrief, um sich mit ihr zu verabreden, und dumm genug war, zu sagen: »Habe gehört, dass du wieder solo bist«, ließ sie ihn rüde abblitzen. Was sollte sie mit einem Langweiler wie Patrick?

John war alles andere als ein Langweiler. Sie dachte an die Momente, als sie nebeneinander in New Brighton am Strand gelegen hatten und John vor sich hin gesungen hatte. »Ain't she sweet.«

Sie wusste, dass er besonders war, er war wild, unberechenbar und im Grunde sehr verwundbar. Vielleicht brauchte er deshalb die Musik so sehr – wegen der vielen Verletzungen, die er schon erlitten hatte.

Einmal, als sie in New Brighton am Strand entlanggingen, mit Blick auf die Kräne des Hafens jenseits des Merseys, hatte er ihre Hand ergriffen und gesagt: »Eigentlich muss ich vor nichts im Leben mehr Angst haben. Das Schlimmste ist mir schon passiert. Ich habe meine Mutter zweimal verloren – einmal, als ich fünf Jahre alt war und Mimi mich abgeholt hat, und dann mit siebzehn, als sie vor unserem Haus überfahren wurde.«

Cynthia hatte sich der Hals zugeschnürt. Sie wusste nicht, ob sie etwas darauf erwidern sollte oder nicht, aber ihr fielen beim besten Willen keine Worte ein, die hier hätten Trost spenden können.

John war abrupt stehen geblieben. Er schaute sie an, seine Augen tasteten ihr Gesicht ab, ernst und scheinbar ohne Emotion. »Aber weißt du, was das Allerschlimmste war, was ich je erlebt habe?«

Cynthia schüttelte leicht den Kopf, doch zum Glück erwartete John keine Antwort. »Als ich fünf war, ist Alfred … ist mein nichtsnutziger Vater … plötzlich wieder aufgetaucht. Er nahm mich mit, angeblich zu irgendwelchen Verwandten, wie er meiner Mutter erklärt hat. Es war eine Lüge. In Wahrheit wollte er mit mir nach Neuseeland abhauen. Julia hat es aber herausgefunden und ist ihm nachgereist, bis nach Blackpool, keine Ahnung, wieso sie wusste, dass wir da waren, und dann saßen sie voreinander, in einem düsteren Hotelzimmer, und haben sich gestritten, ganz laut, und ich sollte mich entscheiden, bei wem ich bleiben wollte. Kannst du dir das vorstellen?«

Nein, das konnte und wollte sie sich nicht vorstellen. Wie sollte sich ein fünfjähriges Kind entscheiden, ob es lieber bei seiner Mutter oder bei seinem Vater leben wollte. Was für eine Grausamkeit! Bei ihr zu Hause hatten sich ihre Mum und ihr Dad mitunter gestritten, wenn das Geld knapp war oder ihrer Mutter die Hausarbeit zu viel war, aber die beiden hatten sich immer schnell versöhnt.

»Erst habe ich mich für Alf entschieden«, sprach John weiter. Sie waren am Ufer des Merseys angekommen. »Aber dann ist meine Mutter weinend aus dem Zimmer gelaufen, und ich habe geschrien und bin ihr hinterher.«

John steckte sich eine Zigarette an. »Eine Scheißsituation für einen Fünfjährigen«, sagte er und grinste. »Ist zum Glück lange her, aber ich habe es nicht vergessen.«

Als sie dann zur Fähre liefen, war er wie ausgewechselt, locker und zu Scherzen aufgelegt, als wäre er zumindest für eine Weile einige der dunklen Schatten losgeworden, die ihn stets verfolgten. Nur Cynthia hatte ein beklommenes Gefühl gehabt. Wie hatte man einem Jungen wie John so etwas antun können?

Doch trotz allem würde sie weder vergessen, noch würde sie ihm je verzeihen, dass er sie geschlagen hatte.

Es war richtig, die Beziehung zu beenden, sagte sie sich immer wieder. Als er jedoch nach drei Monaten anrief, ganz kleinlaut und unsicher, spürte sie, wie eine Spannung von ihr abfiel, die wie eine beginnende Krankheit ganz tief in ihr gesteckt hatte.

Sie hatte ihn vermisst, und sie hatte so sehr auf diesen Anruf gewartet. Auch ihrer Mutter fiel die Veränderung sofort auf.

»Ist er also wieder aufgetaucht?«, sagte sie am nächsten Tag, als Cynthia sich bereit machte, um John im Casbah Club zu treffen.

»Ja«, war ihre einzige Antwort gewesen, »er ist wieder da.«

Cynthia hatte die Band schon häufiger gesehen, doch der Auftritt im Casbah Club war der beste überhaupt. John hatte die meisten Gesangsparts übernommen, er war auf der kleinen Bühne unter der Decke mit den Regenbogenfarben auf und ab gelaufen, hatte zwischendurch Witze gerissen, war auf Zwischenrufe aus dem Publikum eingegangen und hatte immer zur richtigen Zeit die Band angetrieben, mit noch mehr Power zu spielen.

Es war ihm anzusehen, wie glücklich er war, wenn er auf der Bühne stehen konnte.

Für eine Sekunde während des Konzerts, das sie ganz nah

der Bühne verfolgt hatte, hatte Cynthia an Johns Tante denken müssen. Wenn Mimi ihn so sehen würde, dann würde sie begreifen, dass John niemals Lehrer oder irgendein normaler Angestellter werden könnte. Aber wahrscheinlich würde seine strenge, unnahbare Tante sich niemals in ihrem Leben ein Konzert von Johns Band anschauen. Und dennoch hing John an ihr. Vielleicht weil sie es war, die seinem Leben Halt und Stabilität verliehen hatte.

Der Erfolg im Casbah Club gab John jedenfalls eine Menge Auftrieb. Paul und er steckten nun fast täglich zusammen und probten ohne Unterlass. Eigene Songs – das war es, was sie beschäftigte. Paul hatte immer ein Notizbuch dabei, in das er einzelne Zeilen hineinkritzelte. John wollte es ihm nachtun, aber schon am zweiten Tag hatte er sein Büchlein irgendwo liegen lassen.

An seinem neunzehnten Geburtstag am 9. Oktober rief John die ganze Band ins Ye Cracke zusammen. Cynthia hatte erst nicht kommen wollen – an die Kneipe hatte sie keine guten Erinnerungen, und außerdem spielte sie ja nicht in der Band.

»Du gehörst zu mir«, sagte John, »und damit gehörst du auch zur Band. Außerdem habe ich etwas zu verkünden. Eine große Sache.«

Er spannte alle ordentlich auf die Folter. »Eine große Sache«, wiederholte er immer wieder.

»Ausgerechnet an deinem Geburtstag«, meinte Paul. »Du willst doch bloß ein Geschenk von uns haben.«

»Schenkt mir einen Drummer«, erwiderte John.

Paul grinste nur.

An dem Abend waren alle pünktlich. Auch Stu Sutcliffe war dabei, obschon er immer noch nicht zur Band gehörte.

John bestellte Bier für alle. Als sie auf sein Wohl getrunken hatten, zog er einen Brief aus seinem Mantel. Umständlich faltete er ein weißes Blatt auseinander und tat absolut geheimnisvoll.

»Ein Brief von Carroll Levis«, sagte er bedeutungsvoll. »Wisst ihr, wer das ist?«

Keiner wusste es. Paul schaute George stumm an, der sofort sanft den Kopf schüttelte.

»Verrate es uns«, meinte Stu, von Johns Getue kein bisschen beeindruckt.

»Ihr kennt euch in diesem Business überhaupt nicht aus, was?« John grinste Cynthia an und blinzelte ihr zu. »Cyn, nun siehst du, dass ich der einzige Profi in dieser Band bin. Carroll Levis ist eine ganz große Nummer im Radio und im Fernsehen, er war bei *Radio Luxemburg*, und er hat eine Menge Leute entdeckt, Musiker, Schauspieler, Künstler eben – und nun will er uns entdecken. In vier Wochen haben wir einen Vorspieltermin in Manchester im Hippodrome. Und wenn das hinhaut, kriegen wir einen Vertrag. Leute, unsere Zeit ist gekommen!«

»Gigantisch«, rief Paul. Das war offenbar neuerdings sein Lieblingswort. George klopfte auf den Tisch, sein Ausdruck von Begeisterung.

Nur Stu blieb unbeeindruckt. »So ein Typ lässt wahrscheinlich jeden Tag irgendwelche Bands kommen und vorspielen. Und wollt ihr da wirklich als The Quarrymen hinfahren? Ihr braucht einen neuen Namen. Hab ich John schon seit einer Ewigkeit gesagt. The Quarrymen ist ein Name für Jungs mit Pickel im Gesicht, die gerade ihre Gitarre halten können.«

14. KAPITEL

Liverpool 1960

Er konnte es nicht mehr aushalten – ihre Blicke, ihre Fragen am Morgen: »Musst du nicht los? Was ist mit deinem Studium?«, ihre Einsamkeit. Es war, als würde seine Tante allein für ihn leben, als wäre sie seine Hüterin, und nur das wäre der Sinn ihres Lebens.

Heimlich, ohne dass es jemand wusste – nicht einmal Cynthia erzählte er davon –, ging er immer häufiger zum Grab seiner Mutter. Stumm redete er mit ihr. Was, verdammt, soll ich tun? Dieses Studium ödet mich an – und die Musik … sie bringt mich auch nicht weiter, jedenfalls nicht so, wie es sein sollte.

Aber Musik ist doch das, was du machen willst, nicht wahr?, sagte die Julia in seinem Kopf zu ihm.

Natürlich wollte er Musik machen, und die Band hatte auch immer mehr Auftritte – im Casbah Club bei Mona, im Cavern, im Jacaranda, und er hatte auch schon seine ersten eigenen Songs geschrieben, aber das Vorspielen in Manchester, auf das er so große Hoffnungen gesetzt hatte, war ein Reinfall gewesen. Sie hatte sich extra einen neuen Namen gegeben und sich Johnny and the Moondogs genannt, doch Carroll Levis hatte sie wieder nach Hause geschickt. »Ganz hübsch, was ihr da macht, Leute, nur seid ihr leider keine richtige Band. Eine richtige Band hat einen guten Drummer, und ihr habt gar keinen. Kommt wieder, wenn ihr eine Band seid.«

John war so wütend gewesen, dass er am liebsten den Bus zerschlagen hätte, mit dem sie nach Liverpool zurückgefahren waren. Zum Glück hatte er Cynthia an seiner Seite gehabt. Sie schaffte es immer wieder, ihn ohne viele Worte aufzurichten.

Mimi hingegen schaffte es immer wieder, ihn runterzuziehen. »Tröste dich«, meinte sie, nachdem er ihr, obschon er es eigentlich nicht vorgehabt hatte, von dem Misserfolg in Manchester erzählt hatte. »Mit so einer Musik kann man sowieso kein Geld verdienen – und nun kannst du dich wieder ganz auf dein Studium konzentrieren.«

»Ich will mich nicht auf mein Studium konzentrieren.« So gern er sie angeschrien hätte: Wenn er vor ihr stand, kamen seine Worte immer zu leise und verlegen heraus.

Als sie dann noch sagte: »Deine Mutter hatte auch oft solche Spinnereien im Kopf«, übernahm wieder sein

Fluchtinstinkt. Er floh zu Paul. Er hatte ein paar neue Ideen für Songs im Kopf, und Paul war der Einzige, mit dem er sie teilen konnte. John hatte sich überlegt, dass er in seiner Musik von der Liebe erzählen wollte, er wollte Songs schreiben, die einen sofort mitrissen. Keine komplizierten Stücke, sondern Musik, die jeder verstand und die gleichwohl wahr und ehrlich war. Nachdem Cynthia ihn verlassen hatte, hatte er unentwegt eine Zeile im Kopf gehabt: »You think you've lost her love ...« Ja, das hatte er tatsächlich gedacht. Er hatte sie verloren – so wie er schon Julia verloren hatte, doch dann war sie zu ihm zurückgekehrt, und sie hatte ihm das Schönste gesagt, was ein Mensch einem anderen sagen konnte: »Ich liebe dich, John.«

Er liebte sie auch, obgleich ihm bewusst war, wie schwierig er manchmal war. Er hatte so viel Energie, so viel Wut und Lebenslust in sich, dass es für ihn selbst oft unmöglich war, damit umzugehen. Aber: Sie liebte ihn. She loves you. Ja, so war es gewesen. Er hatte gedacht, sie verloren zu haben, doch sie liebte ihn.

Daraus hatte er einen Song gemacht, der Paul sofort gefiel. Und sie hatten sich vorgenommen, dass sie noch mehr Songs schreiben würden, sie beide zusammen – Lennon und McCartney.

»Wie klingt das – written by Lennon and McCartney?«, hatte er Paul gefragt, als sie in seinem Zimmer in der Forthlin saßen und ihre Absprache wie einen Pakt besiegelt hatten.

»Lennon und McCartney«, wiederholte Paul. »Das klingt richtig groß – nach echt vielen super Songs. Und irgendwie auch nach den Charts.« Er baute sich vor John auf und hob seine Gitarre ein wenig an. »Und hier der neue Song von John Lennon und Paul McCartney – She Loves You.«

Wenn er bei Paul war, konnte er sich eine Weile wie ein richtiger Musiker fühlen, doch sobald er dann mit seiner Gitarre nach Mendips zurückkehrte und seine Tante schon hinter der Tür lauerte und ihn ausfragte, wo er gewesen sei, fiel dieses Gefühl sofort in sich zusammen.

Im Januar 1960 packte er aus einer Laune heraus ein paar Sachen zusammen. Stu hatte ihm gesagt, wenn er es nicht mehr aushalte, könne er zu ihm ziehen. Eigentlich wollte er nur ein paar Tage bleiben, aber als Mimi ihn mit einer vollgepackten Tasche und der Gitarre die Treppe herunterkommen sah, baute sie sich vor ihm auf, die Hände in die Hüften gestemmt.

»Du willst ausziehen?«, fragte sie ahnungsvoll.

Er wich ihrem Blick aus. Warum, verdammt, war sie der einzige Mensch, der ihn einschüchterte?

»Ich gehe zu Stu«, sagte er.

»Dir gefällt es hier in meinem schönen Heim nicht mehr?« Ihre Stimme klang sowohl ironisch als auch vorwurfsvoll. Sie konnte so etwas – Vorwürfe machen und zugleich beleidigt sein. »Du willst mich alleinlassen und zu deinem Saufkumpan ziehen?«

Er drückte sich an ihr vorbei. »Es ist nur für ein paar Tage«, sagte er, wieder viel zu leise.

»Nein«, erwiderte sie und wich nicht zurück. »Wenn du gehst, weiß ich nicht, ob ich dich wieder bei mir aufnehme. Und hast du überhaupt genug Geld? Und wer macht dir etwas zu essen? Diese Cynthia … will sie für dich kochen? Kann sie das denn?« Sie schüttelte verächtlich den Kopf. »Nein, bestimmt kann sie das nicht.«

»Lass Cynthia aus dem Spiel.« Nun spürte er den Ärger in sich aufsteigen. »Ich bin neunzehn. Ich gehe für eine Zeit lang zu Stu. Das ist alles.«

»Das ist alles«, äffte sie ihn mit schriller Stimme nach. »Wenn du keinen Penny mehr in der Tasche hast, wirst du wieder vor der Tür stehen. Du wirst deiner Mutter immer ähnlicher, John.«

Endlich war er an der Tür, öffnete sie und sprang hinaus. Seine Gitarre auf dem Rücken, die Tasche mit Kleidung und Wäsche in der Hand. Auf der Straße musste er sich erst einmal eine Embassy anstecken.

Er würde Mimi zeigen, dass er allein zurechtkam, doch ob es ihm gelang – da war er sich selbst nicht so sicher.

Stu erwartete ihn in bester Stimmung. Er umarmte John und drückte ihm gleich ein Bier in die Hand. »Na, hat Mimi, der alte Drachen, dich gehen lassen?« Dann wedelte er mit einem Bündel Geldscheine herum. »Stell dir vor, ich habe an einem Wettbewerb teilgenommen und mit einem meiner Bilder gewonnen. Sechzig Pfund, o boy, wir sind reich. Damit kommen wir eine Weile über die Runden.«

John setzte das Bier an und trank es fast in einem Zug aus. Er spürte nun noch intensiver, wie sehr ihn die unterschwelligen Auseinandersetzungen mit Mimi belasteten.

»Hör zu«, sagte er. »Für die Hälfte kriegst du eine gute Bassgitarre, Stu, und dann bist du endlich Mitglied der Band. Okay?«

Zu seiner Überraschung schlug Stu ein. »Okay«, sagte er, »bin ich also doch jetzt euer Bass Player.«

Stu legte sich also tatsächlich eine Bassgitarre zu, und sie begannen gleich zu proben. Er mochte ein begabter Maler sein, als Musiker jedoch tat er sich noch schwer, was für John jedoch keine Rolle spielte. Nun hatte er mit Stu und Paul seine besten Freunde in der Band, und das war es ihm wert – auch wenn die beiden nicht sonderlich gut miteinander zurechtkamen.

»Er übt und übt und hat schon Schwielen an seinen Fingern«, sagte Paul, nachdem sie wieder mittags im Art College geprobt hatten, »aber Stu kann einfach nicht spielen. Er hat kein Gefühl für Rhythmus, John. Er weiß nicht, was einen Song ausmacht. Stu sollte Bilder malen – damit kann er vielleicht Leute beeindrucken, mit seiner Bassgitarre schafft er das nicht.«

John hatte sofort das Gefühl, Stu verteidigen zu müssen. »Ich habe ihn überredet. Lass ihm Zeit, Paul, und die Wichtigsten in der Band sind ohnehin wir – du und ich.«

Sie fingen auch wieder an, über einen neuen Bandnamen zu reden. Zum Glück machte Stu nicht wieder den Vorschlag, dass sie sich The Renoirs nannten, weil er den Maler so liebte.

Johnny and the Moondogs war allerdings nach dem Desaster in Manchester auch keine Alternative mehr für sie.

»Buddy Holly hat seine Band Die Grillen – The Crickets – genannt.« Immer wenn er darüber nachdachte, kam John auf diesen Namen zurück. »Wir könnten uns Die Käfer – The Beetles – nennen.«

»Cool«, meinte Paul, »wenn wir dann so erfolgreich werden wie Buddy Holly.«

»Mindestens«, erwiderte John, aber Stu verzog das Gesicht. »Das klingt wie eine schlechte Kopie, ziemlich nachgemacht. Wir sind doch die Beat-Generation. Warum nicht Beatles – oder damit es ganz besonders klingt: The Silver Beatles?«

»Da spricht der Maler.« Paul schien endlich einmal mit Stu einer Meinung zu sein. »Musst du also doch eine Farbe ins Spiel bringen, aber das gefällt mir: The Silver

Beatles – hat einen guten Klang und sieht auf einem Plakat super aus: Heute Abend auf der großen Bühne – The Silver Beatles.«

Es ist meine Band, hätte John beinahe gesagt, ich muss den Namen gut finden, aber dann nickte er, genauso wie George, der wieder nur stumm zugehört hatte, als wäre es ihm völlig gleichgültig, unter welchem Namen er auftrat.

»Okay«, sagte John, »wir sind also The Silver Beatles – nun brauchen wir nur noch einen Drummer.«

15. KAPITEL

John hätte am liebsten jeden Tag mit ihr geschlafen, aber selbst als er bei Stu eingezogen war und ihm ein Pfund im Monat für die Miete gab, konnte er seinen Freund natürlich nicht immer einfach so wegschicken. Meist ging Stu jedoch von allein, wenn Cynthia auftauchte. Sie liebte es, wie John ihr die Brust streichelte, wie er mit seinen schlanken Fingern durch ihr Haar strich oder ihr Liebkosungen ins Ohr flüsterte. Die Momente, wenn sie nackt nebeneinanderlagen, nachdem sie sich geliebt hatten, waren für sie die kostbarsten. Niemals, dachte sie dann, niemals werde ich diese Augenblicke vergessen, auch nicht, wenn ich hundert Jahre alt bin. Es ist das Jahr 1960. Der Krieg ist lange vorbei, und wir sind jung und brauchen nicht mehr zu unserem Glück als ein Zimmer, eine Matratze und uns.

Auch die Gespräche, die sie dann führten, liebte sie. In diesen Momenten der Zweisamkeit gelang es John, all seinen Zorn auf Lehrer, auf seine Tante, seinen verschwundenen Vater, auf die Leute, die er nicht leiden konnte, zumindest für eine Weile zu vergessen.

»Wie ist es, auf der Bühne zu stehen, Musik zu machen und zu sehen, wie all die Leute vor einem zu dem Sound tanzen, den man selbst hervorbringt?«, fragte sie ihn einmal.

John lächelte ganz offen und versonnen. »Es ist großartig, grandios, gigantisch – als würde man über Wolken laufen. Wer das einmal gefühlt hat, möchte es immer wieder erleben.«

»Ich könnte das nicht«, sagte sie, »so im Mittelpunkt zu stehen. Von allen angestarrt zu werden.«

»Ich habe ja nie meine Brille auf«, erklärte John, »daher kriege ich vieles gar nicht mit, ob einem Mädchen Blicke zuwerfen oder einem heimlich Zeichen geben, dass sie einen nach dem Konzert treffen wollen. Paul sieht so etwas, ich nicht. Doch was ich mitkriege, ist das, was vom Publikum zurückstrahlt, der Applaus, das Schreien und Mitsingen der Leute, ihre ungeheure Energie, und diese Energie sorgt dafür, dass man noch mehr Power hat. Ich will eigentlich niemals aufhören zu spielen, drei Stunden, vier Stunden, ganz egal. Ich glaube, ich könnte mein Leben auf einer Bühne verbringen.«

»Dann könnten wir nicht hier sein, ganz für uns«, flüsterte sie ihm zu.

Er nickte leicht. »Auch wieder wahr.«

Manchmal liebten sie sich immer wieder nacheinander, und Cynthia versuchte, sich zu merken, wann sie ihre ungefährlichen Tage hatte, an denen sie sicher war, nicht schwanger werden zu können. John interessierte sich jedoch überhaupt nicht dafür. Niemals machte er eine Bemerkung darüber.

Hinterher musste sie sich meistens beeilen, um noch den letzten Zug nach Hoylake zu erwischen. »Eines Tages werden wir ein Haus für uns haben – wirst sehen«, sagte er, während sie zum Bahnhof liefen. »Irgendwann verdiene ich mit meiner Musik so viel Geld, dass ich uns ein Schloss kaufen kann.«

Cynthia lachte. »Ich brauche kein Schloss – nur eine warme Wohnung mit Licht und einem Herd.«

»Nein, wir brauchen ein Schloss oder wenigstens eine Villa ganz für uns.«

Sie wusste, dass er noch einmal um die Häuser zog, sobald sie im Zug saß, aber sie verbot sich jede Eifersucht, und anders als sie hatte er ja auch nicht den Plan, sein Studium zu Ende zu bringen. Er würde Musiker werden, oder er würde gar nichts sein. Manchmal, wenn sie an ihren Übungen für das Art College saß, bewunderte sie ihn für seine Konsequenz.

Doch kurz vor den Prüfungen im Frühjahr wurde selbst John nervös. »Wenn ich nicht irgendwas vorlegen kann, werden sie mich rausschmeißen«, sagte er.

Klar, das würden sie tun. Daran hatte auch Cynthia keinen Zweifel. Also arbeiteten sie eine Woche lang an einer Mappe für John – einer kalligraphischen Arbeit, einem selbst entworfenen Plakat, und für die mündliche Prüfung schrieb sie ihm Spickzettel – über die Kunst der Renaissance, den Impressionismus, Dinge, für die er sich überhaupt nicht interessierte.

Doch kurz vor einer Prüfung, als sie wieder einmal allein in Stus Zimmer waren und sich geliebt hatten, zuckte plötzlich ein scharfer Schmerz durch ihren Körper. Es war, als würde ihr von innen jemand den Bauch aufschneiden.

»John«, keuchte sie, »kannst du mir etwas Wasser geben? Mir ist schlecht.«

Doch auch nachdem sie getrunken hatte, fühlte sie sich nicht besser. Der heftige Schmerz blieb. Sie konnte sich kaum aufrichten.

»Was ist los?«, fragte John besorgt. »Habe ich dir wehgetan?«

Cynthia versuchte zu lächeln. »Nein, ich glaube nicht.« Sie bekam kaum noch Luft. »Ich muss nach Hause, muss mich hinlegen und vielleicht eine Schmerztablette nehmen.« Für einen Moment kam ihr der Gedanke, schwanger zu sein. Aber, nein, das war Unsinn. Sie war von ihrer Mutter zwar nie richtig aufgeklärt worden, aber eine Schwangerschaft begann wohl kaum mit so heftigem Schmerz im Bauch, und vor ein paar Tagen hatte sie noch ihre Periode gehabt.

Mit Johns Hilfe schaffte sie es aufzustehen.

»Bringst du mich zum Bahnhof?«, fragte sie.

Er nickte mit sorgenvoller Miene. »Wir könnten auch zu Mimi gehen«, sagte er. »Sie hat Medikamente. Oder vielleicht hilft auch ein heißer Tee.« Besorgnis lag in seiner Stimme.

»Auf keinen Fall.« Cynthia zog sich ihre Jacke über und schleppte sich zur Tür und dann die Treppen hinunter. Wenn sie einen Menschen in diesem Zustand nicht sehen wollte, dann war es Johns strenge, besserwisserische Tante.

Sie kamen kaum voran, immer wieder musste Cynthia innehalten, um zu Atem zu kommen und die Schmerzen in Schach zu halten. Ebenso wie ihr stand auch John der Schweiß auf der Stirn.

»Wir könnten auch ins Krankenhaus gehen, oder ich rufe eine Ambulanz.«

Cynthia wehrte erneut ab. »Ich will nur nach Hause«, kam es flüsternd über ihre Lippen.

John war aschfahl geworden. »Du hast so etwas nicht schon häufiger gehabt, oder? Und hast es nicht einfach vor mir verborgen?«

»Nein.« Cynthia stützte sich auf ihn. »Solch heftige

Schmerzen hatte ich noch nie. Vielleicht habe ich etwas Falsches gegessen.«

Schweigend gingen sie weiter. »Manchmal«, sagte John dann unvermittelt, als sie schon fast am Bahnhof angekommen waren, »habe ich Angst, dass ich allen, die mir nahestehen, Unglück bringe, meiner Mutter, meinem Onkel George, meinem Vater … auch dir … Es ist vielleicht meine Schuld, dass …«

»Hör auf!«, unterbrach sie ihn. »Du kannst nichts dafür, dass dein Onkel tot umgefallen ist oder dass deine Mutter überfahren wurde. Und dein Vater … Was kann ein Fünfjähriger dafür, wenn sein eigener Vater vor ihm davonläuft, weil er keine Verantwortung für ihn übernehmen will?«

John erwiderte nichts darauf. Er wollte Cynthia bis nach Hoylake begleiten, doch auch das lehnte sie ab. »Mir geht es schon besser«, log sie. »Und so weit habe ich es ja nicht.«

Sorgenvoll sah sie ihn auf dem Bahnsteig stehen, als der Zug sich in Bewegung setzte. Trotz der Schmerzen gingen ihr merkwürdige Gedanken durch den Kopf: Ich liebe John, doch irgendwann wird der Moment kommen, wo wir uns aus den Augen verlieren und wir uns niemals mehr wiedersehen werden.

In Hoylake konnte sie sich kaum noch bewegen, so sehr wütete der Schmerz in ihrem Bauch. Jeder kleinste Schritt jagte eine Schmerzwelle durch ihren Körper. Vor der Haustür schaffte sie es noch, den Schlüssel ins Schloss zu stecken. Dann brach sie zusammen.

Der Arzt, der wenig später mit einem Rettungswagen heranraste, tastete sie ab und meinte: »Wahrscheinlich eine akute Blinddarmentzündung, aber wohl kein Durchbruch. Sie müssen trotzdem, so schnell es geht, ins Krankenhaus, Miss.«

Drei Tage später besuchte John sie zum ersten Mal im Krankenhaus. Man hatte ihr den Blinddarm entfernt, sie fühlte sich noch schwach, doch sie freute sich so sehr, ihn zu sehen, besonders weil sie wusste, wie sehr er Krankenhäuser verabscheute. In der Nacht, als seine Mutter überfahren worden war, hatte er Stunden auf einem Gang im Hospital ausharren müssen, bevor er erfuhr, was genau mit seiner Mutter geschehen und dass sie tot war.

Er hatte sich sogar ein weißes Hemd angezogen und Blumen gekauft. Vorsichtig küsste er sie auf die Stirn. »Dir geht es besser?«, sagte er. »Es war der Blinddarm?«

Sie nickte. Ihre Mutter hatte bereits mit John telefoniert.

»Gut.« Er lächelte. »Dann heilt ja alles wieder. Ich konnte kaum schlafen, ich musste immer an dich denken. Und da ist noch etwas … zwei Dinge …« Er zögerte. Die Blumen legte er auf der Fensterbank ab und blickte zu dem anderen Bett, in dem eine alte Frau lag und vor sich hin döste.

»Du bist durchgefallen«, sagte Cynthia. »Nicht wahr?«

Seine Miene hellte sich auf, sein Lächeln wurde noch

gelöster. »Sie haben mich rausgeschmissen. Ich bin nicht mehr auf dem College. Es ist vorbei – für immer.« Er hob die Arme und atmete tief durch, als wäre ihm eine große Last von den Schultern genommen worden. »Meine Tante weiß es noch nicht … aber … Ach egal.«

Die alte Frau im Nebenbett öffnete die Augen. Ein Lächeln glitt über ihr Gesicht, das sich dabei ganz in Falten legte, als hätte sie doch zugehört und freute sich für John.

»Und die andere Sache?«, fragte Cynthia.

John kam einen Schritt näher. Ein Funkeln trat in seine Augen. »Wir gehen auf Tour. Zwei Wochen durch Schottland mit einem Sänger, der Johnny Gentle heißt. Wir sind seine Band. Kannst du dir das vorstellen? Und wir kriegen richtig viel Geld dafür. Achtzehn Pfund für jeden!«

16. KAPITEL

John tat etwas, was er noch nie getan hatte, als er von Cynthias Zusammenbruch erfuhr. Er lief in die altehrwürdige Central Library von Liverpool, um sich zu informieren, was genau eine Blinddarmentzündung war. Er brauchte fast eine halbe Stunde, bis er sich zurechtgefunden hatte, schließlich half ihm eine knöcherne alte Bibliothekarin, die ihn erst misstrauisch musterte, als fürchtete sie, er wolle Bücher stehlen. *Appendizitis* hieß so eine Entzündung im Medizinlexikon. Es handelte sich zumeist um einen Eiterherd in der Bauchhöhle, der heftige Schmerzen, Übelkeit und Fieber verursachen konnte. Jedoch nichts Lebensgefährliches, wenn die Entzündung rechtzeitig erkannt wurde. Meistens wurde der Blinddarm entfernt, und der Patient musste eine Weile im Krankenhaus bleiben.

Erleichtert verließ er die Bibliothek wieder. Nichts Lebensgefährliches, darauf kam es an. Mit Cynthia würde es ihm nicht so ergehen wie mit Onkel George, der nicht mehr am Leben gewesen war, nachdem John von einer Reise zu seiner Tante Mater aus Edinburgh zurückgekehrt war. Oder wie mit seiner Mutter, die er auch nicht mehr wiedergesehen hatte, nachdem sie ausgerechnet bei seiner Tante Mimi zu Besuch gewesen war.

Einigermaßen beruhigt zwängte er sich einen Tag später mit Paul, George, Stu und Tommy, einem Musiker, der eigentlich in einer Jazzband trommelte, in den Bus, den Johnny Gentle selbst fuhr, und dann tourten sie durch Schottland. Orte, von denen keiner von ihnen je gehört hatte: Alloa, Inverness, Fraserburgh, Keith, Forres, Nairn und Peterhead. Johnny Gentle, der eigentlich John Askew hieß und ein gelernter Schreiner war, galt als eine Art Cliff Richard aus Liverpool, und er hatte sogar einen Hit, den sie bei jedem Konzert ein wenig anders spielten: »Wendy.« Vor dem ersten Auftritt hatte Gentle John beiseitegenommen und ihn gebeten, den Backgroundsänger zu geben. Also sang er jeden Abend »Wendy, I need you … I do I do I do«, während Johnny Gentle vor ihm herumtanzte und versuchte, das Publikum zu beeindrucken.

Am Abend nach dem zweiten Konzert, das wieder sehr gut gelaufen war, fasste sich John ein Herz und gestand Paul, dass er in allen Prüfungen durchgefallen war. »Ich bin draußen. Kein Art College mehr – nur noch Musik, Paul.«

Dieser war nicht sonderlich überrascht. »Dieses College war sowieso nichts für dich, aber deine Tante wird dich umbringen.«

»Meine Tante ist mir egal«, erwiderte John, obschon es natürlich nicht stimmte. Mimi würde ihm die Hölle heißmachen, keine Frage, und natürlich würde ihm das etwas ausmachen.

Sie hatten sich zwei Flaschen Bier mit auf das Hotelzimmer genommen, das sie sich teilten. Stu hatte gemeint, da sie ohnehin ständig zusammenhingen, würde er lieber mit George auf ein Zimmer gehen.

»Und was sagt Cynthia?«, fragte Paul.

»Cynthia kennt mich, vor ihr muss ich mich nie rechtfertigen. Sie weiß, dass ich Musiker bin, nichts anderes.« Aus Inverness hatte er ihr eine Karte mit einer Zeichnung von sich und Paul geschickt, wie sie mit ihren Gitarren auf der Bühne standen, und abends hatte er ihre Mutter angerufen und zu seiner Beruhigung erfahren, dass es ihr besser ging.

»Vielleicht können wir noch eine zweite Tour mit Johnny machen«, meinte Paul. »Ich habe zwar meinem Vater versprochen, nach den Ferien mit dem Studium anzufangen, aber …, hey, so richtig große Lust, Lehrer zu werden, habe ich auch nicht.«

»Wir sind Musiker«, sagte John mit Entschiedenheit, »und wir müssen unsere eigene Tour machen, mit eigenen Songs.«

Paul lächelte, sein Lächeln fiel jedoch ungewohnt matt aus und verriet, dass er nicht überzeugt war. »Wir brauchen viel mehr als eigene Songs. Stu ist ein lausiger Bassist, okay, ich könnte Bass spielen, aber wir haben immer noch keinen Drummer, und wir bräuchten einen richtigen Manager und eine eigene Platte. Sogar Johnny Gentle hat eine Schallplatte aufgenommen. … Wendy, I need you«, begann Paul in einem ironischen Tonfall zu singen, »nicht schlecht, aber tausend Sänger können das besser als Johnny, nur haben die eben keine Platte aufgenommen, die im Radio gespielt wird.«

»Wir werden bald eine Platte aufnehmen«, erwiderte John. »Wir sind Musiker, oder bist du etwa keiner?«

Paul schaute an ihm vorbei. »Ich kann keine Noten lesen«, sagte er nachdenklich und trank sein Bier aus, »trotzdem bin ich natürlich ein Musiker, aber …« Sein Blick glitt zu John zurück. Er wirkte müde. Es musste gegen vier Uhr morgens sein. Gegen neun wollten sie weiterfahren, in das nächste schottische Kaff. »Weißt du, was ich manchmal mache? Ich rede mit meiner Mutter. Ich tue so, als würde sie noch leben, als wäre sie nur eben aus ihrer Küche gegangen, um einzukaufen. Sie antwortet mir natürlich nie, nicht richtig jedenfalls, aber irgendwie habe ich das Gefühl, als hätte ich das, was sie mir wahrscheinlich gesagt hätte, trotzdem in meinem Kopf.«

»Und was geht dir dann durch den Kopf?«, fragte John.

Ihm gefiel, dass Paul auch heimlich mit seiner toten Mutter redete, genau wie er es tat.

»Dass ich die Dinge richtig machen soll – mit ganzem Herzen.« Pauls Augen funkelten auf. »Sie war Hebamme. Sie wusste, wie das Leben ist und welchen Sinn es hat. Die Dinge richtig tun, und zwar mit ganzer Kraft. Und daran zu glauben.«

»Deshalb sind wir doch hier.« John lachte auf. Dann sang er ganz laut. »Wendy, I need you … I do I do do.«

Als die Tour zu Ende war, lag Cynthia immer noch im Krankenhaus. Aber ihre Entlassung stand bevor, wie ihre Mutter ihm am Telefon gesagt hatte. Obschon John kaum geschlafen hatte, beschloss er, sie abzuholen. Johnny Gentle hatte ihn und die anderen an der Central Station abgesetzt. Er wirkte sehr zufrieden. Zum Abschied streckte er ihnen den Daumen entgegen. »Jungs, ihr seid immer besser geworden. Aus euch wird noch mal was.«

John lief mit seiner Gitarre und der Reisetasche ohne Umwege zum Krankenhaus. Klein und blass hockte Cynthia auf einem Stuhl in der Lobby des Hospitals und schien auf ihn zu warten. Vermutlich hatte ihre Mutter ihr gesagt, dass er kommen wolle. Leise schrie sie auf, als sie John entdeckte. Dann stürmte sie ihm entgegen.

»Ich habe dich vermisst, Cyn. Wie geht es dir?« Er küsste sie auf den Mund und bemerkte erst da, dass er unrasiert war und sich nicht einmal die Zähne geputzt hatte. »Sorry«, versuchte er sich zu entschuldigen, »ich bin gerade erst angekommen. Es war großartig. Unsere erste Tour.«

»Ich bin endlich wieder gesund.« Cynthia hakte sich bei ihm ein. »Und ich habe jeden Abend an dich gedacht – habe mir vorgestellt, wie du auf der Bühne stehst, mit deinem typischen Lächeln … Haben dir viele Mädchen aufgelauert?«

»Tausende«, erwiderte John voller Selbstironie. Abrupt blieb er stehen, nachdem sie das Krankenhaus verlassen hatten. »Aber weißt du, was wirklich passiert ist?« Er wartete keine Antwort ab. »Ich habe mein erstes Autogramm gegeben. Zwei Mädchen haben mir in Inverness einen Schreibblock entgegengehalten. Auf dem Plakat haben sie mich als Long John angekündigt, aber ich habe mit meinem richtigen Namen unterschrieben – John Lennon.«

Sie gingen nicht in ein Café, wie er es eigentlich vorgehabt hatte, sondern sofort zu Stu, um sich zu lieben. Zum Glück hatte Stu sich schon in weiser Voraussicht davongemacht. »Er hockt wahrscheinlich in einem Waschsalon, weil er keine Klamotten mehr hat«, meinte John.

Vorsichtig zog er Cynthia aus, dann drang er ganz zart in sie ein.

»Alles okay?«, fragte er.

Cynthia nickte leicht. »Ich bin glücklich«, flüsterte sie mit geschlossenen Augen. Doch im nächsten Moment wurde laut an die Tür gepocht.

»Stu, hör auf!«, rief John verärgert. »Cynthia und ich sind beschäftigt.«

Eine dumpfe Männerstimme, die eindeutig nicht Stuart Sutcliffe gehörte, antwortete: »John, mach auf! Ich muss mit dir reden.«

John warf Cynthia einen kurzen Blick zu. »Egal, wer das ist. Ich haue ihm eins in die Fresse und bin gleich wieder zurück.« Er streifte sich eine Unterhose über und sprang zur Tür.

»Ihr seid wieder da«, meinte der Mann im Treppenhaus, nachdem John die Tür einen Spalt geöffnet hatte.

»Allan«, sagte John. »Was willst du? Ich bin hundemüde und …«

»Klar«, sagte der Mann, »ich habe bis ins Treppenhaus gehört, wie hundemüde ihr seid, Cynthia und du. War sie nicht krank? Na, offenbar geht es ihr wieder besser.«

»Also.« John wurde ungeduldig. »Willst du wissen, wie die Tour mit Johnny lief? Kann das nicht warten?«

Allan lachte. Er hatte den Silver Beatles die Tour vermittelt, wie Cynthia wusste, die lauschend unter einer filzigen Decke lag.

»Ich weiß längst, wie die Tour gelaufen ist. Hey, ich bin Promoter, ich mache schließlich meinen Job. Johnny ist zufrieden, ihr wart nicht schlecht. Und deshalb bin ich hier. Ich habe vielleicht etwas für euch, eine Tour nach Deutschland. Da stehen sie neuerdings auf Musik aus Liverpool. Frag mich nicht, warum. In meiner großen Güte habe ich euch ins Gespräch gebracht. Aber natürlich nur, falls ihr Interesse habt … Oder nicht anderweitig beschäftigt seid«, fügte er spöttisch hinzu.

17. KAPITEL

Hamburg – Cynthia hatte keine Ahnung, wo Hamburg genau lag, aber Allan Williams, dem die Bar The Jacaranda gehörte und der einige Bands in Liverpool managte, hatte Wort gehalten: Er hatte die Silver Beatles nach Hamburg vermittelt. Hamburg lag im Norden von Deutschland, fand Cynthia heraus, indem sie in einem Atlas nachsah, der ihrem ältesten Bruder gehört hatte, eine Hafenstadt an einem Fluss mit Namen Elbe, ganz ähnlich wie Liverpool, doch viel größer und vermutlich auch viel gefährlicher. Sechs Wochen lang sollte die Band dort spielen.

John war vollkommen enthusiastisch. »Stell dir das vor, Cyn – sechs Wochen jeden Abend ein Konzert.«

»Aber wer wird euch da zuhören? Wer kennt euch überhaupt in Hamburg?«

»Wir spielen vor Seeleuten … Ach egal, vor wem. Hauptsache, wir spielen überhaupt. Außerdem haben wir dann Zeit, tagsüber unsere neuen Songs zu proben. Songs, die Paul und ich schreiben werden.«

Cynthia versuchte, sich mit John zu freuen, aber es gelang ihr nicht. Hamburg war weit weg – und dann auch noch in Deutschland. Noch vor fünfzehn Jahren waren die Deutschen ihre Feinde gewesen und hatten ganz England zerstören wollen. Die Flugzeuge der deutschen Luftwaffe hatten versucht, ihr Land in Schutt und Asche zu legen. Weil die Deutschen Bomben auf Liverpool geworfen hatten, war Cynthia überhaupt nur in Blackpool geboren worden.

»Du musst mir noch einen Gefallen tun.« John sah sie mit einem aufgesetzten Dackelblick an, wie er es manchmal tat, wenn er etwas Besonderes von ihr wollte.

Sie blieb abrupt stehen. Direkt vor dem Art College, wo John sie abgeholt hatte, ohne allerdings einen Schritt hineinzusetzen. Das würde er nicht mehr tun, hatte er sich geschworen. »O nein – ich ahne, was du von mir willst. Du weißt nicht, wie du es deiner Tante beibringen sollst. John bei den bösen Nazis – und nun soll ich das für dich erledigen.«

John lächelte und breitete unschuldig die Arme aus. »Cynthia, ich dachte, du kennst mich und weißt, wie sehr ich dich liebe. Ich würde dich doch niemals meiner Tante zum Fraß vorwerfen. Ich habe Mimi gestern schon alles erzählt. Klar, dass sie gleich anfing loszuzetern – Nazis, Drogen, Sex, alles durcheinander. Aber schließlich hat sie es geschluckt. Blieb ihr auch nichts anderes übrig. Niemand wird mich von dieser Tour abbringen.«

»Was willst du dann?«, fragte sie erleichtert. »Will Stuart nicht mitkommen? Oder hat Paul ein Problem mit seinem Vater?«

»Nein.« John griff ihre Hand und zog sie mit. »Es sind alle an Bord. George muss Urlaub nehmen, und Paul hat seinen Vater überredet, dass er fahren darf, aber wir haben ja unser ewiges Problem: Wir haben keinen Drummer. Und dafür brauche ich dich.«

»Schön, dass du mich endlich fragst«, erwiderte Cynthia ironisch. »Ich wäre zu gerne die Schlagzeugerin in eurer Band, aber eigentlich hatte ich im Gegensatz zu dir vor, mein Studium abzuschließen.«

»Frauen am Schlagzeug – so weit wird es noch kommen.« John überquerte die Straße zur Bushaltestelle. »Wir haben schon einen Drummer – nur seine Mutter weiß es noch nicht.«

John machte ein Geheimnis daraus, wohin sie fuhren, doch bald ahnte Cynthia es. Sie fuhren nach West Derby in den Casbah Club.

»Wer ist der Drummer?«, fragte sie, als sie nicht in den Keller hinuntergingen, wo der Club lag, sondern zur Eingangstür hinauf, wo sie klingelten.

»Pete, Monas Sohn, ist Schlagzeuger – er spielt ganz passabel. Seine Band hat sich vor Kurzem aufgelöst, und er hat Zeit und möchte mit nach Hamburg kommen, wenn seine Mutter es erlaubt«, erklärte John. In seiner Stimme schwangen Ärger und ein wenig Spott mit – mit dem Tenor: Nun haben wir zwar einen Drummer, aber er ist leider ein Muttersöhnchen.

Mona öffnete ihnen. Sie trug einen knallroten Pullover, der ihr schwarzes Haar besonders zur Geltung brachte. »Wollt ihr Flegel wieder in meinem Club spielen?«, fragte sie gleich ohne Begrüßung. »Ich habe schon eine Warteliste für Bands.«

»Hör auf, Mona«, sagte John. »Unsere letzten Konzerte hier waren die besten, die dein Club je gesehen hat.«

Mona lächelte. Sie mochte John, auch wenn sie ihn immer wieder ruppig anfuhr. »Na, Rory Storm & the Hurricanes waren nicht schlechter als ihr.«

»Kann sein«, sagte John ganz sachlich, »aber wir müssen etwas mit dir besprechen.«

»Und dazu bringst du deine hübsche Freundin mit, weil du dich allein nicht traust?« Mona schaute Cynthia mit einem Zwinkern an. »Ich weiß außerdem schon, worum es geht. Ihr wollt Pete als Drummer. Für eure Hamburg-Tour – Reeperbahn, miese Clubs, laute Musik, Zuhälter und käufliche Mädchen.«

»Genau, es soll nach Hamburg gehen.« John ließ sich

nicht einschüchtern. »Eine Riesenchance für uns – und für Pete. Sollte er sich nicht entgehen lassen. Und …« Er schaute an sich hinab. Er trug eine alte abgewetzte Lederjacke und eine schwarze Cordhose. »Wir sind doch sehr anständige Jungs.«

»Seid ihr nicht.« Mona kniff die Augen zusammen. »Die Bedingung lautet: Pete kriegt dasselbe Geld wie alle anderen. Und wenn ich irgendetwas von Drogen höre, dann komme ich höchstpersönlich angeflogen und ziehe jedem von euch eigenhändig das Fell über die Ohren. Oder …« Sie hielt inne, ihr Lächeln vertiefte sich, als wäre ihr gerade ein Einfall gekommen. »Oder ich liefere euch alle deiner Tante Mimi aus.«

Am 16. August sollte es losgehen. Allan wollte sie selbst mit dem Bus nach Deutschland bringen und in Hamburg in dem Club Kaiserkeller abliefern, wo sie spielen sollten. Einen Tag vor ihrer Abreise rief John morgens Cynthia an.

»Meine Tante ist so wütend auf mich, dass sie zu ihrer Schwester nach Birkenhead gefahren ist. Wir haben den ganzen Tag für uns. Komm bitte, so schnell du kannst!«

Der letzte Tag mit John – sie hatte gedacht, dass sie vielleicht noch einmal zum Hafen oder zum Meer fahren könnten, um am Strand spazieren zu gehen, aber stattdessen zog sie einen hellen Rock und ihre Lieblingsbluse an und nahm den nächsten Zug, um nach Mendips zu kommen.

John überraschte sie damit, dass er sich eine Kamera ausgeliehen hatte, um Fotos von ihr zu machen, die sie entwickeln lassen und ihm nach Hamburg nachschicken sollte. Ganz so, als wäre sie ein Fotomodell, vollführte sie einige Posen, hielt sich das Haar hoch, lächelte in die Kamera, machte einen Kussmund oder streckte die Brust heraus. John war absolut begeistert.

Er schoss ein Foto nach dem anderen. »Schade, dass du nicht mitkommen kannst, Cyn, aber die Bilder musst du mir unbedingt schicken.«

Für die letzten Fotos öffnete sie ihre Bluse und schob sich den Rock hoch, und dann, als es bereits Nachmittag war, liebten sie sich in Johns altem Bett in seinem Zimmer. Noch nie war sie hier so lange gewesen. Stets hatte Mimi auf der Lauer gelegen, hatte nach John gerufen oder furchtbar laut in der Küche hantiert, um ihnen unmissverständlich klarzumachen, dass sie auch noch da war.

Als sie in dem schmalen Bett nackt nebeneinanderlagen und John mit gerunzelter Stirn auf die Uhr schaute, weil sie bald gemeinsam zum Bus würden gehen müssen, klingelte schrill das Telefon, das unten in der Diele angebracht war.

Cynthia hörte, wie John sich einsilbig meldete, dann, nachdem er eine Weile zugehört hatte, veränderte sich seine Stimme. »Ja«, sagte er. »Mache ich, bestimmt. Viel

Schlaf und genug essen. Kein Alkohol. Du kannst dich darauf verlassen, Mimi. Tut leid, dass wir uns nicht mehr sehen können.«

Dann, nachdem er aufgelegt hatte, stieß er einen langen Triumphschrei aus.

»Cyn, du kannst über Nacht bleiben – meine Tante kommt heute nicht mehr! Es ist unglaublich. Wegen Nebel fahren keine Busse mehr.«

Cynthia stürmte nackt, wie sie war, die Treppe hinunter. »Aber ich kann nicht bleiben. Meine Mum …«

John umarmte sie. »So eine Gelegenheit hatten wir noch nie. Hier.« Er streckte ihr den Telefonhörer entgegen. »Ruf deine Freundin Phyl an. Sie soll sich bei deiner Mum melden und ihr sagen, dass du über Nacht bei ihr bleibst. Ihr wollt noch zusammen lernen. Okay? Dagegen wird deine Mutter nichts sagen.« Er lächelte herausfordernd.

Cynthia zögerte. »Ich lüge meine Mutter eigentlich nie an …«

»Es ist keine richtige Lüge … Es ist … Na ja, nicht ganz die Wahrheit.« John drückte ihr den Hörer in die Hand. »Und vergiss nicht – ich werde sechs Wochen weg sein. Sechs Wochen keine Küsse und keinen …«

Langsam streckte sie ihre Hand aus und umfasste den Hörer. Ja, es war die letzte Gelegenheit. Noch nie hatte sie eine ganze Nacht mit John verbracht, war neben ihm eingeschlafen und an seiner Seite aufgewacht.

Phyl war sofort am Apparat, und sie ließ sich nicht lange überreden. »Keine Sorge, ich rufe dein Mum an und gebe ihr Bescheid. Alles wird glattlaufen. Genießt euren letzten Abend …«

Sie liebten sich ein weiteres Mal, und dann spielten sie ihr Lieblingsspiel. Die Frage: Was liebst du an mir ganz besonders?

John liebte ihre Haare, ihren Mund, den er Schmollmund nannte. »Wenn du diesen Schmollmund machst, siehst du wirklich wie Brigitte Bardot aus.«

Cynthia liebte seine Augen. »Auch wenn du ja eigentlich total kurzsichtig bist.« Sie liebte die Form seiner Hände und die Art, wie er sich über seine Gitarre beugte, wenn er ganz in seine Musik versunken war.

Gegen Mitternacht schliefen sie endlich in enger Umarmung ein.

Er ist mein Mann, dachte Cynthia in einem Gefühl schläfriger Zufriedenheit. Doch dann fiel ihr ein, dass John morgen aufbrechen würde – zu einer langen Reise in ein anderes Land. Seit ihrer Trennung, nachdem John sie geschlagen hatte, waren sie eigentlich immer zusammen gewesen. Gut, er war auf Tour durch Schottland gewesen, aber das war nichts im Vergleich zu dem, was ihnen nun bevorstand.

Am nächsten Morgen machte Cynthia sich früh auf den Weg, um auf keinen Fall Mimi zu begegnen, der zuzutrauen war, dass sie den ersten Bus nahm, um John doch noch zu verabschieden.

Schläfrig drückte John ihr einen Kuss auf die Wange. »Sehen wir uns noch – nachher?«

Cynthia nickte, während sie sich anzog. Allan hatte verabredet, dass er alle um zehn Uhr bei Paul in der Forthlin Road abholen würde.

»Ich komme«, sagte sie, »aber ich hoffe, dass ich nicht Rotz und Wasser heule.«

»Sechs Wochen sind schnell vorbei.« John drehte sich auf die Seite und schlief wieder ein. Ihm schien die Reise nach Deutschland keine Sorgen zu bereiten.

Um zehn Uhr war Cynthia pünktlich in der Forthlin Road. Allan Williams war mit einem grünen Austin-Van vorgefahren. Niemand sonst war zum Abschied gekommen, auch Mimi nicht. Nur Pauls Vater stand vor der Tür, er trug eine weiße Schürze, als hätte er gerade abgewaschen, und winkte seinem Sohn zu, der als Letzter seinen Koffer in den Wagen hievte. John hatte nur eine Tasche dabei. Fast der ganze Laderaum wurde von ihren Instrumenten eingenommen.

John kam zu ihr herüber. Erst gab er ihr einen sanften Kuss auf die Wange. »Good-bye, honey«, flüsterte er ihr leise ins Ohr. »Honey« – so hatte er sie noch nie genannt. »Ich schreibe dir jeden Tag, versprochen, und vielleicht gibt es auch irgendwo ein Telefon. Dann rufe ich dich an.«

Cynthia hatte Mühe, ihre Tränen zurückzuhalten. »Das ist wahrscheinlich viel zu teuer. Aber pass auf dich auf, ja?«

»Klar.« Plötzlich schien auch John der Abschied schwerzufallen. Sie konnten sehen, dass mittlerweile alle eingestiegen waren, nur Allan stand noch neben der offenen Fahrertür und rauchte. Dann rief er ungeduldig: »John, willst du lieber hier bei deinem Mädchen bleiben? Sollen wir uns nach einem anderen Gitarristen umschauen?«

John achtete nicht auf ihn. »Klar, passe ich auf mich auf«, sagte er. »Aber es wird grandios. Ich weiß es … Unsere erste richtige Tour.«

Cynthia nickte. Sie spürte, wie ihr gegen ihren Willen eine Träne über die Wange rollte, doch John sah sie gar nicht mehr an, sondern hatte sich abrupt abgewandt. »Hey, Krauts, wir kommen«, schrie er und eilte auf den Bus zu, wobei er einen militärischen Stechschritt nachahmte. »Boys, wir werden den Krauts in den Arsch treten und ihnen zeigen, was richtige Musik ist.«

18. KAPITEL

Hamburg, August 1960

Er hockte hinten neben Stu in dem Austin-Van und versuchte zu schlafen, auch wenn er eigentlich viel zu aufgeregt war, um die Augen zuzumachen. Allan vorn am Steuer redete mit seiner unangenehmen Fistelstimme fast die ganze Zeit – über sich, über seinen Club, darüber, was für ein toller, erfolgreicher Kerl er doch war, und zwischendurch meinte er, ihnen Benimmregeln geben zu müssen. »In Hamburg müsst ihr aufpassen, Jungs. Die Weiber, die da an jeder Ecke stehen … das sind Prostituierte, die machen euch schöne Augen, weil sie dafür bezahlt werden, klar? Die wollen jede Menge Deutschmarks, damit die euch ranlassen. Außerdem gibt es gewisse Krankheiten, falls ihr versteht. Und überhaupt sollt ihr in Hamburg nur Musik machen und euch um nichts anderes kümmern.«

John versuchte, Allans Gerede auszublenden. »Bist du

schon einmal wirklich aus Liverpool rausgekommen?«, fragte er Stuart.

Stuart hatte die ganze Zeit geschwiegen. Bei der ersten Pause kurz vor London war er im Van geblieben und hatte sich in eine Ecke des Wagens gedrückt. »Kopfschmerzen«, hatte er gemurmelt, »habe ich manchmal.«

»Ich war in London und in Edinburgh und mit euch halt in Schottland, aber weiter war ich nie weg.« Stu steckte sich eine Zigarette an, obwohl Allan es vor der Fahrt mit großen Worten untersagt hatte, im Bus zu rauchen. »Aber nächstes Jahr will ich unbedingt nach Paris. Und von Paris nach Rom – überall dahin, wo die schönsten Bilder hängen.«

John erinnerte sich. Ja, über Paris hatten sie schon gesprochen. »New York«, sagte er, »wie wäre es wohl, einige Zeit in New York zu leben? In New York soll es die besten Clubs geben, und dann nach Memphis, zu Elvis ... Elvis ist auch eine Zeit lang in Deutschland gewesen ... als Soldat ... Ich war noch nie länger irgendwo anders – und vielleicht wäre das etwas ... mit einem Schiff von einem Ort zum nächsten zu fahren.« Dann dachte er an seinen Vater, den Seemann, von dem er seit Jahren nichts gehört hatte. Nein, vielleicht war das keine gute Idee.

Stu hielt ihm die Zigarette hin, damit er einen Zug nehmen konnte. »In Hamburg gibt es auch ein paar interessante Museen und eine Hochschule für Kunst. Vielleicht haben wir ja Zeit ...«

»Hey.« John reichte ihm die Zigarette zurück. »Du bist unser Bassist. Wir spielen bis in die Nacht. Da haben wir keine Zeit, an Bilder zu denken.«

»Ich denke immer an Bilder«, erwiderte Stu. »Aber vielleicht mache ich irgendwann noch etwas ganz anderes: einen Roman schreiben.«

Über Harwich setzten sie nach Hoek van Holland über. Für einen Moment kam John sich wie ein Soldat vor, der nun feindliches Territorium betrat. Aber so war es ja nicht, Mimi hasste die Deutschen, er jedoch nicht; die Deutschen wollten ihre Musik hören, und John und seine Band waren keine Soldaten, sie hatten keine Waffen bei sich, sondern Instrumente. Musik zu machen war die friedlichste Sache der Welt.

Mitten in der Nacht kamen sie in Hamburg an. Die meisten Straßen waren dunkel und beinahe menschenleer, aber jeder, den sie fragten, kannte offenbar die Adresse. Sankt Pauli, Reeperbahn – ja, da entlang. Es war lange nach Mitternacht, doch die Leuchtreklamen in den Straßen brannten noch, und John erblickte aus dem Fenster des Vans seine erste Prostituierte: eine Frau mit langen Haaren, die so schwarz schimmerten, dass sie künstlich aussahen, mit einer extrem engen weißen Bluse, die Fragen offenließ, und einem schwarzen Lederrock, dazu trug sie schwarze Stiefel. Als sie seinen Blick aus dem Van bemerkte, winkte sie ihm mit ihrer Linken, die in einem weißen Handschuh steckte, lässig zu und lachte ihn an. Verlegen wandte John den Blick ab und ärgerte sich im nächsten Moment darüber.

»Ich war noch nie in einem Bordell«, sagte Stu ganz sachlich, der die Frau auf dem Trottoir auch registriert hatte. »Aber das wird sich hier wohl bald ändern.«

»Wir sind da«, rief Allan ein paar Minuten später mit seiner hohen Stimme, nachdem er noch einmal nach dem Weg gefragt hatte.

Indra Club, las John die Leuchtschrift über dem Eingang, aber anders als in den anderen Gebäuden in dieser engen Straße, die Große Freiheit hieß, brannte in diesem Schuppen kein Licht.

Müde stiegen sie aus. Paul war der Erste am Eingang, über dem noch eine allerdings abgeschaltete Leuchtreklame hing, doch die Tür war verschlossen. »Super«, meinte er und wandte sich zu den anderen um, »die Krauts haben uns wirklich den roten Teppich ausgerollt.«

John schlug mit der Faust gegen die Tür. »Die Beatles sind da«, rief er. »Die beste Band aus Liverpool.« Nichts regte sich. Nur ein Schaukasten neben der Tür war spärlich erleuchtet. »Aus Liverpool – die Beatles«, konnte er auf einem Plakat lesen. Immerhin, sie waren an der richtigen Adresse.

Irgendwo auf der gegenüberliegenden Straßenseite wurde ein Fenster geöffnet, und jemand schrie auf Deutsch etwas heraus. Es klang wütend, zumindest nicht sonderlich freundlich.

»Wird sich alles klären.« Allan blickte auf seine Uhr, während John sich zu einem größeren Kellerfenster neben dem Eingang hinabbeugte, hinter dem jedoch auch nichts zu erkennen war. »Vielleicht haben die heute Ruhetag, und morgen ...«

»Hey, ich bin müde.« Pete war so erschöpft, dass er kaum noch die Augen aufhalten konnte. »Ich will mich irgendwo hinlegen. Sollen wir alle im Auto schlafen, oder was?«

»Wird sich alles klären«, wiederholte Allan. Er verschwand in einer Seitengasse und kehrte nach zehn Minuten mit einem mittelalten Mann zurück.

»Ich bin Bruno.« Der Deutsche reichte ihnen allen die Hand und versuchte, ihnen mit den wenigen englischen Begriffen, die er kannte, zu erklären, dass er sie erst am Morgen erwartet hatte. Dann schloss er ihnen die Tür zu dem Club auf und führte sie herum, wobei er unaufhörlich auf Deutsch auf sie einredete. Er zeigte ihnen die Bar, die Toilette und die Bühne. Kein besonders eindrucksvoller Laden, die Bühne war beinahe so klein wie im Casbah Club, nur gab es hier Nischen mit kleinen Tischen, in denen allenfalls vier Personen Platz fanden, die sich da ganz schön nahe kommen würden, aber das war wohl auch der Sinn der Sache.

Als John diesen komischen Deutschen fragen wollte,

wo sie denn schlafen sollten, war er plötzlich verschwunden.

Allan kletterte hinter die Bar und schenkte für jeden einen Whiskey ein. Er grinste sie an. »Willkommen in Hamburg, Jungs. Schätze, die erste Nacht müssen wir in diesem Club verbringen.«

Die schmale Bank, auf die John sich zurückzog, ohne sich auszuziehen – nur seine Lederstiefel streifte er ab –, roch nach Bier und Zigarettenqualm. Für einen Moment dachte er an Cyn – sie lag nun weich in ihrem Bett im beschaulichen Hoylake. Morgen würde er ihr den ersten Brief aus Hamburg schreiben.

Hi,
Cyn, ich liebe und vermisse Dich schon jetzt, aber eines weiß ich genau – hier in Hamburg beginnt das größte Abenteuer meines Lebens.

19. KAPITEL

Liverpool, Sommer 1960

Ohne John hatte sie plötzlich wieder unendlich viel Zeit, sich ihrem Studium zu widmen, was besonders ihre Mutter freute, die ausnehmend guter Stimmung war. Anders als John würde Cynthia nicht vom Art College fliegen, und doch vermisste sie ihn bereits am ersten Tag. Schon als der Van um die Kurve gefahren war, hatte sie Tränen in den Augen gehabt, aber dann hatte sie sich gesagt, dass sie die Zeit auch genießen könne.

Sie wollte mit Phyl ausgehen und Bilder malen, Bilder nur für sich, die vielleicht nur ihr selbst gefielen. Kurz dachte sie daran, was John wohl alles in Hamburg erleben würde – bei den Deutschen, die in Großbritannien immer noch nicht sonderlich beliebt waren. Einmal hatte sie einen Film über den Krieg und die Nazis gesehen, wo die Deutschen nur strammgestanden und unentwegt »Achtung« gerufen hatten, aber diese Zeit war wohl zum Glück vorbei

Am ersten Abend nach Johns Abreise suchte Cynthia im Radio auf der Mittelwelle einen deutschen Sender. Irgendwie hatte sie das Gefühl, John auf diese Weise nahe sein zu können, doch bei den Sendern, die sie fand, konnte sie nicht unterscheiden, ob es ein deutscher, ein polnischer oder vielleicht sogar ein russischer Sender war, so fremd hörte sich die Sprache an, und die Musik, die gespielt wurde, war einfach nur ernst und traurig.

Am vierten Tag traf endlich Johns erster Brief ein. Fünf eng beschriebene Seiten, die mit *I love you I love you I love you* begannen, dann beschrieb John, wie sie mitten in der Nacht in Hamburg angekommen waren und niemand da gewesen war, um sie zu empfangen, weil man erst am nächsten Tag mit ihnen gerechnet hatte. Indra Club hieß der Laden, in dem sie spielten, nicht Kaiserkeller, wie es Allan ihnen erzählt hatte. Gleich am nächsten Tag war es losgegangen – fünf Stunden hatten sie auf einer winzigen Bühne gestanden. Die Leute, überwiegend Seeleute, hatten sich mehr für Bier als für die Musik interessiert, und nach einer Stunde hatte es auch die erste Schlägerei gegeben. Zwei Matrosen waren an der Theke aneinandergeraten. John und seine Band hatten aufgehört zu spielen, doch der Besitzer, der Bruno Koschmider hieß, hatte ihnen zugerufen, dass sie unbedingt weiterspielen und mit der Show weitermachen sollten, dann hatte er sich mit einem anderen Mann selbst auf die Matrosen gestürzt und sie eigenhändig hinausgeworfen. Danach war es in dem Club merklich ruhiger geworden, und die Leute hatten ihnen zugehört. Erst gegen drei Uhr morgens waren sie ins Bett gekommen.

Na, Cyn, Bett ist vielleicht zu viel gesagt. Wir haben hier kein richtiges Hotel, sondern schlafen hinten in den Räumen eines alten Kinos. Da hat man uns fünf Feldbetten aufgestellt. Ist nicht gerade luxuriös, und richtiges Licht haben wir auch nicht. Ich schlafe mit Stu in einer winzigen Kammer, und waschen müssen wir uns vorn auf den Toiletten. Da gibt es immerhin ein Waschbecken, allerdings nur mit kaltem Wasser. Na ja … Aber wahrscheinlich sind wir nach unseren Konzerten sowieso viel zu müde, um zu unterscheiden, ob wir auf teuren Daunen oder auf einer alten Matratze liegen.

Gestern haben wir aus jedem Song eine Zwanzig-Minuten-Nummer gemacht, richtig laut. Lautstärke ist hier kein Problem, und zwischendurch habe ich ins Publikum gerufen, wenn ein richtiger Nazi da wäre, sollte er sich gerne bei mir melden, ich würde ihm dann hinterher die Fresse dafür polieren, dass sie mein Land bombardiert haben.

Cynthia, Du kannst Dir bestimmt vorstellen, dass sich

keiner gemeldet hat, sie haben mich nur blöd angeguckt. Gelacht hat auch keiner. Kann auch sein, dass sie einfach nichts verstanden haben. Englisch spricht hier kaum einer. Aber die Krauts, die wir hier bisher getroffen haben, sind nett, wenn auch ein bisschen komisch.

Nach dem ersten Konzert sind Stu und ich noch eine Weile herumgelaufen, und weißt Du, was mir dann passiert ist? Mitten auf einer Straßenkreuzung stand eine riesige Frau – im langen Kleid, mit Schlitzen an der Seite, mit hohen schwarzen Schuhen und blonden Haaren, die ihr bis zum Arsch hinunterhingen. »Hey, Darling, was machst du da?«, habe ich ihr zugerufen. Sie hat sich ganz langsam, wie in Zeitlupe, zu mir herumgedreht. Im Schein einer Laterne konnte ich dann ihr Gesicht sehen. Sie war total geschminkt, rote Lippen, Rouge auf den Wangen, lange, angeklebte Wimpern. Erst hat sie mich nur mit Augen wie aus Kohle angestarrt, dann hat sie den Mund geöffnet und gemeint: »Any problems, dude?« Die Stimme ließ mich absolut erschaudern. Cyn, die riesige Frau war ein Kerl – ein Kerl in Frauenkleidern. Kannst Du Dir das vorstellen? Sankt Pauli ist voll von solchen Typen, hat Stu gemeint. Wenn man hier zu einer Frau spricht, muss man sich erst einmal vergewissern, dass sie wirklich eine Frau ist.

Der nächste Brief von John traf zwei Tage später ein. Wieder hatte er kleine Figuren an den Rand gekritzelt – sich selbst mit einer Gitarre in der Hand, dann hatte er ein nacktes Paar in einem Bett skizziert. Wenn Cyn die Frisuren der beiden Figuren richtig deutete, dann sollten das vermutlich John und sie sein.

Liebe Cyn,
es ist vier Uhr am Morgen, so ungefähr zumindest. Ich liege unter einer alten Filzdecke, kann nicht schlafen und denke an Dich. Wir vermissen Dich beide, mein bestes Stück und ich. Heute haben wir fast sieben Stunden gespielt, unser ganzes Repertoire, Songs von Little Richard, Elvis, Carl Perkins, Fats Domino und Chuck Berry. Hinterher dachte ich beinahe, meine Finger wurden bluten, aber trotzdem hat es sich so gut angefühlt. Es waren nicht viele Gäste da, doch die meisten haben uns zugehört und sogar applaudiert. Paul und ich sind einmal im Stechschritt über die Bühne gelaufen, und ein paar haben gelacht, aber wahrscheinlich waren es keine Krauts, sondern Matrosen aus Portugal, Spanien oder von sonst woher. Wir haben hier einen Türsteher, Horst, einen ehemaligen Boxer, der aufpasst, dass keine Besoffenen in den Club kommen. Leider hat George nicht gewusst, dass Horst ein erfolgreicher Boxer war, als er ihn gefragt hat, ob er auch ein Nazi gewesen sei.

Horst hat gar nicht geantwortet, sondern sofort zugeschlagen, was ich natürlich nicht zulassen konnte. Wir haben uns dann ein wenig auf dem Männerklo geprügelt. Okay, gegen einen Boxer habe ich natürlich keine Chance, aber Horst hat ziemlich geflucht, als ich ihn einmal am Kinn getroffen habe. Hinterher waren wir wieder beste Freunde, und ich habe ihm gesagt, dass er sich nicht so anstellen soll. Es sei ja gut, wenn er kein Nazi gewesen sei, aber wer waren denn eigentlich die Nazis in diesem Land. Und wohin sind diese Nazis alle verschwunden?

Heute waren wir zum ersten Mal am Hafen. Pete natürlich nicht, weil er meistens allein irgendwo in der Ecke hockt. Keine Ahnung, vielleicht hat er Heimweh und denkt die ganze Zeit nur an seine Mutter. Landungsbrücke heißt ein berühmter Platz in der Gegend. Von hier aus sind früher die Schiffe nach Amerika abgefahren, nun kann man auf eine Barkasse steigen und eine Hafenrundfahrt machen. Haben wir aber nicht, weil wir nicht genug Geld dabeihatten, und George meinte, dass er schnell seekrank wird.

Ich vermisse Dich, Cyn, und ehrlich gesagt vermisse ich sogar Mimi, na, wenigstens das Essen, das es bei ihr gibt, und dass ich mich bei ihr unter eine warme Dusche stellen kann. Hier wird an jeder Ecke Wurst gegessen, und da stehen dann alle, Stripperinnen, Prostituierte,

Männer, sogar Polizisten in ihren Uniformen, trinken Bier und essen Wurst.

Morgen wollen Paul und ich anfangen, Songs zu schreiben. Vielleicht gehen wir dann ein wenig früher in den Club. In diesem verdreckten Kino können wir uns jedenfalls nicht länger aufhalten. Ich habe immer gedacht, in Deutschland wäre alles sauberer als bei uns, aber das war ein Irrtum.

Schick mir bitte die Fotos, die wir neulich gemacht haben – und leg noch ein paar neue dazu, damit ich genau weiß, wie Du gerade aussiehst. Trägst Du Dein Haar meistens offen? Und was läuft in Liverpool? Ich hoffe, es ist unendlich langweilig ohne uns. Stu meint, dass die Mädchen hier schöner sind, aber ehrlich gesagt habe ich noch nicht so viele deutsche Girls gesehen.

20. KAPITEL

Hamburg, Oktober 1960

Er spürte es jeden Abend, sie wurden immer besser und wagten immer mehr, auch wenn nicht viele Gäste kamen und einige so betrunken waren, dass sie nur auf Streit aus waren und die Musik kaum wahrzunehmen schienen. Doch selbst George ging nun häufiger aus sich heraus, riss manchmal einen kompletten Song an sich und steigerte sich in ein Solo hinein. George war ein echter Engel an der Gitarre, auch wenn er sich selbst dessen nicht bewusst war. John machte es immer größeren Spaß, auf der winzigen Bühne herumzuspringen, zu krakeelen und das Publikum mit Gesten herauszufordern. Manchmal hielt er sich, um die Leute herauszufordern, einen Kamm unter den Mund und imitierte Adolf Hitler, den die Deutschen ihren Führer genannt hatten. Einige im Club lachten dann sogar, und Paul, dem das gar nicht gefiel, raunte ihm zu: »Hör auf damit, sonst kriegst du wieder Prügel.« Aber Prügel drohte ihm niemand mehr an, nicht einmal Horst, der Türsteher. Im Gegenteil, Horst sagte ihnen häufig, wie gut sie seien, er habe ihre laute Musik anfangs gar nicht gemocht, doch nun würden auch junge Leute in den Club kommen, die sie hier früher nie gesehen hatten. Horst begann auch, sie mit Pillen zu versorgen. »Hier, boys, ihr seht müde aus. Das vertreibt die Müdigkeit.« Dann drückte er jedem zwei Pillen in die Hand, die tatsächlich wirkten und die Black Bombers oder Purple Hearts hießen. Die Müdigkeit wich schlagartig, und es machte ihnen nichts aus, bis morgens um drei oder vier Uhr auf der Bühne zu stehen. Einzig Pete blieb außen vor; er trank so gut wie nie Bier, und Pillen wollte er auch keine nehmen. Er saß oft wie teilnahmslos an seinem Schlagzeug, den Blick träumerisch ins Nirgendwo gerichtet, doch immerhin gelang es ihm, den Rhythmus einigermaßen zu halten.

Nachdem sie sechs Wochen lang fast jeden Abend im Indra Club gespielt hatten, kam Bruno Koschmider mit düsterer Miene zu ihnen. Es ist zu Ende, dachte John sofort, als er den Besitzer des Clubs sah, nun schicken sie uns wieder nach Hause. Aber eigentlich war es in Ordnung. Sie hatten ja ohnehin nicht länger als sechs Wochen bleiben sollen, und sechs Wochen auf Feldbetten in einem Hinterzimmer in einem heruntergekommenen Kino ohne eine Dusche waren wahrlich kein Vergnügen.

Koschmider winkte einen Kellner heran, den greisen Albert, der fast siebzig war und ein wenig wie der alte Charlie Chaplin aussah. »Bring uns ein Bier, Albert, aber ein frisches, keine abgestandene Plörre. Ich muss mit den Jungs reden.«

Es waren keine Gäste mehr im Club, es war nach vier Uhr nachts. Sie hockten am Bühnenrand und warteten. Bruno Koschmider begann erst zu reden, als sie alle ihr Bier hatten, selbst Pete musste sich eins nehmen.

»Eure Schau ist great«, sagte Bruno in seinem bruchstückhaften Englisch, »ich hatte schon andere Jungs aus Liverpool hier, daher kenne ich mich aus. Ihr seid die Besten, deshalb will ich, dass ihr bleibt, aber diesen Laden muss ich zumachen. Da haben sich einige Leute beschwert, und so richtig läuft die Bude auch nicht mehr. Darum …« Er schaute John an, dann glitt sein Blick zu Paul. »Darum will ich, dass ihr in meinem anderen Laden auftretet, im Kaiserkeller. Der Schuppen ist größer, und da ziehen wir dann ein ganz anderes Publikum an, nicht nur Matrosen, die sich besaufen wollen und Stunk machen. Seid ihr dabei?«

Paul und George, die ebenfalls besorgt gewirkt hatten, riefen sofort: »Yeah, sure!«

Doch John brachte sie mit einer Geste zum Verstummen. »Wenn der Laden größer ist, was ist dann mit der Gage? Zahlst du uns dann auch mehr Geld?«

Bruno schaute ihn an, seine Kiefer mahlten, als müsse er

ernsthaft nachdenken, dann lächelte er matt. »Es ist fast fünf Uhr am Morgen, und du Milchbubi willst mit mir verhandeln, John? Alles klar! Ich mag euch. Zwanzig Prozent lege ich drauf, aber mehr ist nicht drin.«

Am 4. Oktober 1960 spielten sie zum ersten Mal im Kaiserkeller. Der Club war tatsächlich größer, das Licht und der Sound waren besser, und es kamen auch andere Leute in den Club – Schüler, Studenten, jedenfalls waren die Gäste viel jünger als das Publikum im Indra. John und die anderen versuchten, ein wenig an ihren Songs zu feilen, sie waren immer noch wild und laut, doch nun bemühten sie sich um mehr Struktur, wenn sie improvisierten, wenn ein Solo auf das nächste folgte. Auch Stu schien sich endlich auf der Bühne wohler zu fühlen. Im Indra war er stets ganz im Hintergrund geblieben, hatte sich niemals ins Licht gewagt. Paul hatte ihn häufig mitten im Stück angefaucht, er solle sich konzentrieren und nicht wieder falsch spielen. Zwei-, dreimal war es sogar vorgekommen, dass Paul ihm einfach den Verstärker abgedreht hatte.

John brauchte ein paar Auftritte, um zu begreifen, warum Stu plötzlich aus der Dunkelheit der Bühne heraustrat. Eine Gruppe von Leuten interessierte ihn offensichtlich – zwei Frauen, drei Männer, alle ganz in Schwarz gekleidet, die sich einen Platz etwas abseits von der Bühne gesucht hatten. Besonders die eine Frau stach hervor, fand auch John, sie hatte längere dunkelblonde Haare, ein blasses, irgendwie vornehm wirkendes Gesicht. Während ihre Begleiter mitunter enthusiastisch klatschten und sogar die Refrains mitsangen, blieb sie immer ruhig und wirkte konzentriert, als würde sie die Musik förmlich aufsaugen.

Als die Gruppe zum vierten Mal auftauchte, sah John zu Stu hinüber und sagte: »Es ist diese Frau, nicht wahr? Wegen dieser Frau bist du plötzlich so verändert?«

Stu erwiderte nichts, sondern nickte nur. An diesem Abend versuchte er sich sogar an einem Solo, na, so richtig kam er an seinem Bass nicht in die Gänge, aber das machte nichts. Die Blicke der Frau waren trotzdem auf ihn gerichtet.

Als sie gegen Mitternacht eine Pause machten, ging John zu den Schwarzgekleideten hinüber. »Folks, wie gefällt euch die Show?«

Der Begleiter der Frau schaute ihn an, er mochte etwa zwanzig sein, trug einen schwarzen Pullover und eine ebenfalls schwarze enge Jeans und wirkte wie ein introvertierter Student. Ja, als würde er Philosophie oder Geschichte, jedenfalls irgendwas Geisteswissenschaftliches studieren. »Ihr seid großartig«, sagte er auf Englisch, dann streckte er John die Hand entgegen. »Ich bin Klaus, und das ist Astrid.« Er deutete auf die Dunkelblonde neben sich, die

John fixierte, als müsse sie sich seine Gesichtszüge einprägen. »Wir gehen eigentlich nie in solche Clubs, aber als ich neulich zufällig hier vorbeigekommen bin, habe ich euch gehört. Hey …« Nun glitt ein Lächeln über sein hageres Gesicht. »… eure Musik hat mich total umgehauen. Ich konnte gar nicht anders, als ihr zu folgen. Woher kommt ihr?«

»Aus Liverpool.« John blickte die Frau mit dem Namen Astrid an. Ihre Augen … Irgendetwas an ihren dunkelbraunen Augen war sehr besonders. Ernsthaftigkeit lag in ihnen – und Verletzlichkeit und eine zurückhaltende Neugier. »Wir sind schon eine Weile in Hamburg, aber wir kommen aus Liverpool.«

Auf einmal stand auch Stuart neben ihm, ein Bier in der Hand.

»Das ist Stuart.« John ergriff Stus Arm und zog ihn ein wenig heran. »Unser Bassist, aber eigentlich ist er Maler … ein richtiger Künstler.«

»Das spürt man«, sagte Astrid, ebenfalls auf Englisch. Sie hatte eine helle, sehr leise und zugleich eindringliche Stimme. »Man sieht sofort, dass er ein Künstler ist.« Dann beugte sie sich vor und hielt Stu ihre schmale weiße Hand hin. »Ich bin Astrid. Ich bin Fotografin. Wann kann ich euch einmal fotografieren?«

Stu strich sich eine Haarsträhne aus dem Gesicht. »Es würde mir gefallen, wenn du uns fotografieren würdest«, sagte er. »Wir können bald etwas arrangieren, nicht wahr, John?«

Für einen Moment war John erstaunt. Er hatte es höchst selten erlebt, dass Stu von sich aus die Initiative ergriff, doch bei dieser Frau war eben alles anders.

»Klar«, sagte er. »Wir können gern Fotos machen. Wann immer ihr wollt.«

Astrid lächelte, ein sanftes Lächeln, das auch ihre Augen erreichte. »Auf dem Heiligengeistfeld ist Jahrmarkt, der Hamburger DOM, habt ihr davon schon gehört? Dort werden wir einige richtig gute Motive finden.«

Als sie auf die Bühne zurückkehrten, weil Bruno Koschmider ihnen ungeduldig ein Zeichen gegeben hatte, begriff John, dass Stu sich gerade verliebt hatte. Zwei Sätze von Astrid hatten gereicht, und irgendwie hatte John das Gefühl, dass es der Deutschen genauso ergangen war.

21. KAPITEL

Liverpool, Herbst 1960

Es gefiel Cynthia nicht, aber sie musste sich eingestehen, dass Liverpool ohne John einfach nur leer war, leer und viel zu ruhig. Sie hatte Zeit, mit Phyl ins Kino zu gehen, und einmal hatten sie hinterher im Ye Cracke ein Bier getrunken, doch ohne John machte ihr das alles keinen Spaß. Seine Briefe kamen regelmäßig mit kleinen lustigen Zeichnungen – er hatte offenbar eine Vorliebe, sie beide nackt zu zeichnen, so dass Cynthia immer fürchtete, ihrer Mutter könnten Johns Blätter in die Hände fallen. An einem Sonntag hatte sie so eine Sehnsucht nach ihm, dass sie nach Mendips hinausgefahren war. Natürlich hatte sie nicht bei Mimi geklingelt, aber sie war die Straße entlanggegangen und hatte zu dem Fenster hochgeblickt, hinter dem John so lange gewohnt hatte.

John schrieb von Hamburg, von ihren Shows, davon,

dass die verrücktesten Menschen in ihre Konzerte kamen – Prostituierte, Zuhälter, Kleinkriminelle, Seeleute, Hafenarbeiter und auch andere Musiker.

Wir werden von Abend zu Abend besser. Gestern bin ich fast nackt aufgetreten – in Unterhose. Ich habe mir einen Klodeckel umgehängt und bin über die Bühne stolziert. Die Leute haben sich gebogen vor Lachen, Cyn.

Konnte das stimmen? John in Unterhose auf der Bühne? Ja, sie konnte es sich vorstellen. Wenn er vor Publikum stand und die Leute schier ausflippten, war John zu fast allem fähig. Im Stillen fragte sie sich, ob er vielleicht auch schon zu einer Prostituierten gegangen war, aber nein, so etwas würde keiner von ihnen tun, weder Paul noch John und der schüchterne George schon gar nicht.

In ihren eigenen Briefen beschrieb sie, was sie tat, dass sie viel mit Phyl unterwegs war und wieder angefangen hatte, eigene Bilder zu malen, und dass sie oft am Leuchtturm saß und aufs Meer hinausschaute. Dass sie dabei daran dachte, wie ihre Zukunft mit John aussehen würde, berichtete sie ihm jedoch nicht. Einmal ging sie zu Woolworth in einen Passbildautomaten und schoss eine ganze Serie von Bildern. Sie schnitt Grimassen, glotzte in die Kamera hinter dem Spiegel, streckte die Zunge heraus und rollte mit den Augen. Alle Bilder legte sie sofort in einen Umschlag und schickte ihn von der Hauptpost ab, damit sie möglichst schnell in Hamburg eintrafen.

Nach sechs Wochen kam der Brief, in dem John ankündigte, dass sie noch länger in Hamburg bleiben würden. Ihr Engagement hatte sich verlängert, und nun spielten sie in einem anderen Club, dem Kaiserkeller.

Cyn spürte, wie sich alles in ihr vor Enttäuschung zusammenzog. Diese sechs Wochen waren ihr wie sechs Monate vorgekommen, und nun kehrte John immer noch nicht zurück. Am liebsten hätte sie ihn angerufen und ihm Vorwürfe gemacht. Kannst du nur an dich denken? Denkst du nicht auch einmal an uns? Hast du keine Sehnsucht nach mir? Aber das wäre sinnlos gewesen. Es war die Musik, die er liebte – erst kam die Musik, dann kamen die Menschen. Dass es bei ihm diese Reihenfolge gab, war ihr immer klar gewesen.

In den nächsten Briefen schien sich sein Tonfall plötzlich zu verändern. Auf einmal war auch von Freunden die Rede, die John, Paul und die anderen gefunden hatten, und der Name einer Frau fand sich in fast jeder dritten Zeile: Astrid, eine Deutsche, die irgendwann im Club aufgetaucht war.

Astrid ist Fotografin, aber im Grunde ist sie viel mehr – Studentin, Philosophin, Fremdenführerin, Übersetze-

rin … Wir sind mit Astrid auf einem Jahrmarkt gewesen, dem Hamburger DOM. Sie hat supertolle Fotos von uns gemacht. Ich sitze auf einer Metalltonne, hinter mir die Wohnwagen der Jahrmarktsleute. Oder ein anderes Bild mit mir im Vordergrund, hinter mir, leicht verschwommen, Stu mit seiner Bassgitarre, die er beinahe wie ein Gewehr hält. Wenn Du diese Fotos siehst, Cyn, fällst Du um. Ich sehe wirklich gut aus, mit meiner Lederjacke und diesem ernsten Blick, den ich selbst an mir mag.

In einem anderen Brief schrieb er:

Wir waren heute bei Astrid zu Hause. Die ganze Wohnung kennt nur zwei Farben: Schwarz und Weiß. Überall stehen Kerzen herum, und an der Wand hängen ihre Fotos. Astrid hat uns Tee gemacht, und dann haben wir deutsche Schinkenbrote mit ganz viel Butter gegessen. Ich habe mich fast eine halbe Stunde in ihrem Badezimmer aufgehalten. Ein richtiges Bad mit teuren Fliesen, warmem Wasser und einem Spiegel mit einem goldenen Rahmen. Das nächste Mal frage ich sie, ob ich bei ihr baden darf. Später haben Astrid und Klaus Gedichte vorgelesen – auf Englisch, Französisch und Deutsch.

Cyn spürte, wie ihre Eifersucht mit jedem Brief wuchs. Warum schrieb John so ausführlich von dieser Astrid? Konnte er sich nicht denken, wie unruhig sie diese Zeilen machten? Hatte er sich etwa verliebt? Ja, vermutlich war es so. Doch dann schrieb er:

Stell Dir vor, Astrid hat sich von ihrem Freund Klaus getrennt. Sie ist jetzt mit Stu zusammen. Vom ersten Moment, als die zwei sich gesehen haben, wussten sie, dass sie zusammengehören. Stu ist richtig gut drauf und sogar ganz aufgeschlossen. Manchmal bleibt er nun auch über Nacht weg, aber wir wissen ja alle, wo er ist, und beneiden ihn. Morgens riecht er nach Seife und Shampoo, und wir … wir stehen in der Damentoilette und waschen uns mit kaltem Wasser die Haare. Die Welt ist nicht gerecht, Cyn! Aber das war sie ja nie, und ich gönne Stuart sein Glück. Paul meint, an Stu ist plötzlich alles anders geworden, nur sein Spiel an der Bassgitarre nicht.

Schick mir ein paar von diesen Fotos, wollte sie ihm schreiben. Und ich will auch wissen, wie diese Astrid aussieht, die euch offenbar alle so verzaubert hat. Stattdessen erzählte sie in ihren Briefen von ihrem Studium, wie gut sie mit allem vorankam. Bald würde sie eine richtige Kunstlehrerin sein. Doch interessierte sich John überhaupt dafür?

Nach ihren Fortschritten am College erkundigte er sich jedenfalls nie.

Im November spielte die Band immer noch in Hamburg, dann aber kam ein Brief, bei dem Cynthia, noch bevor sie ihn geöffnet hatte, schon das Gefühl hatte, er würde besondere Nachrichten enthalten. Auf den Umschlag war keine Figur gekritzelt, keine Aufforderung an den Postboten, sich zu beeilen.

Liebe Cyn, schrieb John. *Es ist alles zu Ende. Keine Konzerte in Hamburg mehr. Sie haben George erwischt. Er hätte in Deutschland gar nicht auftreten dürfen, weil er noch keine achtzehn ist. Sie haben ihn wie einen Verbrecher abgeschoben, und Paul und Pete sind im Gefängnis gelandet. Koschmider, dieser Mistkerl, hat sie anzeigt und die Polizei auf sie gehetzt. Angeblich weil sie Brandstifter sind, dabei haben sie nur mit einem Feuerzeug herumgespielt, weil in ihrer Bude kein Licht brannte. Ich bin noch in Hamburg, genau wie Stu, aber ich komme bald zurück. Bei Stu bin ich mir da nicht so sicher.*

Es war Mitte Dezember, als John dann gegen Mittag bei ihr anrief. »Ich bin zurück in Liverpool«, sagte er. Er klang erschöpft und niedergeschlagen. »Können wir uns sehen?«

»Aber ja? Wo bist du?« Wie konnte er so eine dumme

Frage stellen? Cynthia spürte förmlich, wie ihr Herz schneller schlug. Warum war er nicht sofort zu ihr gekommen?

»Ich bin in Mendips – seit gestern Abend«, antwortete er. »Ich musste erst einmal ausschlafen. Ich bin allein mit dem Zug gekommen. Es hat ewig gedauert … Na, es ist ziemlich schlecht gelaufen … die letzte Zeit in Hamburg.«

Sie trafen sich in einem Café in der Stadt. John wirkte abgemagert. Sie küssten sich, und John hielt ihre Hand, doch sein Blick wich ihr immer wieder aus.

»Bist du auch im Gefängnis gewesen?«, fragte sie ihn. »Du siehst so müde und bleich aus.«

Er lächelte. »Ich nicht, und Paul und Pete waren auch nur kurz in einer Zelle auf einer Polizeistation auf Sankt Pauli. Das war alles Brunos Schuld. Weil wir nicht mehr für ihn spielen wollten, hat er George verraten und die Polizei geholt.«

Cyn erfuhr nach und nach, was genau geschehen war. Die Beatles hatten zwar eine Abmachung mit Bruno Koschmider, der sie nach Hamburg geholt hatte, und sollten im Kaiserkeller auftreten, doch dann hatten sie einen Vertrag in einem anderen Club angeboten bekommen, dem Top Ten, in dem viel bessere Bands auftraten und den sie auch schon besucht hatten, um sich ein paar Shows anzusehen. Sie hatten deshalb bei Koschmider gekündigt, woraufhin er George angeschwärzt hatte, der als Einziger von ihnen, weil er erst siebzehn war, keine Arbeitserlaubnis hatte.

»Sonst kann es niemand gewesen sein, der George bei der Polizei gemeldet hat«, meinte John. »Koschmider ist richtig ausgerastet. Wenn wir nicht mehr bei ihm auftreten, würde er uns aus Hamburg vertreiben. Wir dürften nie wieder einen Fuß in seine Stadt setzen. Und als Paul und Pete aus ihrem Kabuff ausziehen wollten, haben sie ein Kondom angezündet, um sich ein wenig Licht zu machen. War vielleicht nicht die beste Idee. Irgendwelche Funken sind wohl auf ein paar alte Lumpen gefallen, die da herumlagen. Es gab zwar kein richtiges Feuer, doch Koschmider hat die Polizei gerufen und gemeint, die beiden seien Brandstifter. Aber ehrlich …« John konnte schon wieder grinsen. »Ich hätte gern gesehen, wie Pete und Paul da hinter Gittern gesessen haben.«

»Und was macht ihr jetzt? Habt ihr schon die nächsten Konzerte geplant?« Insgeheim hoffte Cyn, dass John nicht schon bald wieder auf Tour gehen würde.

»Ich weiß nicht. Wir haben so eng in diesem verfluchten Kino aufeinandergehockt, dass ich erst einmal genug von den Jungs habe. Ich …« Er griff nach ihrem Arm und küsste ihre Finger, einen nach dem anderen. »Ich will dich, Cyn«, fuhr er leiser fort. »Am liebsten auf der Stelle … Ich habe dich so vermisst, aber zuerst möchte ich dir etwas schenken. In Hamburg habe ich einen tollen schwarzen Ledermantel gesehen. Am liebsten hätte ich ihn dir gekauft und mitgebracht, aber das können wir ja hier nachholen.«

Was ist mit dieser Astrid?, wollte sie ihn fragen. Hat sie vielleicht diesen tollen schwarzen Ledermantel getragen, der dich so beeindruckt hat? Stattdessen jedoch lief sie mit John los und stürmte im nächsten Kaufhaus in die Damenabteilung. Schwarze Ledermäntel gab es hier allerdings nicht, dafür einen schokoladenbraunen Baumwollmantel, der ihr auf Anhieb passte. John zog sie zur Kasse. Sie sollte den Mantel gleich anbehalten.

Dann fuhren sie nach Mendips hinaus. Offenbar hatte Mimi John mit offenen Armen empfangen, als er abgerissen und schmutzig vor ihrer Tür gestanden hatte.

Doch alles in allem hatte sich Johns Tante kein bisschen verändert. Cynthia wurde lediglich mit einem freudlosen Nicken von ihr begrüßt, und kaum hatte sie Tee serviert und ein paar trockene Kekse dazugelegt, begann sie sich zu beschweren. John sei viel zu lange weg gewesen, und viel Geld habe er ihr auch nicht geschickt.

»Hör auf«, sagte John. »Und sei froh, dass ich wieder zurück bin.« Er lächelte. Seine gute Laune wollte er sich auch von seiner Tante nicht verderben lassen. »Außerdem haben wir dir etwas mitgebracht. Wir waren vorhin in einem Kaufhaus. Ich habe Cyn einen Mantel geschenkt, und unten am Eingang haben wir Kuchen gekauft, wunderbaren Schokoladenkuchen.« Lächelnd hob er die Tüte hoch, in der drei Stück Kuchen verpackt waren.

Mimi erhob sich langsam. Erst schien es, als wolle sie aufstehen, um drei Teller zu holen, dann aber beugte sie sich über den Tisch. Sie kniff die Augen zusammen und fixierte erst John, dann Cynthia. »Was hast du getan?« Ihre Stimme klang leise und scharf. »Du hast dieser Schlampe einen Mantel gekauft – dieses braune hässliche Ding, das sie eben an meine Garderobe gehängt hat? Was bist du für ein Nichtsnutz! Und mir bringst du nichts als billigen Kuchen mit?«

22. KAPITEL

Liverpool, Dezember 1960

Er fühlte sich ausgelaugt und alt. Mit Paul hatte er einmal über einen Song nachgedacht, der davon handelte, wie es sein würde, wenn sie einmal vierundsechzig Jahre alt sein würden, und beinahe so alt fühlte er sich. Er hatte keine Lust, Paul zu sehen, und zu Stu ging er nur, um abzusprechen, wann er sein Zimmer haben konnte, um wieder einmal mit Cyn für eine Stunde allein sein zu können.

Stu war mit dem Flugzeug aus Hamburg abgereist, weil er eine Mandelentzündung gehabt hatte. Astrid hatte ihm den Flug bezahlt. Astrid ... John hatte beinahe selbst Sehnsucht nach ihr, dabei war sie nun Stuarts Freundin.

Auch Stus Stimmung war schlecht. »Hamburg war schmutzig und laut«, sagte er, »aber ich habe jede Minute in dieser verdammten Stadt geliebt. Und Astrid ... Zum Glück hat sie ein Telefon. Abends suche ich mir eine Telefonzelle und spreche so lange mit ihr, bis irgendein Idiot wütend gegen die Tür tritt. Ich bin sicher, John, sie ist die Frau meines Lebens.«

»Wir fahren bestimmt bald wieder nach Hamburg. Allan wird irgendetwas für uns organisieren.« John spürte selbst, dass seine Worte kein Trost waren, und er konnte sich leicht ausmalen, wie sehr Stu litt. Immerhin war sein bester Freund sicher, dass er die Liebe seines Lebens getroffen hatte.

War Cynthia die Liebe seines Lebens? Er hatte keine Ahnung. War sein verdammter Vater, der irgendwo auf einem rostigen Kahn über die sieben Weltmeere schipperte und sich einen Dreck um ihn scherte, die Liebe ihres Lebens für seine Mutter Julia gewesen? Nein, vermutlich nicht. Vielleicht gab es so etwas eigentlich gar nicht – die Liebe eines Lebens, auch wenn Stu es fest behauptete.

Wenn John mit Cyn auf der Matratze in Stus Zimmer lag, konnte er für eine Weile seine schlechte Stimmung abschütteln. Er liebte Cynthia – ja, das tat er wirklich, er liebte ihre Haut, ihren Geruch, besonders ihren rosigen Schmollmund und ihre wachen Augen. Und Cyn liebte ihn – das war genauso wichtig. Sie würde ihn niemals im Stich lassen. Das hatte sie schon oft gesagt, und er war sich auch absolut sicher, dass sie ihm nicht untreu geworden war, als er mit der Band in Hamburg gewesen war. Zum Glück wusste sie nicht, was er so alles in Hamburg getrieben hatte. Auch wenn sie immer wieder nachfragte, erzählte er nichts von den Drogen, die sie genommen hatten.

Nachdem sie miteinander geschlafen hatten, rauchten sie meistens eine Zigarette zusammen.

»Was ist mit der Band?«, fragte Cyn, nachdem sie ihm die Zigarette in den Mund geschoben hatte. Sie beugte sich über ihn, ihr langes blondes Haar streifte sein Gesicht. »Wann spielt ihr wieder?«

»Ich weiß es nicht. George habe ich noch nicht wieder gesehen, und Paul jobbt gerade bei der Post. Keine Ahnung. Vielleicht wird es die Band auch nie mehr geben. Wir hatten alle irgendwie genug … haben zu sehr aufeinandergehockt, Tag und Nacht …« Er schloss die Augen und inhalierte tief. Dabei horchte er seinen eigenen Worten nach. Es stimmte nicht ganz, was er gesagt hatte: Es würde immer eine Band geben.

»Du kannst ohne Musik doch gar nicht leben.« Cyn küsste ihn auf die Wange. »Willst du eine andere Band gründen? Ohne Paul?«

Er riss die Augen auf. »Eine Band ohne Paul? Nein, auf keinen Fall.«

»Na also.« Cyn lächelte. »Also musst du mit ihm reden, und ihr müsst wieder auftreten … am besten in Liverpool«, fügte sie hinzu.

»Mit eigenen Songs«, ergänzte John. »Ja, das wäre das Beste. Songs über Mädchen und Liebe und dass alles irgendwie gut wird …« Er drückte seine Zigarette auf einer Untertasse neben der Matratze aus und begann, Cynthias nackte Brust zu liebkosen. »Stu steht wahrscheinlich noch irgendwo in einer Telefonzelle und erzählt Astrid von seinem Herzschmerz. Wir haben also noch ein wenig Zeit für uns.«

»Okay.« Cyn umfasste sein Gesicht und schob ihm gleichzeitig eine Hand zwischen die Beine.

George umarmte John unbeholfen, als sie sich zu der ersten Probe wiedersahen. Er grinste, zeigte sein mächtiges Gebiss in voller Schönheit. »Ich dachte, ihr seid sauer auf mich, weil ich in Hamburg alles kaputt gemacht habe … Wenn sie mich nicht erwischt hätten, weil ich noch zu jung war …«

»Du kannst doch nichts dafür, dass du noch zu jung warst«, meinte Paul versöhnlich. »Und dass deine Arbeitserlaubnis fehlt, hätte Koschmider uns sagen müssen.«

»Und du bist ja auch nicht wirklich auf die saublöde Idee gekommen, ein Kondom anzustecken, um Licht zu machen.« John schaute Paul spöttisch an.

»Wer hat ein Kondom angezündet, um Licht zu machen?« George hatte von der Geschichte offenbar noch nicht gehört.

»Vergiss es.« Paul spielte den ersten Akkord eines Elvis-Songs, eindeutig, um nicht weiter über Hamburg und ihre dämliche Kondomaktion sprechen zu müssen.

Sie hatten den Spirit von Hamburg noch, stellte John schon in den ersten Minuten der Probe fest. Sie sangen ein paar weitere Elvis-Songs, dann »Blue Suede Shoes« von Carl Perkins, und sie hatten sofort den richtigen Drive, alles stimmte; sogar Pete brachte sich mit vollem Einsatz ein, was in Hamburg nicht immer der Fall gewesen war.

Das erste Konzert spielten sie wieder im Casbah Club bei Mona. Neill, der so eine Art Roadie bei ihnen geworden war und sich offenbar in Mona verliebt hatte und sie beeindrucken wollte, hängte überall in der Stadt Plakate auf. »Back from Germany – The Beatles« – auf diese Headline war er richtig stolz, und manche, die zu der Show kamen, dachten wirklich, sie seien eine deutsche Band, die sich nach Liverpool verirrt hatte.

Danach sollten sie in der Litherland Town Hall auftreten, ganz in der Nähe der Docks des Liverpooler Hafens.

»O Mann.« Paul ging beinahe in die Knie, als sie die riesige Backsteinhalle betraten. »Der Schuppen ist größer als eine Kirche.«

»Fünfzehnhundert Leute gehen hier rein.« John grinste. Er hatte mit Neill und Allan Williams alles klargemacht. »Das Casbah ist doch mittlerweile viel zu klein für uns.«

Stu schaute ihn fragend an. »Und wenn heute Abend nur

hundert Leute kommen, wird es hier ganz schön öde aussehen.«

»Neill hat wieder überall Plakate aufgehängt.« Cynthia war auch dabei. Sie ging bis zur Bühne vor und breitete die Arme aus, während sie sich einmal um sich selbst drehte. »Ich wette, die Girls flippen heute Abend richtig aus. Habt ihr nicht gesehen, wie sie schon im Casbah getanzt haben? … Na, zumindest diejenigen, die noch Platz zum Tanzen hatten.«

»Ich werde heute Abend auch tanzen«, sagte Dot, Pauls Freundin, eine zierliche Blonde, die ihm nicht mehr von der Seite wich.

»Wir tanzen auch«, sagte John vollkommen ernst, »auf der Bühne.«

Neill hatte für den Soundcheck schon alles vorbereitet. »Es wird gigantisch!«, rief er. »Und noch etwas. Der Laden ist ausverkauft.«

Es war der 27. Dezember 1960, und es wurde das beste Konzert, das sie jemals gespielt hatten: Alles passte, jeder Einsatz, jeder Übergang in einen neuen Song. Auch Stu gab sein Bestes. John und Paul wechselten sich als Sänger ab, sie tigerten über die Bühne, feuerten sich gegenseitig an. John spürte, wie ihre Energie auf das Publikum überging und dann zurückkam; die Leute klatschten, kreischten, tanzten. Wogen von purer Energie zogen durch die Halle, und es hätte niemanden verwundert, wenn tatsächlich das Dach weggeflogen wäre. Neill hatte recht gehabt: Es wurde gigantisch. Sie schafften es, mit ihren Songs fünfzehnhundert Leute dazu zu bringen, sich völlig zu verausgaben. So etwas hatte Liverpool noch nicht gesehen.

23. KAPITEL

Liverpool/Hamburg, Frühjahr 1961

»Wie lange kommt man eigentlich ins Gefängnis, wenn man seine Tante umbringt?« Sie gingen nach langer Zeit wieder einmal in New Brighton am Wasser spazieren. John klang wie so oft ironisch, doch lag auch ein Hauch von Bitterkeit in seiner Stimme. Seine Laune wechselte in letzter Zeit von einer Sekunde auf die andere.

»Mimi nervt mich jeden Tag. Ich soll mir endlich einen Job suchen, richtig Geld verdienen … Manchmal denke ich, dass ich es nicht mehr aushalte bei ihr … Wenn Julia bloß noch leben würde … Ich wäre längst zu ihr gezogen. Sie würde zu meinen Konzerten kommen, sie würde erleben, was los ist, wenn wir spielen.«

Cynthia hatte sich bei ihm eingehakt. Sie trug ihren neuen braunen Baumwollmantel. »Ihr seid die beste Band in Liverpool«, sagte sie. »Mimi müsste einmal zu einem eurer Konzerte kommen, dann würde sie sehen, wie besonders das ist, was ihr auf der Bühne macht.«

John schnaubte. »Sie würde sich eher ein Bein amputieren lassen, bevor sie einen Schritt in eines unserer Konzerte setzt.«

»Du solltest ausziehen«, sagte Cynthia mit ernster Stimme. Sie hatte auch schon darüber nachgedacht, was John tun könnte, um seiner Tante zu entgehen, aber mit Stu wollte er offenbar nicht wieder zusammenwohnen. »Vielleicht könnten wir uns eine Wohnung suchen.«

John schaute sie an. Er lächelte. »Ich bin doch meistens bei Stu«, sagte er, »und für eine eigene Wohnung müsste ich mehr Geld verdienen. Und da ist noch etwas anderes …« Er machte eine Kunstpause, um ihre Neugier anzustacheln. »Allan hat wieder etwas für uns arrangiert. Wir gehen im April noch einmal nach Hamburg, aber nicht mehr zu Koschmider in den Kaiserkeller, sondern in den Top-Ten-Club, und diesmal möchte ich, dass du mitkommst.«

Cynthia war zweiundzwanzig Jahre alt. Sie war noch niemals aus Großbritannien herausgekommen; gut, sie war in London gewesen, einmal auch mit John bei seinen Verwandten in Edinburgh, aber sonst kannte sie so gut wie nichts von der Welt. Die Reise in den Osterferien nach

Deutschland versetzte sie schon Tage vorher in helle Aufregung. John wollte sie dabeihaben und ihr Hamburg zeigen – dieser Gedanke legte sich über all ihre Aufregung. Und sie würde seine Konzerte im Top Ten erleben. Das Konzert in der Litherland Town Hall war ein Meilenstein gewesen, danach war für John endgültig klar, dass er niemals etwas anderes als Musiker sein könnte, egal, was seine Tante oder andere ihm sagten. Hunderte von Mädchen hatten gekreischt, wie Cynthia es noch nie gehört hatte, und zum ersten Mal hatte sie die neidischen Blicke bemerkt, als sie nach dem Konzert zu John gegangen war und er sie vor aller Augen geküsst hatte. Die anderen Girls beneideten sie – sie war die Freundin eines Beatles. So nannte die Band sich mittlerweile. Das »Silver« in ihrem Namen hatten sie schon vor der ersten Hamburg-Reise gestrichen, obschon Stuart dagegen gewesen war. Doch Stuart hatte in diesen Dingen nichts zu sagen. John war der Boss, und allenfalls duldete er Pauls Meinung, weil Paul ein außergewöhnlicher Musiker war, der ihn so gut ergänzte, dass sie zusammen unübertroffen sein würden. Ja, davon war Cynthia nach dem Konzert in der Litherland Town Hall überzeugt. John war ein Genie, er konnte Menschen mit dem verzaubern, was er auf der Bühne tat.

Zum Glück würde auch Pauls Freundin, die hübsche Dot, mit nach Hamburg reisen. Sie war Arzthelferin und konnte sich zwei Wochen Urlaub nehmen. Weil die Band schon für einige Konzerte vorausgefahren war, musste Cynthia mit ihr allein hinterherfahren.

Pauls Vater war, um sie zu verabschieden, mit zur Lime Street Station gekommen, wo sie den Zug zur Fähre bestiegen. Dot war noch aufgeregter als Cynthia. Kaum hatte sie sich gesetzt, begann sie vor Nervosität auch schon ihre Käsebrote zu essen und ihren Tee zu trinken.

»Paul ist so süß.« Dot lächelte, und dabei wirkte sie fast wie eine Elfe, die sich irgendwie nach Liverpool verirrt hatte. »Wenn er mich anlacht, habe ich Schmetterlinge im Bauch, und wenn er singt, dann …« Sie rollte mit den Augen und zerzauste sich mit schnellen fahrigen Bewegungen ihr kurzes dunkelblondes Haar. »Ich könnte dann lachen und weinen zugleich. Und er ist Linkshänder, er macht alles mit der linken Hand, was immer sehr seltsam aussieht, irgendwie unernst. Selbst Gitarre spielt er verkehrt herum.«

»Ja, ist mir schon aufgefallen, dass er Linkshänder ist«, erwiderte Cynthia ein wenig spöttisch, was Dot allerdings gar nicht bemerkte.

Die zierliche Dot machte sich über das zweite Käsebrot her. »Am Anfang hatte ich Angst vor John, wirklich. Er sieht immer aus, als würde er im nächsten Moment furchtbar wütend werden. Er hat schon so eine Zornfalte auf der Stirn, findest du nicht? Aber Paul hat gemeint, ich soll John einfach so wenig beachten, wie er mich beachtet.« Sie lachte auf. »Und am Anfang hat er mich wirklich gar nicht zur Kenntnis genommen. Ich war Luft für ihn. Er hat immer nur mit Paul geredet, nie mit mir. Hast du, bevor ihr zusammengekommen seid, auch Angst vor John gehabt?«

Cynthia nickte. »Jeder hat am Anfang Angst vor John. Er hat so viel Energie, so viel Kraft in sich, aber inzwischen weiß ich, dass er der Verletzlichste von allen ist.«

Später schlief Dot mitten im Satz ein, ihr Kopf kippte einfach zur Seite.

Mit der Fähre setzten sie mitten in der Nacht nach Holland über. Ein paar Sterne leuchteten am Himmel. Es war eine kalte, windige Aprilnacht. Den Tee, der sie hätte wärmen können, hatten sie beide schon ausgetrunken, und an den Seeleuten und LKW-Fahrern, die in dem einzigen Café an Bord hockten, trauten sie sich nicht vorbei.

»Willst du John einmal heiraten?«, fragte Dot unvermittelt, nachdem sie sich an Deck eine windgeschützte Ecke gesucht hatten.

Cynthia schrak förmlich zusammen. Diese Frage hatte sie sich noch nie gestellt. Sie war froh, mit John zusammen zu sein. Wenn er nicht auf Tour war, sahen sie sich so gut wie jeden Tag. Aber heiraten? War John ein Mann, der heiraten wollte? Wollte sie verheiratet sein? Mit einem Mann wie ihm? Nein, sie liebte ihn, aber sie wollte ein eigenes Leben führen – sie würde Bilder malen und Kindern beibringen, wie viel man für sich im Leben gewinnen konnte, wenn man begriff, welch eine Bedeutung Kunst hatte.

»Es wäre schön, wenn wir eine gemeinsame Wohnung hätten«, antwortete sie. »Johns Tante ist meistens schlecht gelaunt, sie ist auf jedes Mädchen eifersüchtig, das in Johns Nähe kommt, und wenn John bei Stu wohnt, sind wir auch nie wirklich ungestört …«

»Ich stelle mir manchmal vor, dass Paul mich heiraten will«, unterbrach Dot. Sie blickte ernst auf die dunkle See vor ihnen, dann veränderte sich ihr Gesichtsausdruck zu einem verlegenen Lächeln. »Dann wiederum weiß ich, dass so etwas niemals passieren wird. Hast du gesehen, wie die Mädchen Paul auf der Bühne anhimmeln? Jedes Mädchen möchte an seiner Seite sein.«

Cynthia lachte auf. »Na, nicht wirklich jedes Mädchen.«

»Okay, du nicht.« Dot wandte sich ihr zu. »Du hast John, aber fast alle anderen. Sie glauben, dass Paul nett ist, und das ist er auch, aber wenn er wütend ist, sollte ihm niemand in die Quere kommen.«

Am frühen Morgen kamen sie in Hamburg an, völlig ausgehungert, weil sie nirgendwo etwas zu essen hatten kaufen können.

»Als Erstes müssen wir mit Paul und John irgendwo frühstücken«, sagte Dot, während sie sich zum Aussteigen bereit machten. »Ich sterbe vor Hunger.«

Doch auf dem Bahnsteig erwartete sie niemand. Jeder der

Reisenden schien von jemandem empfangen zu werden, nur für sie war offensichtlich kein John, kein Paul gekommen, um sie abzuholen.

Dot schaute Cynthia ängstlich an. »Haben wir etwas falsch gemacht? Ist heute nicht der richtige Tag? Sollten wir später ankommen?«

Cynthia zuckte mit den Schultern. Nein, es war alles richtig – Hamburg, der richtige Tag, der richtige Bahnhof. »Wir werden einfach warten«, sagte sie und spürte zugleich ihre Erschöpfung. John hatte ihr keine Adresse genannt, sie wusste nicht, wo sie wohnen würde. Sie wussten nur, dass die Beatles seit dem ersten April im Top-Ten-Club spielten.

Plötzlich bemerkte sie auf dem langen, halbdunklen Bahnsteig zwei Gestalten, die auf sie zu liefen. John und Paul – sie sahen fürchterlich aus, bleich, mit verquollenen rötlichen Augen, und sie rochen, als hätten sie sich in einem Aschenbecher gewälzt.

»Sorry, dear, dass wir zu spät dran sind!« John nahm sie in den Arm und wirbelte sie herum. »Wir haben nach der Show noch ein Bier getrunken oder vielleicht auch zwei.«

Nach dem Frühstück, das sie in der Seemannsmission am Hamburger Hafen regelrecht verschlungen hatten, verkündete John: »Nun habe ich noch eine Überraschung für dich, Cyn. Wir haben gelost, und du hast den Hauptgewinn gezogen. Die beste Unterkunft von ganz Hamburg.« Er schaute Paul an und grinste. »In unsere Bude können wir leider keine Damen mitnehmen. Wir hausen in einem Zimmer mit zwei Etagenbetten und einem Einzelbett, das wir Pete überlassen haben. Sonst wäre er uns wahrscheinlich von der Fahne gegangen.«

»Ja, du hast wirklich Glück, Cyn«, sagte Paul. Er strich Dot über den Arm, die ihn irritiert anschaute. »Deine Unterkunft ist auch super. Du wohnst bei Rosa – sie ist im Top Ten für die Toiletten zuständig und lebt auf einem Hausboot.«

Dot seufzte kurz auf und sah aus, als wolle sie etwas sagen, doch eine kurze Berührung von Paul schien sie zu beruhigen, so dass sie lediglich beifällig nickte.

»Was ist denn die beste Unterkunft von Hamburg?« Cyn mochte es nicht, wenn John sie so auf die Folter spannte. »Du hast doch hoffentlich kein Geld für ein Hotel ausgegeben, John?«

»Das brauchte ich gar nicht, Cyn.« John hörte gar nicht auf zu lächeln. »Und das beste Hotel wäre bestimmt nicht besser. Du wirst bei Astrid und ihrer Mutter wohnen. In einem der elegantesten Stadtteile von Hamburg.«

Cyn spürte, wie sie unwillkürlich zusammenzuckte, als hätte jemand ihr einen Stromschlag verpasst. Damit hatte sie nicht gerechnet. Sie würde für zwei Wochen bei Astrid, Stuarts Freundin, einziehen – ausgerechnet bei der Frau, auf die sie eine Zeit lang so eifersüchtig gewesen war.

»Das große Los«, sagte Paul. »Wirklich.« Dann begriff er, dass er damit zugab, dass seine Freundin Dot nicht so viel Glück mit ihrer Unterkunft hatte. »Aber bei Rosa ist es auch schön, glaube mir, Dot. Rosa hat ein Herz aus Gold, sie ist die freundlichste Frau von der Reeperbahn, auch wenn sie leider gar kein Englisch spricht.«

Astrid wohnte im vornehmen Stadtteil Eppendorf in einem gepflegten, vierstöckigen Backsteinhaus, das ein wenig zurückversetzt von der Straße lag. John hatte darauf bestanden, sie zu begleiten, was Cynthia anfangs gar nicht recht gewesen war. In den Briefen war ihr Astrid wie eine besonders schöne selbstbewusste Frau erschienen, die es schaffte, jeden, der ihr begegnete, zu beeindrucken. Vermutlich würde Cynthia im Vergleich zu ihr eher linkisch und provinziell wirken.

Doch als sie mit ihrem Gepäck die Treppe hochliefen, empfing Astrid sie mit einem ehrlichen Lächeln und einer herzlichen Umarmung, außerdem sprach sie ein gutes verständliches Englisch, so dass Cynthias Unbehagen bald verflog.

»Willkommen in Hamburg, Cynthia. Ich bin froh, Johns Freundin endlich kennenzulernen.«

John verdrückte sich dann schnell, weil er so müde war, dass er sich kaum noch auf den Beinen halten konnte, und Astrid führte sie durch die Wohnung, die sehr geschmackvoll eingerichtet war, mit vielen Fotos an den Wänden. Ihr eigenes Zimmer jedoch verriet ihren besonderen Stil. Der ganze Raum war mit Alufolie ausgekleidet. An den silberfarbenen Wänden hingen Zeichnungen und Bilder. Über einen Sessel und das Bett waren schwarze Decken geworfen. Astrid selbst trug auch nur schwarze Kleidung: ihre Jeans, ihr Pullover, ihre Lederjacke – alles in Schwarz. Allein ihr dunkelblondes, kurz geschnittenes Haar stach hervor.

»Die Jungs sind glücklich, dass ihr da seid, Dot und du.« Astrid hatte sie in eine warme Küche geführt und einen Tee aufgesetzt, sie sprach ruhig und nachdenklich. »Und wenn du magst, zeige ich euch Hamburg. Die Stadt ist seit dem Krieg wieder einigermaßen aufgebaut worden. Der Hafen ist mein Lieblingsort, aber in Liverpool habt ihr ja auch einen großen Hafen.«

Der Tee schmeckte noch besser als der Earl Grey, den sie zu Hause mit ihrer Mutter immer trank, und Cynthia entspannte sich in kürzester Zeit.

Astrid war intelligent, dabei jedoch keine Spur arrogant. »Es muss sehr besonders sein, Johns Freundin zu sein. Ich liebe Stu – habe ich auf den ersten Blick getan«, meinte sie. Ihre Augen funkelten auf. »Doch dass John ein einzigartiger Mensch ist, das habe ich auch sofort gesehen.«

»Die meisten Menschen haben Angst vor ihm.« Cynthia dachte an das, was Dot ihr auf der Fähre erzählt hatte. »Und selbst mir ist es am Anfang so gegangen. Wir haben uns auf dem Art College kennengelernt.«

Astrid lächelte sanft. »Es gibt sehr viele zornige junge Männer, aber zum Glück ziehen sie heutzutage nicht mehr in den Krieg, sondern machen Musik. Und was für Musik! Wir hatten so etwas vorher noch nie gehört. Wir sind zufällig an dem Kaiserkeller vorbeigekommen, mein damaliger Freund Klaus und ich, als wir aus dem Kellerfenster auf einmal diese Gitarren gehört haben. Ein Gewitter aus Gitarrenklängen, ja, so hat es sich angehört. Wir haben uns nur angeschaut und sind dann hinuntergelaufen, als würde uns diese Musik magisch anziehen, und so war es ja auch. Als würde ein dunkler Vorhang zur Seite gezogen werden, und dann trafen uns helle Strahlen aus Musik. Diese Lebensfreude, diese Energie, die John und die anderen auf die Bühne bringen … Ich bin jedes Mal wieder total … wie soll ich sagen? … Ich spüre etwas in mir, das vorher offenbar nicht da gewesen ist, oder es lag verschüttet. Ich spüre Optimismus, Tatkraft, Liebe in mir, ja, sogar Liebe.«

»Nach ihren Konzerten in Hamburg sind die Jungs noch

viel besser geworden.« Cynthia erzählte kurz von dem Konzert in der Litherland Town Hall. »Ich musste mir die Ohren zuhalten, so sehr haben die Mädchen gekreischt. Unglaublich.«

Gegen Abend machten sie sich dann fertig und brachen ins Top Ten auf. Ein schlichter Laden mit Metalltischen und Stühlen. Draußen vor der Tür liefen Prostituierte auf und ab und animierten mit ihren kurzen Röcken die Männer. Im Club hatten sich die unterschiedlichsten Leute eingefunden. Teenager, die die Beatles schon kannten, Seeleute auf Landgang, ältere Herren, die aussahen, als würden sie nur ein Bier trinken wollen, und Männer mit Ringen an den Händen und goldenen Ketten um den Hals, denen man lieber nicht allein im Dunkeln begegnen wollte.

Die Band trat um halb acht auf. John rief ein lautes »Hello« in die Runde und sagte dann auf Deutsch: »Hey, Krauts, hier kommen die berühmten Beatles aus Liverpool.« Sie begannen mit einem Song von Buddy Holly, »Peggy Sue«, und als hätte Astrid die Kleider für sie ausgesucht, trugen sie alle schwarze Jeans und schwarze Rollkragenpullover.

Die Stimmung war bestens. Mit Dot und Astrid saß Cynthia ein Stück rechts von der Bühne. Manchmal zwinkerte John ihr verstohlen zu, und als er »Long Tall Sally«

von Elvis sang, schaute er fast die ganze Zeit zu ihr herüber, so dass sich ihr auch andere zuwandten.

Nach zwei Stunden drang ein anderer Lärm zu ihnen. Vorn an der Bar waren ein paar Männer in Streit geraten und begannen sich zu prügeln. Gläser klirrten, und Stühle flogen umher, aber die Band hörte nicht auf zu spielen, als wären die Jungs diese Art von Störung längst gewohnt.

Astrid verzog das Gesicht und beugte sich zu Cynthia vor. »So etwas passiert hier leider häufiger«, rief sie ihr zu. »Schlimm wird es nur, wenn jemand ein Messer zieht und zusticht.«

Erst als ein Dutzend uniformierte Polizisten auftauchte, machte John den anderen ein Zeichen, dass sie eine Pause einlegen sollten. Zwei Männer wurden abgeführt; einer von ihnen blutete aus der Nase und hatte eine Platzwunde am Kopf.

John hielt ihr sein Bier hin. Er tat so, als hätte er die Prügelei gar nicht bemerkt. »Wir sind gut in Fahrt, was?« Er küsste sie auf den Mund. »Kommst du nachher mit zu mir?«

Am dritten Abend lagen sie nach dem Konzert in Johns Bett. Er schlief zum Glück unten, Paul hatte die Matratze über ihm in Beschlag genommen. Die anderen waren aber noch weiter in eine Kneipe auf Sankt Pauli gezogen und würden vermutlich nicht vor dem Morgengrauen auftauchen.

John küsste ihre nackte Brust, während er gleichzeitig mit einer geschickten Bewegung ihren Slip abstreifte.

»Ich liebe deinen Geruch«, flüsterte er ihr ins Ohr. »Deinen Geruch, deinen Mund ... Ich habe dich wirklich vermisst.«

Das Bett knarrte bei jeder ihrer Bewegungen heftig, und auf dem Gang waren Stimmen zu hören, doch John ließ sich nicht stören. Er begann sie heftiger zu küssen, und als er in sie eindrang, stöhnte er ein langes, lautes »Yeah!«.

Hinterher lagen sie nebeneinander in dem engen Bett. Nach und nach trudelten die anderen ein, die sich, weil sie wussten, dass John nicht allein war, Mühe gaben, leise zu sein. Pete kam als Erster, was John schon vorausgesagt hatte. Er verzog sich, sobald das Konzert zu Ende war, meistens in eine Ecke im Club, trank ein Bier und verschwand dann grußlos. »Unsere Stimmungskanone«, nannte John ihn.

Nach zwanzig Minuten waren alle eingeschlafen. Paul über ihnen schnarchte leise vor sich hin. Nur John neben ihr blieb hellwach.

»Du bist unser Glücksbringer, Cyn. Weißt du das? Heute war ein berühmter Plattenboss im Konzert. Bert Kaempfert – ein Deutscher, aber er hat schon einen Hit in Amerika gehabt, wenn das stimmt, was Tony uns gesagt hat.«

Cynthia hatte keine Ahnung, von welchem Tony die Rede war, doch als sie fragen wollte, redete John schon aufgeregt weiter.

»Dieser Deutsche will Plattenaufnahmen mit uns machen, Cynthia. Zehn Songs, die wir mit Tony aufnehmen sollen – Tony Sheridan«, ergänzte er, weil er nun offenbar begriff, dass sie nicht wusste, von wem er sprach. »Ich habe dir von Tony erzählt. Er ist auch im Kaiserkeller aufgetreten – ein super Gitarrist, der alle Stile draufhat. Morgen gehen wir mit ihm ins Studio. Ich hoffe, die Jungs haben dann alle ausgeschlafen.«

Gegen kurz vor sieben Uhr, als durch das einzige Fenster im Raum graues Licht hereinsickerte, löste Cynthia sich aus Johns Umarmung und schlich aus dem Zimmer. John schlief noch und rührte sich nicht. In dem fahlen Licht wirkte der Raum noch trostloser. Auf den kargen Holzstühlen hingen die Kleider der Jungs. Da es nur einen Schrank gab, lagen drei aufgeklappte Koffer in einer Ecke.

Leise zog Cynthia sich an und schlich hinaus an die frische Luft. Sie stand da und blickte in die Dämmerung. Irgendwo am Himmel zog der erste Sonnenschein herauf. Nun hätte sie gern eine Zigarette geraucht und einen ersten Tee getrunken. Für einen Moment fragte sie sich, ob sie glücklich war. Ja, das war sie – es war schön, bei John zu sein, ohne Zwänge, ohne dass seine Tante in der Nähe war, ohne dass sie ständig für das College lernen musste.

Hamburg war ein Abenteuer, doch was würde danach kommen?

Plötzlich war John neben ihr und schob ihr eine Zigarette in den Mund.

»Ich habe gewusst, dass du hier stehst und mit offenen Augen träumst«, sagte er.

Sie legte ihre Finger um die Zigarette und inhalierte. »Ich stehe nur so da«, erwiderte sie. »Ich träume nicht vor mich hin.«

»Doch, tust du.« Er nahm ihr die Zigarette wieder ab und schob sie sich in den Mundwinkel. »Komm, lass uns zu den Landungsbrücken hinunterlaufen.« »Landungsbrücke« betonte er auf Deutsch.

Hand in Hand gingen sie zur Elbe hinunter. »Von hier sind früher die großen Schiffe mit den Auswanderern nach Amerika aufgebrochen«, erklärte John. »Tausende Menschen sind auch aus Deutschland ausgewandert. Noch vor ein paar Jahren, nach dem Krieg, hat Astrid uns erzählt.«

An den Kais lagen nun vier Boote für Hafenrundfahrten, auf denen noch alles dunkel war.

»Ich möchte auch einmal nach Amerika. Ich will da Musik machen, durch alle Staaten fahren und Konzerte geben. Und ich möchte, dass du mitkommst und immer bei mir bist.«

Er sagte das so leichthin, dass ihr plötzlich Tränen in den Augen standen. Cynthia wandte den Blick. Besser, wenn er ihre Tränen nicht sah, aber sie liebte ihn, sie liebte ihn für jedes Wort, das er sprach, für jedes Lied, das er sang, für jede Berührung.

»Amerika«, flüsterte sie vor sich hin, »eine Reise dorthin wäre schön, aber erst …«

»Erzähl mit jetzt nicht, dass du erst dein Examen machen musst.« Er umfasste ihr Gesicht und küsste sie auf den Mund.

Sie lächelte. Ja, genau das hatte sie sagen wollen. »Mein Studium bedeutet mir etwas. Ich habe das nicht aus Zeitvertreib gemacht … bis …« Sie lächelte ihn spöttisch an. »… bis ich heirate.«

John erwiderte ihr Lächeln genauso spöttisch. »Paul will sich verloben, stell dir das vor«, sagte er dann. »Er überlegt, Dot einen Ring zu schenken, dann würde sie als seine Verlobte nach Liverpool zurückfahren. Was hältst du davon?«

Sie gingen ein Stück die Promenade hinunter. Das erste Licht des Tages spiegelte sich auf dem Wasser. Eine Barkasse legte mit einem lauten Tuten ab, Möwen flogen auf, und ein Tanker zog die Elbe hinunter.

»Dot wird sich freuen«, sagte Cynthia, »aber ich bin so mit dir glücklich, John. Ich brauche keinen Verlobungsring.«

24. KAPITEL

Für ihre letzte gemeinsame Nacht in Hamburg hatte John sich etwas Besonderes einfallen lassen; er hatte keinen Verlobungsring gekauft wie Paul, sondern ein Hotelzimmer gebucht, nicht gerade first class, aber ein richtig vornehmer Schuppen hätte Cyn auch gar nicht gefallen. Das Hotel hieß Pacific, es lag an der Reeperbahn, nur ein paar Schritte vom Kaiserkeller entfernt. Er hatte Astrid eigens nachfragen lassen, ob er auch um zwei Uhr in der Nacht kommen könnte. »Kein Problem«, war die Antwort gewesen.

Als er mit Cynthia, die ihren braunen Wollmantel trug, in dem Hotel ankam, lächelte ihn ein blonder Junge hinter der Rezeption an. »You are the rock star«, sagte er und bemühte sich um richtig betontes Englisch. »Ich habe eure Show im Kaiserkeller schon zweimal gesehen – really great!«

John hob den Daumen. »Du musst wiederkommen«, sagte er. »Wir werden immer besser, doch jetzt brauchen wir noch zwei Flaschen Bier, oder?« Er schaute Cynthia an. »Ach, nein, bring uns vier.«

Cyn nickte. Sie war müde und melancholisch. Zwei Wochen in Hamburg waren wie im Flug vergangen. Sie hatte sich mit Astrid angefreundet und von John erfahren, dass es insgeheim seine Sorge gewesen war, die beiden könnten nicht miteinander auskommen.

Sie tranken das Bier, dann begannen sie sich gegenseitig auszuziehen. Nur eine hässliche Stehlampe brannte und warf ihre Schatten an die Wand. Cyn mochte es nicht, wenn er sofort in sie eindrang, also liebkoste er zuerst ihre Brust. Sie stöhnte leise und warf ihren Kopf zurück. Er liebte den Duft ihres Haars. Er atmete tief ein und schloss für einen Moment die Augen.

»Ich liebe dich«, flüsterte sie, »und es ist so schön in Hamburg …«

Hamburg war meine Rettung, dachte er, sprach es aber nicht aus. Langsam schob er sie über sich.

Sie liebten sich schweigend. Er kam ein wenig zu früh. Wahrscheinlich hatte sie keinen Orgasmus bekommen, aber ein warmes Lächeln lag auf ihrem Gesicht.

»Endlich sind wir mal allein.« Cyn legte ihren Kopf auf seine Brust. »Dieses Etagenbett war schrecklich, wirklich.«

»Ja«, sagte er und lächelte. »Paul schnarcht manchmal,

oder er redet im Schlaf. Aber bald haben wir eine eigene Wohnung oder ein eigenes Haus mit so vielen Zimmern, dass wir sie kaum mehr zählen können – zehn, ach, zwanzig Zimmer.«

»Hey, was soll das?« Sie griff nach seinem Haar. »Du hast so etwas schon einmal erzählt. Was sollen wir mit zwanzig Zimmern anfangen?«

»Verstecken spielen«, sagte er, dann wurde er plötzlich ernst. »Nachher bringe ich dich zum Bahnhof, und dann gehen wir ins Studio. Die Aufnahmen mit Tony. Das wird wichtig.«

Er schloss die Augen und summte vor sich hin. Vor dem Konzert hatte er endlich einmal keine Aufputschmittel genommen, um später richtig schlafen zu können. Sonst wurde er erst gegen sechs Uhr in der Frühe müde, doch um acht Uhr mussten sie wieder aufstehen, um zum Bahnhof zu fahren.

Cynthia atmete tief ein und aus. »Eigentlich will ich gar nicht nach Liverpool zurück«, sagte sie. »Aber mein Studium … das ist mir auch wichtig.«

Er streichelte ihre Brust. »Irgendwann wird es in unserem Leben kein Aber mehr geben, dann leben wir immer so, wie wir es wollen.«

»Vielleicht …«

»Nein, nicht vielleicht … Niemand, den ich kenne, hat so gelebt, wie er es wirklich wollte. Julia, meine Mutter, ganz bestimmt nicht, Onkel George nicht, selbst Mimi nicht … Na, vielleicht mein Vater, vielleicht er … Er hatte keine Lust auf ein Kind, dieser Mistkerl … Nein, ich werde der Erste sein, der so lebt, wie er will, Cyn. Mit dir am besten.«

»Am besten«, wiederholte Cyn, dann schlief sie ein.

Mit dem Taxi rasten sie gegen kurz nach acht zum Bahnhof, der zum Glück nicht weit entfernt lag. Sie hatten beide verschlafen, und der Junge an der Rezeption hatte offensichtlich vergessen, sie zu wecken. Dot saß schon in ihrem Abteil, Paul stand auf dem Bahnsteig und hauchte ihr Küsse zu. Cyn schaffte es im letzten Moment, in den Zug zu springen. Sie hatte Tränen in den Augen, und vielleicht war es besser, dass sie keine Zeit hatten, sich richtig zu verabschieden.

»Ihr macht es immer spannend. Der Zug fährt jede Sekunde ab.« Paul grinste ihn an, dann hob er seine rechte Hand mit dem Ring. »Ich habe es getan. Dot und ich sind verlobt.«

»Gratuliere.« John sah, wie der Zug aus dem Bahnhof rumpelte. »Cyn und ich, wir brauchen keinen Ring. Wir sind auch so glücklich.«

»Vielleicht ist Hamburg ja ein gutes Pflaster für Paare.

Stu und Astrid, John und Cyn, Paul und Dot. Nun müssen wir nur noch jemanden für George und Pete finden.«

»Frauen gibt es ja auf Sankt Pauli genug. Echte und unechte Frauen.«

Sie lachten.

Dann fuhren sie zum Kaiserkeller, um ihre Instrumente zu holen.

»Es wäre gut, wenn Stuart nicht wieder so falsch spielen würde.« Paul verzog das Gesicht, während er aus dem Taxi stieg und sah, dass Stu, Pete und George schon auf sie warteten. »Am besten wäre es, er würde gar nicht spielen.«

John erwiderte nichts darauf. Stu war sein Freund, der beste, den er jemals gehabt hatte, und er war ein Künstler, das allein zählte. »Wenn Stu nicht in der Band wäre«, meinte er dann, »wären wir immer noch die Quarrymen«, obschon es nicht stimmte.

»Wir sind die Beatles«, sagte Paul.

In der Aula einer Schule, die irgendwo in der Innenstadt lag, empfing sie Bert Kaempfert schon an der Tür. »Ah, da kommen unsere Beat Boys«, sagte er mit seinem schweren deutschen Akzent.

John wusste nicht, ob das ein Scherz sein sollte oder ob er ihren Bandnamen wirklich nicht wusste.

Kaempfert war zweimal bei ihren Konzerten im Kaiserkeller gewesen; und er stach aus jeder Menge heraus, weil er stets einen teuren Anzug mit einem Einstecktuch trug.

Außerdem kämmte er seine braunen, leicht lockigen Haare auf eine unmoderne Art nach hinten, aber er war zweifellos ein Star, und so bewegte er sich auch.

Er gab allen einzeln die Hand, dann meinte er: »Jungs, wundert euch nicht. Wir haben hier in dieser Aula ein Tonstudio aufgebaut. War meine Idee, aber Tony hat es gefallen.«

Tony Sheridan stand schon auf einer mittelgroßen Bühne und winkte ihnen zu. Er hatte sich für die Aufnahmen richtig herausgeputzt und trug ein weißes Hemd und eine schwarze Krawatte. Am Anfang hatte John geglaubt, dass Tony fast zehn Jahre älter sein musste, weil er schon mit so vielen Leuten gespielt hatte, aber dann hatte er erfahren, dass sie fast gleichaltrig waren. Bei ein paar Shows waren sie mit ihm als seine Begleitband auf der Bühne gewesen. Tony spielte Gitarre und Geige, er war mit Größen wie Gene Vincent und Eddie Cochran auf Tour gegangen, bis der nach einem Konzert in England bei einem Verkehrsunfall ums Leben gekommen war. Eddies Hit »Summertime Blues« gehörte zu Tonys absoluten Lieblingssongs, die er meistens als Zugabe brachte.

Kaempfert wies sie ein. Er hielt eine Zigarette in der Hand, an der er immer wieder hektisch zog. »Boys«, sagte er, nachdem sie ihre Instrumente angeschlossen hatten und Pete das Schlagzeug, das schon aufgebaut worden war, inspiziert hatte, »ich habe euch unter Vertrag genommen, weil ihr gut seid, nicht supergut, aber gut, und Tony mag euch. Also mag ich euch auch. Tonys Album soll ziemlich britisch werden, das lieben die Leute im Moment, und richtig britisch seid ihr auf jeden Fall.« Er lachte auf und zeigte sein strahlend weißes Gebiss, aber niemand von ihnen lachte mit.

»Dass wir britisch sind, wissen wir«, bemerkte Paul, worauf George ihm einen leichten Stoß versetzte.

»Mit Tony auf der Bühne haben wir alles gespielt – Songs von Eddie Cochran, Buddy Holly«, erklärte John. »Wir haben alles drauf.« Er grinste den Deutschen an, der wieder an seiner Zigarette zog.

»Solche Songs brauchen wir für Tonys Album nicht«, erwiderte Kaempfert. »Britisch heißt: etwas Traditionelles. Wie heißt der Song, den jedes Kind kennt, sogar in Deutschland?« Er blickte sie wieder an, wie ein Quizmaster, der vorlauten Kindern eine Frage gestellt hatte. Da niemand von ihnen reagierte, beantwortete er seine Frage gleich selbst. »›My Bonnie‹«, sagte er, »diesen Song kennt jeder, aber ich will ihn auf eure Art hören.«

»Richtig britisch?«, warf John spöttisch ein und hätte beinahe lauthals gelacht. Das konnte dieser Deutsche nicht ernst meinen? »My Bonnie« war ein uralter Seemannssong; da weinte eine Frau darüber, dass ihr Geliebter mit seinem Schiff gekentert war und nun ertrunken auf dem Meeresboden lag.

»Ja, genau.« Kaempfert schlug ihm auf die Schulter, als hätte er nun endlich verstanden. »Tony hat mir erzählt, dass ihr den Song schon ein paarmal auf der Bühne mit ihm gespielt habt. Dann sollten wir das ja leicht hinkriegen.«

»Aber da waren wir schon ziemlich betrunken.« John konnte es immer noch nicht fassen, dass man sie hierhergekarrt hatte, damit sie solch einen simplen Song aufnahmen. »Und wir haben das als eine Art Joke gebracht.«

Kaempfert hörte ihm gar nicht mehr zu, sondern hatte sich einem anderen Mann zugewandt, den ihnen niemand vorgestellt hatte und der vermutlich der Toningenieur war.

»Bert weiß, was er tut.« Tony war zu ihnen herübergekommen. Er war ein halber Ire, was man ihm auch anhörte. »Und ich bin happy, dass er ein Album mit mir machen will. Ich würde sogar ›God Save The Queen‹ spielen, wenn er das wollte. Er war in Hollywood, wisst ihr …«

»Ja, wissen wir«, unterbrach ihn John. »Also spielen wir eben ein schottisches Sauflied. Hauptsache, die Gage stimmt.«

»Hundertfünfundsiebzig Mark«, warf Paul ein. »Für zwei Tage – so war es abgemacht.«

Tony nickte. Drei Minuten später legte er dann los. »›My Bonnie lies over the ocean, my Bonnie lies over the sea. Well, my Bonnie lies over the ocean. Yeah, bring back my Bonnie to me.‹«

Nach dreizehn Minuten und zwei Anläufen hatten sie

den Song im Kasten. Kaempfert hockte bei seinem Tonmann unten im Saal und reckte ihnen den Daumen entgegen, während er gleichzeitig an seiner Zigarette zog.

Paul grinste. »Leicht verdientes Geld. Was sollen wir jetzt noch spielen? Humpty Dumpty vielleicht oder andere Kinderlieder?«

»Hoffen wir, dass diesen Song niemals jemand in Liverpool hört.« John legte seine Gitarre ab. »Ich brauche jetzt ein Bier, mindestens eins.«

Sie beschlossen, bevor ihr Konzert im Kaiserkeller begann, noch auf die Reeperbahn zu fahren. Nur Pete kam nicht mit ihnen, als sie in einen Club gingen, der Atlantis hieß.

John bestellte schon ein Bier, bevor sie einen Platz gefunden hatten. »Ein Astra!«, rief er auf Deutsch einem glatzköpfigen Kellner zu. Es war erst später Nachmittag. Die Stripteaseshow, die draußen angekündigt war, würde erst am Abend beginnen.

»Paul, der Verlobte, muss heute für alle zahlen!«, rief er dann.

Paul verzog das Gesicht.

»Und wir singen noch einmal ›My Bonnie Lies Over The Ocean‹.« Alle lachten, selbst Stu, der schon den ganzen Tag sehr ernst war und bei den Aufnahmen in der Aula nicht mitgemacht hatte. Er habe fürchterliche Kopfschmerzen, hatte er Paul erklärt, der dann den Bass gespielt hatte.

»Es gibt etwas, das ich euch sagen muss.« Stu nahm die Flasche Astra, die der glatzköpfige Kellner vor ihn auf den Tisch gestellt hatte. Dann stand er auf. Er nickte John zu und gönnte sich einen langen Schluck.

John musterte ihn. »Was willst du uns sagen?«, fragte er argwöhnisch. »Ist was mit Astrid? Ihr seid doch noch zusammen, oder nicht?«

Stu kniff die Augen zusammen, das war seit Neuestem ein Tick von ihm. »Ich liebe Astrid«, erwiderte er förmlich. »Das ist es ja, und deshalb steige ich aus. Ich bin nicht mehr in der Band, und wenn ihr nach Liverpool zurückgeht, komme ich nicht mit. Ich bleibe in Hamburg und gehe hier auf die Kunsthochschule.« Er nickte zu seinen eigenen Worten, und »Kunsthochschule« sagte er auf Deutsch.

»Verstehe.« John hob seine Flasche. »Deshalb wolltest du auch bei der Aufnahme heute nicht dabei sein. Du bist kein Beatle mehr.«

»Sorry«, erwiderte Stu, »ich liebe Astrid. Und ja, ich bin kein Beatle mehr, und …« Er lächelte und warf Paul einen beinahe zärtlichen Blick zu. »Und ich weiß, dass ich ein lausiger Bassist bin und viel zu schlecht für eure Band. Stimmt doch, Paul, oder?«

25. KAPITEL

Hamburg/Liverpool 1961

Dot spielte unentwegt mit dem Ring, den Paul ihr geschenkt hatte, während sie mit dem Zug nach Holland fuhren. Cyn hätte ihr am liebsten gesagt, dass sie damit aufhören sollte, aber dann kam es ihr zu unfreundlich vor, so einen Gedanken zu äußern. Dot war einfach nur glücklich. Vielleicht würde Paul sie bald heiraten, und sie würden ein Kind bekommen oder zwei, und wahrscheinlich wünschte sie sich genau das. Was Cyn sich wünschte, wusste sie nicht genau. Nur eines wusste sie: Die zwei Wochen in Hamburg waren die schönsten in ihrem Leben gewesen, niemals hatte sie sich so frei gefühlt. John und sie hatten auf niemanden wirklich Rücksicht nehmen müssen. Gut, sie hatten nur diese eine besondere Nacht allein in einem Hotelzimmer gehabt, aber in Hamburg hatte keine Tante Mimi gelauert, sie hatte nicht zum Art College gemusst, und auch ihre Mutter hatte nicht ständig Erklärungen von ihr eingefordert.

Sie fühlte schon eine Art Heimweh nach Hamburg, als sie die Fähre in Holland noch gar nicht erreicht hatten. Dot redete unentwegt, meistens von Paul, wie genial sie ihn fand und dass sie hoffte, dass er einen Song über sie schreiben würde.

»Glaubst du, dass John einmal einen Song schreibt, der nur für dich ist?«, fragte sie.

»Nein, ich hoffe nicht«, war Cyns Antwort gewesen. »John wird Songs für ganz viele Menschen schreiben.«

Als sie in Liverpool ankam, fühlte sie sich müde und durchfroren, so als würde sie an einen kalten Ort zurückkehren, dabei war es in Hamburg nicht viel wärmer gewesen.

Während sie mit dem Zug nach Hoylake fuhr, hatte sie das Gefühl, in ein altes, abgenutztes Leben zurückzukehren.

Ihre Mutter empfing sie mit einem selbst gebackenen Kuchen. Der Duft vertrieb die Kälte, die sie spürte. Ihre Mutter fragte sie nach Hamburg aus, doch mit einer Neugier, die irgendwie gebremst wirkte und nicht wirklich echt.

»Es gibt da etwas, das sich ergeben hat«, sagte sie dann mit einem gequälten Lächeln. »Ich weiß nicht genau, wie ich es dir beibringen soll.«

»Bist du krank?«, fragte Cyn aufgebracht. »Ist irgendetwas mit deiner Gesundheit nicht in Ordnung?« Voller Panik musste sie an ihren Vater denken, an seine Krankheit, die ihn innerhalb so kurzer Zeit getötet hatte.

»Aber nein.« Ihre Mutter strich ihr besänftigend über den Arm. »Es ist alles in Ordnung mit mir, aber …« Sie zögerte und suchte nach Worten. »Wie lange leben wir nun schon allein in diesem Haus?« Sie sah Cyn fragend an und beantwortete sich die Frage dann selbst. »Vor fünf Jahren ist dein Vater gestorben. Seit sieben Jahren vermieten wir Zimmer und schlagen uns alleine durch, und …« Wieder verstummte sie. Ihr Blick wanderte durch die Küche, in der sie saßen und die sich in diesen fünf Jahren überhaupt nicht verändert hatte, »und ich möchte das nicht mehr. Carol, deine Cousine, geht mit ihrem Mann nach Kanada, sie wollen da weiterstudieren, und sie haben mich gefragt, ob ich nicht mitkommen und auf ihr Kind aufpassen will.« Ihre Mutter schloss kurz die Augen und atmete tief durch. Dann schaute sie Cynthia geradewegs an, ein ungewohnt klarer, entschiedener Blick.

»Und was hast du ihnen gesagt?«, erwiderte Cyn, obwohl sie die Antwort bereits kannte.

»Ich habe Ja gesagt. Ich möchte noch einmal ein anderes Land sehen, etwas anderes mit meinem Leben anfangen. Ich hoffe, du verstehst das, und du bist ja alt genug, um allein zurechtzukommen, und du hast John und …«

Cyn spürte, wie sich ihr der Hals zuschnürte. Ja, sie verstand ihre Mutter und deren Wunsch, noch einmal etwas anderes kennenzulernen. Sie hatte selbst in Hamburg das Gefühl gehabt, anders leben zu müssen, und doch war sie nicht darauf eingestellt gewesen, ihre Mutter zu verlieren.

»Ich werde nicht sofort abreisen, natürlich nicht«, versicherte ihre Mutter ihr. »Erst musst du eine Bleibe gefunden haben, denn das Haus werde ich vermieten. Es wäre ja auch viel zu groß für dich. Wann kommt John aus Hamburg zurück?«

»In ein paar Wochen. Sie müssen noch etliche Konzerte geben und machen Plattenaufnahmen.«

»Vielleicht könnt ihr euch eine Wohnung suchen, oder du ziehst zu ihm, zu seiner Tante. Sie ist doch allein und hat ein großes Haus.«

In der Nacht schlief Cyn so gut wie gar nicht. Hoylake war immer ihr Zuhause gewesen; sie hatte noch genau vor Augen, wie sie in seinen letzten Tagen mit ihrem Vater in der Küche gesessen und ihm versprochen hatte, ihre Mutter bei allem, was kommen würde, zu unterstützen. Nun ging die Zeit in diesem Haus zu Ende. Sie würde auf eigenen Beinen stehen müssen. Und war es wirklich eine gute Idee, zu Mimi nach Mendips zu ziehen, bevor sie sich eine eigene Wohnung leisten konnte?

Vier Wochen später kehrte John aus Hamburg zurück. Doch als sie sich in einem Café in Liverpool trafen, hätte sie ihn beinahe nicht erkannt. Er hatte eine vollkommen andere Frisur, die Haare waren länger und nach vorn gekämmt, was sein Gesicht weicher wirken ließ.

Er küsste sie und lächelte sie an. Dann strich er sich durch sein Haar. »Astrid hat uns die Haare geschnitten. Erst Stu, dann uns anderen. Sieht cool aus, oder?«

Vor ein paar Wochen hätte ihr diese Bemerkung noch einen Stich versetzt, aber nun kannte sie Astrid ja.

»Astrid hat wirklich Geschmack«, sagte sie.

Dann erfuhr sie, dass Stuart die Band verlassen hatte und bei Astrid geblieben war.

»Stu hat ein Stipendium an der Kunsthochschule in Hamburg bekommen«, erklärte John. »Na ja, er war immer ein besserer Maler. Als Musiker war er eher mittelmäßig.«

»Dann kannst du auch nicht mehr bei Stu wohnen?«

»Nein, wohl nicht, aber ich habe ja das Zimmer bei Mimi.«

»Ich muss mir auch ein Zimmer suchen. Mum geht mit meiner Cousine nach Kanada.« Cyn spürte, dass ihr wieder ein Kloß im Hals saß, als sie diese Sätze aussprach, doch ohne dass sie es ihm vorgeschlagen hatte, meinte John: »Dann kannst du doch zu uns ziehen, zu Mimi und mir. In Mendips ist genug Platz im Haus.«

»Und was würde deine Tante davon halten? Sie mag mich nicht besonders.«

John lächelte. »Ich überrede sie. Sie ist so happy, dass ich wieder da bin und in Hamburg nicht drogenabhängig oder Alkoholiker geworden bin. Sie wird mir keinen Wunsch abschlagen.«

Zwei Tage später besuchten sie Mimi. Mit einem düsteren Blick starrte sie Cyns braunen Mantel an, doch als sie dann Tee trinkend in der Küche saß, taute sie regelrecht auf.

»Deine Mutter zieht also nach Kanada«, sagte sie und schaute Cynthia forschend an. Sie hatte sogar drei Stück Apple Pie besorgt. Offenbar hatte John sie bereits auf das Gespräch eingestimmt.

Cyn nickte. »Sie wird sich um das Kind meiner Cousine kümmern.«

Mimi verzog das Gesicht, als könnte sie solch ein Vorhaben gar nicht gutheißen, dann glätteten sich ihre Züge. Vielleicht erinnerte sie sich daran, dass sie John auch aufgenommen hatte, obschon er nicht ihr Sohn war.

»Ich habe eine Kammer für dich«, meinte sie streng und sah erst John und dann Cynthia an. »Aber eines sage ich euch gleich. Unter meinem Dach gibt es keine Unzucht. Jeder von euch hat sein Zimmer, in dem er wohnt. Wenn ich irgendetwas anderes mitkriege, fliegt ihr raus – alle beide.«

Die Kammer, die Cynthia zwei Wochen später bezog, war nicht größer als ein Abstellraum. Mehr als ein Bett und ein winziger Tisch mit einem Hocker passten nicht hinein.

Als sie ihre Mutter am Bahnhof verabschiedete, war John noch auf einer Probe. Eigentlich hatte er versprochen zu kommen, weil Cynthia fürchtete, in Tränen auszubrechen, doch sie hatte gleich gewusst, dass sie sich in solchen Dingen nicht auf ihn verlassen konnte.

»Ich komme bestimmt jedes Jahr einmal zu Besuch«, sagte ihre Mutter. »Und du kannst auch jederzeit zu mir reisen. Ich habe mir einen Bildband gekauft. Kanada ist ein sehr schönes Land und …«

»Ja, bestimmt.« Cynthia versuchte, die Tränen zu unterdrücken. Sie wusste, dass ihr Geld vermutlich für lange Zeit nicht für einen Flug nach Toronto reichen würde, geschweige denn für einen Rückflug. Den Sommer über würde sie bei Woolworth in der Kosmetikabteilung arbeiten, doch von dem nicht sonderlich üppigen Lohn müsste sie erst einmal die Miete bei Mimi bezahlen, und außerdem musste sie an ihr Studium denken und bald ihren Abschluss machen.

»Und wir können telefonieren, wann immer du magst«, fügte ihre Mutter hinzu. Zwei schwere Koffer hatten sie in ihr Abteil gehievt. Der Zug würde sie nach London bringen, und dann würde sie fast acht Stunden nach Toronto fliegen – ans andere Ende der Welt.

Nachdem der Zug abgefahren war, kam John am Bahnhof an. Lässig mit einer Zigarette im Mund schlenderte er über den Bahnsteig. »Ist der Zug schon weg?«, fragte er teilnahmslos.

»Ach hör auf!«, fuhr Cynthia ihn an. Sie hatte noch immer Tränen in den Augen. »Kannst du nicht einmal pünktlich sein, verdammt? Nun ist meine Mutter abgefahren, und ich habe keine Ahnung, wann ich sie wiedersehe.«

Er breitete die Arme aus und lächelte. »Hey, Cyn«, sagte er, »du hast doch mich, und soll ich dir was erzählen? Wir haben ein super Engagement bekommen. Wir treten jetzt regelmäßig im Cavern Club auf, mittags und abends. Und heute ist jemand bei den Proben gewesen. Er hat einen Fanclub gegründet, den ersten Beatles-Fanclub der Welt, und ich schwöre dir, es wird bestimmt nicht der letzte sein.«

Es wurde ein langer, qualvoller Sommer 1961. Schon nach drei Tagen bereute Cyn es, bei Johns Tante in der engen Kammer eingezogen zu sein. Ständig gab Mimi ihr Aufträge, was sie alles putzen oder abspülen sollte, als wäre sie als Hausangestellte engagiert worden, während John im Haushalt keinen Finger rühren musste, falls er überhaupt einmal da war und nicht bei Paul oder in ihrem Probenraum hockte, den sie neuerdings hatten. Zu allem Überfluss spionierte Mimi ständig hinter ihr her. Sie kontrollierte Cynthias Kammer, ob auf dem Kissen etwa Haare von John zu finden waren, und dasselbe stellte sie mit Johns Zimmer an. Es gab noch zwei andere Untermieter, die Johns Tante genauso unfreundlich und herrisch behandelte.

Nur einmal, als Mimi auf dem Friedhof am Grab ihres Mannes und ihrer Schwester Julia war, wagten sie es, sich in Johns Zimmer zu schleichen und sich zu lieben, und hinterher wendeten sie die Laken, damit Mimi ja nichts bemerkte, wenn sie wieder die Zimmer untersuchte. John jedoch störte das Gehabe seiner Tante nicht. Mehr noch als früher drehte er sich vor allem um sich selbst. Tagsüber schrieb er Artikel für ein Musikmagazin, das es nun in Liverpool gab, und abends spielte er seine Konzerte.

Nur ganz selten, wenn Cyn ihren Job bei Woolworth erledigt hatte, schafften sie es, nach New Brighton an die See hinauszufahren und am Strand spazieren zu gehen. Meistens nahm John seine Gitarre mit und spielte ihr etwas vor.

»Singen ist Fliegen«, sagte er einmal. »Jeder Ton, den du spielst, ist lebendig und trägt dich davon. Kannst du nachvollziehen, was ich meine?«

Cynthia nickte, obschon sie es nicht verstand, doch wenn sie ihn und Paul auf der Bühne sah, wie sie sich anstachelten, wie sie sich mit ihrer Stimme und ihren Instrumenten gegenseitig herausforderten, dann bekam sie eine Ahnung davon, was er meinte. Es war plötzlich eine ungeheure Energie im Raum, wenn sie loslegten – John an der Gitarre und Paul am Bass. Es war jedes Mal, als würde ein Orkan aus Musik heraufziehen, der jeden mitnahm. Niemand konnte sich entziehen, und Cyn war mehr als einmal versucht, genauso loszukreischen, wie es manche Mädchen taten, wenn sie die Beatles zum ersten Mal auf der Bühne erlebten.

26. KAPITEL

Liverpool, November 1961

Nachdem sie aus Hamburg zurückgekehrt waren, wurde ihnen der Cavern Club in der Mathew Street zur zweiten Heimat. Es war kaum mehr als schmutziges Gewölbe hinter dem Großmarkt, aber der Laden war selbst dann voll, wenn sie mittags spielten. Auch die Akustik war großartig, besonders wenn sie ihre Gitarren aufjaulen ließen, und ihr Publikum ging frenetisch mit. Manchmal waren mehr als fünfhundert Leute da, die ihnen zujubelten.

Eines Tages kam ein Mann in einem vornehmen Anzug und weißen Hemd mit Krawatte nach einem Konzert auf John zu, und er hatte das Gefühl, jemanden von einer Behörde vor sich zu haben. Hatte das Finanzamt ihn nun am Wickel? Bisher war er mit seinen Gagen ziemlich lax umgegangen. Der Mann, der jünger war, als es auf den ersten Blick den Anschein hatte, trat zur Bühne und sprach ihn an.

»Sind Sie der Bandleader?«, fragte er mit einer sonoren Stimme in bestem Englisch.

»Bandleader?« John lächelte spöttisch. »So etwas haben wir nicht. Wir sind die Beatles, wir sind einfach ein paar Jungs, die Musik machen.« Er schaute sich nach Paul um, der ihm diesen Typen vielleicht abnehmen konnte, doch der hatte sich schon mit George und Pete in die Garderobe verdrückt, wahrscheinlich hatten sie geahnt, dass da unangenehmer Besuch drohte.

»Sie sind nicht schlecht«, sagte der Mann, »ein wenig roh, aber Sie haben etwas.« Dann senkte er den Kopf und zog eine Visitenkarte aus seiner Anzugjacke. »Darf ich mich vorstellen? Mein Name ist Brian Epstein. Ich führe keine hundert Yards von diesem Club entfernt ein Schallplattengeschäft – NEMS, Northern End Music Store.«

»Okay«, sagte John. Er atmete leise auf. Zum Glück niemand von der Steuerbehörde. »Und was wollen Sie von mir?«

Epstein wischte sich verlegen über das Gesicht. »Es ist so«, sagte er, »bei mir gilt ein Grundsatz: Ich besorge meinen Kunden jede Schallplatte, die es gibt, egal, woher sie kommt. Und kürzlich kam ein Kunde und wollte die Schallplatte ›My Bonnie‹ von den Beatles haben. Aber ich kannte diese Platte nicht. Hatte noch nie von ihr gehört, und dann hat mir ein Angestellter mitgeteilt, dass die Beatles eine Band aus Liverpool sind. Wie peinlich für mich!, habe ich gedacht und mir vorgenommen, mir diese Band einmal anzusehen.«

»Und jetzt sind Sie hier in Ihrem feinen Anzug und haben sich in diesen schmutzigen Keller getraut.« John sprang von der Bühne hinunter. Er war an diesem Plattenladen schon einige Male vorbeigelaufen, hatte ihn aber noch nie betreten.

»Es war ein Erlebnis.« Epstein strich sich über seinen Anzug, als müsse er Staub entfernen. »Gut, die Luft hier unten könnte besser sein, aber es hat mir gefallen, was ich gehört habe.«

»Die Platte, von der Sie gesprochen haben … Da waren wir nur die Begleitband.« Der Club hatte sich beinahe komplett geleert, die meisten Besucher mussten an die Uni oder an ihre Arbeit zurück. John steuerte auf die Bar im hinteren Teil zu, um sich ein Bier zu gönnen. »Tony Sheridan hat den Song gesungen. Wir haben die Aufnahme in Hamburg gemacht.«

»Ihre erste Plattenaufnahme?« Epstein schob sich an seine Seite. Er roch nach einem herben Rasierwasser.

»Kann schon sein.« John bedeutete dem Barkeeper, ihm ein Bier zu geben. Nun wurde ihm der Mann im Anzug doch ein wenig zu neugierig.

»Ich habe ein paar Kontakte«, erklärte Epstein beflissen. Im Licht der Bar bemerkte John, wie gut frisiert er war, jedes Härchen lag an seinem Platz. »Vielleicht könnte ich

Probeaufnahmen für Ihre Band organisieren. Haben Sie schon einmal darüber nachgedacht, dass Sie einen Manager brauchen?«

»Wir brauchen keinen Manager«, sagte Paul mit Bestimmtheit am Abend vor ihrem nächsten Auftritt im Cavern Club. »Neill organisiert alles bestens für uns. Und wir sind schon jetzt fast ausgebucht.«

»Willst du immer nur im Cavern Club auftreten?« Dass George so vehement widersprach, kam eigentlich nie vor. »Ich könnte mir schon vorstellen, dass ein richtiger Manager uns weiterbringt. Ich möchte auch einmal in London spielen ... oder ...« Er lächelte verlegen, als würde er etwas Ungebührliches äußern. »... in New York.«

»Aber wieso sollte ein Typ aus einem Plattenladen ein richtiger Manager sein?« Paul schaute Dot an, die wie immer schwieg. Sie zuckte lediglich mit den Achseln.

»Wollt ihr euch diesen Mister Epstein nicht einfach ein wenig genauer anschauen und ihm auf den Zahn fühlen?«, meinte Cyn. »Und hat er nicht auch von Schallplattenaufnahmen gesprochen? Das wollt ihr doch schon lange, oder?«

»Unbedingt. Und seriös sah der Typ zweifellos aus.« John hängte sich seine Gitarre um und nickte den anderen zu. Die nächste Show stand an, und der Cavern Club platzte wieder aus allen Nähten. »Wenn dieser Epstein noch einmal hier auftaucht, mache ich einen Termin mit ihm aus. Okay, Paul?«

Einen Tag später schaute Epstein sich erneut ihre Mittagssession an. John konnte ihn in seinem Anzug und seinem weißen Hemd sogar ohne Brille von der Bühne ausmachen. Er stand am Rand, und während das Publikum bei ihren verschiedenen Songs wie eine Welle auf und ab tobte, verharrte Epstein reglos, die Augen konzentriert auf die Band gerichtet.

Hinterher klopfte er an die Tür ihrer Garderobe. John öffnete und ließ ihn eintreten.

Brian Epstein kam herein, und er tat das so distinguiert, als wäre er ein Schauspieler, der eine Bühne betrat. Wenn er einen Hut getragen hätte, hätte er ihn vermutlich mit einer eleganten Bewegung gezogen. So neigte er nur leicht den Kopf. »Darf ich mich vorstellen? Mein Name ist Brian Epstein. Meine Familie hat hier in zweiter Generation ein Möbelhaus in der Stadt, ich leite nun unseren Schallplatten-Store. John war gestern so freundlich, mich mit meinem Angebot anzuhören.« Er lächelte John kurz an, und seine dunklen Augen funkelten auf. »Ich habe mir das alles noch einmal gründlich durch den Kopf gehen lassen und möchte mein Angebot bekräftigen. Ihr seid eine Band mit großem Potenzial, aber ihr braucht einen Manager, damit ihr euch weiterentwickelt.«

»Wie soll uns dabei ein Manager helfen?« Paul war sein Unwillen, Epstein überhaupt zuzuhören, deutlich anzusehen. »Wir sind schon gut im Geschäft. Wir sind die beste Band in Liverpool. Die Leute kommen sogar zur Mittagszeit, um uns zu hören. Haben Sie doch gesehen.« Paul lehnte sich auf einem alten Sessel zurück, als sei das Gespräch für ihn beendet.

Brian Epstein neigte wieder leicht den Kopf und lächelte, ein wenig schmerzhaft, wie es schien. »In Liverpool seid ihr vielleicht berühmt, aber wer kennt euch in Manchester oder London oder New York?«

»Ja, wer kennt uns in New York?« George schaute Paul vorwurfsvoll an.

»Was wäre denn der Plan?« John hatte es sich in dem zweiten Sessel bequem gemacht. Er hatte die Beine übereinandergeschlagen. »Was bekommen wir, wenn wir Sie als Manager engagieren?«

Epstein leckte sich kurz über die Lippen, als müsse er seine Worte genau abwägen. »Nun, zuerst, wenn ich es einmal so formulieren darf, engagieren Sie mich nicht nur als Manager. Wir schließen einen Vertrag und sind Partner. Ich bekomme fünfundzwanzig Prozent von allen Einkünften und …«

»Fünfundzwanzig Prozent!«, warf Paul ein. »Wie absurd! Dann verdienen wir ja nicht mehr genug und …« Er schüttelte vehement den Kopf und suchte Johns Blick, dessen Aufmerksamkeit jedoch weiter auf Epstein gerichtet war.

»Nun.« Epstein lächelte erneut, diesmal wirkte es nachsichtig, als hätte er mit Paul ein unverständiges Kind vor sich. »Ich werde meine Auslagen haben, um die Band auf den richtigen Kurs zu bringen, immense Auslagen – Reisen, Telefongespräche, Lunchtermine –, aber ich kann Ihnen versichern: Die Band wird von diesen fünfundzwanzig Prozent mindestens hundert Prozent profitieren.«

»Klingt gut«, wagte George hervorzubringen, während Pete lediglich mit seinen Drumsticks hantierte und vor sich hin nickte.

»Ich verstehe noch nicht ganz, warum Sie unser Manager sein wollen und wieso Sie glauben, dass Sie das können – als jemand, der hinter dem Schalter eines Schallplattenladens steht. Mögen Sie unsere Musik?«, fragte John.

»Ein sehr guter Einwand.« Erst jetzt schloss Epstein die Tür hinter sich und trat einen Schritt näher. Da es in der Garderobe nur zwei Sessel und ein altes Sofa gab, auf dem George und Pete hockten, konnte er sich nur an die schmutzige Wand lehnen. »Ich erzähle Ihnen kurz etwas von mir, fast so etwas wie ein Geheimnis.« Wieder ein vornehmes Lächeln. »Ich wollte eigentlich Schauspieler werden, ein großer Traum von mir, und ich war auch auf einer Schauspielschule, genau ein halbes Jahr lang, aber dann habe ich gemerkt, dass ich im Grunde meines Herzens ein Geschäftsmann bin. Das liegt im Blut meiner Familie. Wir können das – Geschäfte machen. Und noch etwas: Ich liebe klassische Musik. Ich spiele selbst ein wenig Geige, aber Ihre Musik gefällt mir – sie ist so … energetisch, positiv, sie reißt die Menschen mit. Aber es wird mit viel Arbeit verbunden sein, die Beatles ganz nach oben zu bringen.«

»Ganz nach oben?«, fragte Paul überrascht. »In die Charts?«

Epstein schüttelte leicht den Kopf. »Nein, nicht in die Charts, an die Spitze der Charts, aber dafür müsst ihr für den Anfang einiges ändern, diese ordinären Lederjacken zum Beispiel und die Jeans, und ihr müsst euch auf der Bühne anders verhalten.«

»Das mit den Charts gefällt mir.« John klatschte in die Hände. »Wir überlegen es uns und melden uns.« Er nickte Brian Epstein zu, als Zeichen, dass die Audienz nun beendet war.

»Überlegt nicht zu lange.« Epstein blickte in die Runde, forschend blieb sein Blick einen Moment länger an Paul haften, dann verabschiedete er sich.

»Wir machen es!«, rief John aus, nachdem sich die Tür hinter Epstein geschlossen hatte. »Stellt euch vor, wir wären in zwei Jahren in den Charts.«

»Und die fünfundzwanzig Prozent?« Paul war über diese Zahl noch immer entrüstet.

»Wenn wir eine Million Platten verkaufen, sind mir fünfundzwanzig Prozent egal.«

»Und wir spielen dann vielleicht in London und New York.« George zeigte sein schneeweißes Gebiss. »Ich stimme John voll zu.«

»Ich auch«, warf Pete ein. Seine einzigen Worte in den letzten drei Stunden.

Vier Wochen später hatte Brian Epstein einen Vertrag aufsetzen lassen. Ganz förmlich hatte er der Band nach ihrer Mittagssession im Cavern Club eine Einladung zur Vertragsunterzeichnung in seinem Büro von einem Assistenten überbringen lassen.

»Fehlt nur noch, dass da etwas von feierlicher Kleidung steht.« John lachte, während er das Schreiben Paul zeigte.

Paul stöhnte auf. »Ich werde mir garantiert keine neuen Klamotten kaufen, weil so ein Businessman wie Epstein das will.«

Um sechzehn Uhr sollten sie am übernächsten Tag zu ihm kommen.

»Außerdem ist das unser einziger freier Tag in der Woche.« Paul reichte die Einladung mit einer unwilligen Geste an George weiter. »Ich war eigentlich mit Dot verabredet.«

»Deine Verlobte wird gern auf dich warten, wo du jetzt

bald Karriere machst.« John sprach das Wort »Verlobte« voller Ironie aus.

Brian Epstein empfing die Band in einem Büro, das hinter seinem Schallplatten-Store lag. Nachdem er sie hereingebeten hatte, nahm er hinter einem breiten Eichenschreibtisch Platz, auf dem sich ein schwarzes Telefon und etliche Kataloge und Listen befanden. »Entschuldigen Sie, meine Herren«, erklärte er entschuldigend. »Ich bin gerade mit den Weihnachtsbestellungen für den Laden beschäftigt. Die wirklich anstrengendste Zeit im Jahr.« Er deutete auf vier Stühle vor dem Schreibtisch. »Ich lasse Ihnen gern einen Tee oder einen Kaffee bringen.«

John setzte sich als Erster. »Wir haben nicht viel Zeit. Wir wollen nur den Vertrag unterschreiben.«

Brian Epstein lehnte sich lächelnd zurück. »Ich fürchte, meine Herren, Sie werden fortan viel Zeit für mich erübrigen müssen. Wir arbeiten nun zusammen.« Er sah auf eine Mappe vor sich, die er aufschlug. Dann blickte er die Band an und hielt kurz inne. »Ich habe vier Stühle aufstellen lassen, aber nur drei sind besetzt. Hat es in der Band schon einen Abgang gegeben?«

John schaute sich um, als würde ihm nun zum ersten Mal auffallen, dass sie nicht komplett waren. »Paul …«, sagte er zögernd. »Er ist nicht immer ganz pünktlich …«

»Meine Herren«, Epsteins Stimme gewann an Schärfe, »ich darf Ihnen eines versichern. Ich glaube so sehr an die

Band, wie Sie es offenbar nicht einmal selbst tun, und ich habe keineswegs vor, meine Zeit zu vergeuden. Für mich ist dieser Vertrag …« Er deutete auf das Papier vor sich. »… eine sehr bedeutsame Angelegenheit. Würde einer von Ihnen so freundlich sein, den werten Herrn McCartney anzurufen, um ihn herzubitten? Recht schnell am liebsten.«

George erhob sich von seinem Stuhl und trat an die Seite des Schreibtisches, an der das schwarze Telefon stand. Er kannte Pauls Nummer auswendig und hatte ihn nach ein paar Sekunden am Apparat.

»George hier«, sagte er in einem Flüsterton. »Wir sitzen bei Epstein und warten auf dich … Es ist …« Ein Lächeln überzog sein Gesicht. Dann legte er auf. »Paul hat noch bis eben geschlafen und gerade geduscht. Wenn er gleich kommt, ist er auf jeden Fall sauber und riecht gut.«

Eine halbe Stunde später traf Paul ein. Ohne ein Wort der Entschuldigung oder Erklärung setzte er sich auf den freien Stuhl rechts von John.

Nacheinander ließ Epstein sie alle unterschreiben. Dann nahm er als Letzter einen altertümlich wirkenden Füller in die Hand. »Ich glaube«, sagte er, nachdem auch er seine Unterschrift unter den Vertrag gesetzt hatte, »wir werden zusammen Geschichte schreiben.«

27. KAPITEL

Cynthia vermisste ihren Vater, sie vermisste ihre ferne Mutter in Kanada und sogar ihre Brüder, die so gut wie nie aus London nach Liverpool kamen. Das Studium zog sich mit etlichen Prüfungen und Praktika in die Länge. Besonders die Zeit, die sie als Hospitantin an einer vornehmen Mädchenschule verbringen musste, wurde ihr zur Qual, weil da vierzig Augenpaare nur darauf warteten, dass sie einen Fehler beging. Manchmal hatte sie das Gefühl, dass John der einzige Mensch war, der sich etwas aus ihr machte.

Doch erst drei Tage nachdem er den Vertrag mit Brian Epstein unterschrieben hatte, erzählte er ihr davon.

»Seltsam«, sagte er, »ich habe so einen Menschen wie diesen Epstein noch nie getroffen, so vornehm, so seriös, er kommt aus einer ganz anderen Welt … doch ich vertraue ihm, und …« Er schwenkte ein Stück Papier. »… stell dir vor, Epstein hat unsere Konzertpläne abgetippt. Hier unsere Konzerte für diesen Monat, und …« Er lachte auf. »Er hat ganz fett darauf geschrieben: ›Bitte um pünktliches Erscheinen und keine Lederjacken.‹ Als wären wir nun seine Angestellten, dabei sind wir Musiker und spielen Rock 'n' Roll, aber das wird er noch lernen.«

»Dieser Epstein hat offenbar Geschmack.« Cynthia war ein wenig enttäuscht, dass sie nun wie beiläufig von dieser besonderen Nachricht erfuhr. »Werde ich ihn auch einmal kennenlernen?«

»Morgen«, erwiderte John und freute sich offenkundig über ihr überraschtes Gesicht. »Brian will sich bei unseren Angehörigen vorstellen. Er war schon bei Georges Vater und ist heute bei Paul. Morgen kommt er Mimi besuchen, und ehrlich, es wäre schön, wenn du dabei wärst.«

Sie hatte einen viel älteren Mann erwartet, aber Brian Epstein, der einen Tag später am Nachmittag in Mendips vor der Tür stand, war allenfalls ein paar Jahre älter als John. Er trug einen teuren Anzug, darunter ein weißes Hemd mit einem großen Kragen und eine graue Krawatte, er war sauber rasiert, und ihn umwehte ein sanfter Parfümduft, und sowohl bei Mimi als auch bei Cynthia deutete er eine leichte Verbeugung an.

Es überraschte Cynthia nicht, dass Mimi so ein galantes Verhalten zu gefallen schien.

»Sie sind also dieser Impresario?«, sagte Johns Tante und

sprach das Wort italienisch aus. Cynthia hatte es noch nie gehört.

Brian Epstein lächelte, während er sich zum Tee in die Küche geleiten ließ. Selbst John hatte es sich nicht nehmen lassen, sich ein frisches weißes Hemd anzuziehen.

»Nun, so würde ich mich selbst nicht nennen, Misses Smith.« Er wartete, bis Mimi sich gesetzt hatte, dann nahm auch er Platz. »Ich wollte mich bei Ihnen vorstellen. Ich möchte Ihren Neffen und die Band unterstützen. Die vier Jungs sind wirklich überaus talentiert. Sie können sich glücklich schätzen, so einen begabten Neffen zu haben.«

»Nun ...« So sehr Mimi dieses Lob offenkundig gefiel, ganz so einfach hinnehmen konnte sie es nicht. »Ich schätze Musik wirklich sehr, richtige, klassische Musik, Opern zum Beispiel, aber nicht so ein Gedudel.«

Cynthia bemerkte aus den Augenwinkeln, wie John das Gesicht verzog. Mimi hatte nicht die geringste Ahnung, was für eine Musik die Beatles spielten, sie hatte noch nie auch nur einen Song gehört, geschweige denn ein Konzert besucht.

»Ich halte mich ebenfalls – wie Sie – für einen Liebhaber klassischer Musik«, erwiderte Brian Epstein, kein bisschen verlegen, »aber es gibt eben auch andere, moderne Musik, Musik, wie John und seine Band sie spielen. Den Menschen – besonders den jungen – gefällt diese Musik, sie nehmen etwas Neues darin wahr, Aufbruch, ja, auch Rebellion.

Aber ich bin sicher, wir werden noch mehr Menschen erreichen. Das kann ich Ihnen versichern.« Zum ersten Mal streifte sein Blick auch Cynthia.

»John und die Band sind immer besser geworden, ihre Songs sind … mitreißend«, wagte Cynthia hervorzubringen.

Mimi schnaufte und machte eine abwehrende Handbewegung. »Was weißt du denn, Cynthia? Du bist eine Zeichenlehrerin, na, bestenfalls, falls du die Prüfung schaffst, woran ich so meine Zweifel habe.«

»Hör auf, Tante«, sagte John. »Brian ist nicht vorbeigekommen, um sich irgendwelche Streitigkeiten anzuhören.«

»Ich streite mich mit niemandem.« Mimi führte ihre Teetasse zum Mund, ohne jedoch zu trinken. »Ich habe deiner nichtsnutzigen Freundin nur gesagt, dass sie eine Zeichenlehrerin ist … na, vielleicht werden wird. Von Musik versteht sie bestimmt nichts.«

»Eine Kunsterzieherin.« Cynthia war kurz davor aufzuspringen. »Vielen Dank. Aber das wusste ich schon.«

Brian Epstein räusperte sich, dann sah er Mimi mit seinen forschenden dunklen Augen an. »Es wird möglicherweise von Interesse für Sie sein, wie es mit der Band weitergehen soll. Mein Plan sieht vor, die Jungs ins Studio zu bringen. Schallplattenaufnahmen, daran führt heutzutage kein Weg vorbei. Wie Sie vielleicht wissen, führe ich auch – recht erfolgreich, wie ich mir erlaube hervorzuheben – einen großen Schallplatten-Store in der City von Liverpool. Wir werden mittelfristig eine Schallplatte aufnehmen. John und Paul haben ja bereits begonnen, eigene Songs zu schreiben. Dann werden wir als nächsten Schritt zu Radiostationen gehen, danach zu Fernsehsendern. So sehen meine Pläne für Ihren Neffen und die Band aus.«

»Fernsehsender?«, wiederholte Mimi ungläubig.

Epstein nickte. »Gewiss. Ohne die Unterstützung durch das Fernsehen kommt man in diesen Zeiten nicht mehr so ohne Weiteres in die Charts. Dazu ...« Er bedachte John mit einem leicht spöttischen Seitenblick. »... werden die Herren ihr Outfit ein wenig ändern müssen, aber darüber haben wir schon gesprochen.«

Genau neunzig Minuten währte Epsteins Besuch. Dann erhob er sich, um sich zu verabschieden. Er war mit dem Taxi gekommen, und nun, vermutlich weil er es bereits vorbestellt hatte, fuhr wie von Geisterhand ein zweites Taxi vor.

John und Cynthia begleiteten ihn zur Straße.

»Deine Tante ist eine besondere Persönlichkeit, John«, sagte Epstein, bevor er einstieg. Dann holte er noch einen Umschlag hervor. »Hier die aktualisierte Liste der Konzerte«, fügte er hinzu. »Und ich habe mir auch erlaubt, einen Termin bei einem Schneider zu machen. Die Band braucht eine einheitliche, elegante Kleidung. Wäre schön, wenn ihr das schon einmal unter euch besprechen würdet.«

Mit einem letzten Lächeln, das an Cynthia gerichtet war, stieg er in das Taxi.

»Ich mag Brian«, sagte Cynthia, während der Wagen Richtung Innenstadt fuhr. »Und ich hoffe, er mag mich auch.« Dann jedoch brach es aus ihr heraus. »Nur deine Tante ertrage ich nicht mehr! Wie sind wir nur auf die Idee gekommen, dass es mit ihr gut gehen könnte? Gleich morgen suche ich mir irgendwo ein Zimmer. Keinesfalls bleibe ich länger unter dem Dach dieses Ungeheuers!«

John küsste Cynthia auf die Wange. »Okay«, sagte er, »such dir ein Zimmer. Dann kann ich dich besuchen, wann immer wir wollen, und wenn Brian uns richtig reich gemacht hat, mieten wir uns eine eigene Wohnung.«

Doch in Liverpool ein bezahlbares Zimmer zu finden war für eine junge, unverheiratete Frau ohne eine gut bezahlte Arbeit schier unmöglich. Immerhin schaffte Cynthia es, Mimi aus dem Weg zu gehen, und John war mehr denn je beschäftigt. Brian hatte nicht zu viel versprochen; er hatte einerseits die Werbetrommel gerührt, immer mehr Konzerte standen auf seinen ordentlich getippten Terminplänen, andererseits gelang es ihm, die Gagen für die Auftritte nach und nach in die Höhe zu treiben, so dass die Band endlich etwas Geld in der Kasse hatte.

Und dann besorgte er den Beatles sogar einen Vorspieltermin in London bei der berühmten Plattenfirma Decca, und zwar ausgerechnet am ersten Tag des Jahres 1962. So sehr Cynthia sich darüber freute – so enttäuscht war sie, Silvester allein in Mendips zu verbringen. Mit Phyl oder Dot wegzugehen hatte sie auch keine Lust.

Allein lag sie im Bett, starrte an die Decke, hörte unten Mimi hantieren, was immer irgendwie vorwurfsvoll und abweisend klang, und dachte an John. Wenn man am 1. Januar so eine Chance bekam, konnte es nur ein gutes Zeichen sein, oder etwa nicht?

Bevor er abgefahren war, hatte John ihr ein paar Songs vorgespielt, die er zusammen mit Paul geschrieben hatte. Seine Stimme war immer besser und sicherer geworden, die Melodien wirkten ausgereifter, und ja, alle Songs handelten von der Liebe, also von John und ihr und von Millionen anderer junger Männer und Frauen, die sich gleichfalls liebten. Johns Art und Weise, darüber zu schreiben, traf einen Nerv, wie Cynthia meinte, es war einfach ausgeschlossen, dass die Beatles in London keinen Plattenvertrag bekommen würden.

Am 2. Januar kehrte John bereits wieder zurück, und sie konnte seiner Miene an der Tür ansehen, dass es nicht optimal gelaufen war.

»Wir waren wohl zu nervös«, sagte er. »Verdammt, meine Stimme hat gezittert, und George war auch nicht in Bestform. Er hat sich ausgerechnet bei einem Intro zweimal verspielt, was ihm sonst nie passiert.«

»Sie wollen euch wirklich keinen Vertrag geben?« Obschon Mimi jeden Moment auftauchen konnte, hatte Cynthia ihn fest in den Arm genommen und auf den Mund geküsst.

»Nicht schlecht, haben sie gesagt, und wir sollen warten, bis sie sich melden, doch ehrlich … Ich glaube nicht, dass sie uns einen Vertrag geben werden. Aber egal … Brian wird eine andere Chance für uns auftun.«

28. KAPITEL

Liverpool/Hamburg, Frühjahr 1962

Mit Brian an ihrer Seite liefen die Dinge schon bald komplett anders. John hätte nie gedacht, dass er einmal in einem Anzug auftreten würde, aber er tat es, wenn auch widerwillig; und die Zeit, dass sie auf der Bühne rauchten, Bier tranken und herumalberten, war auch vorbei. Selbst Paul tauchte zu allen Konzerten pünktlich auf, und ihre Songs spielten sie kurz und kompakt, keine langen Soli mehr oder Improvisationen, wie es ihnen in den Sinn kam.

Brian informierte sie jede Woche, wie es um ihre Einnahmen stand und welche neuen Konzerte er für sie akquiriert hatte. Nur von der Decca in London hörten sie nichts.

Erst im März, kurz bevor sie wieder nach Hamburg aufbrachen, diesmal in den angesagten Star-Club, kam die endgültige Absage.

»Reine Gitarrenbands sind out, haben die in London gemeint.« Brian gab sich keine Mühe, ein verächtliches Lächeln zu unterdrücken. »Dabei gibt es überall neue Gitarrenbands, aber gut, wenn die Decca-Leute das meinen, sollen sie nur. Ich hebe jedes Ablehnungsschreiben auf. Irgendwann wird es ihnen leidtun, glaubt mir.«

Es tat John gut, zu hören, wie spöttisch Brian, dieser seriöse englische Geschäftsmann, sein konnte.

»Ich habe einen sehr guten Kontakt zu einem Producer in London«, fuhr Brian fort. »Und ich habe das letzte Konzert mitschneiden lassen und daraus eine Vinylpressung produzieren lassen. Ja ...« Er blickte Paul an, der ungläubig aufschaute. »... das hat mich eine Stange Geld gekostet, aber die Aufnahmen sind hervorragend geworden. Diese Platte habe ich meinem Kontaktmann geschickt. Nun müssen wir nur noch ...«

»... abwarten«, fiel John ihm ins Wort.

»Genau, abwarten.« Brian lächelte. »Auch wenn es euch schwerfällt, aber den richtigen Zeitpunkt abzuwarten ist mit das Wichtigste. Das richtige Timing ist alles, und damit ihr seht, dass ich für meine lausigen fünfundzwanzig Prozent wirklich eine Menge für euch tue – hier noch etwas.« Er griff in die Innentasche seines Jacketts und zog vier Umschläge hervor. »Die Zeit der beschwerlichen Reisen ist nun für euch vorbei. Vier Flugtickets nach Hamburg. Vom Manchester Airport aus. Diesmal seid ihr auch ordentlich untergebracht. Der Boss vom Star-Club übernimmt alle

Kosten, hat mich ein zwanzigminütiges, ziemlich teures Telefonat gekostet, ihn davon zu überzeugen.«

Es war der erste Flug seines Lebens. George sollte einen Tag später nachkommen. Sie hatten allerdings den Verdacht, dass er Flugangst hatte und nicht wollte, dass sie sahen, wie er im Flugzeug schwitzte und sich in seinem Sitz festhielt. John hatte sich so platziert, dass er aus dem Fenster schauen konnte. Paul saß neben ihm, dann Pete. Brian hatte sich einen Sitz in einer anderen Reihe gebucht.

»So läuft es mit uns«, sagte Paul, während die Maschine auf das Rollfeld rumpelte. »Es geht immer aufwärts. Weißt du noch, wie wir das erste Mal nach Hamburg gefahren sind? In Allans altem Van – und nun?« Er breitete die Hände aus und lächelte. »Wir sind in einem Flugzeug und starten durch!«

Einen Moment später röhrten die Motoren auf, und das Flugzeug beschleunigte, um kurz darauf abzuheben.

Ja, sie würden in Hamburg wieder erfolgreiche Konzerte geben, keine Frage, aber Brian hatte recht. Es war wichtig, bald einen Plattenvertrag zu bekommen. Nachdem die Decca abgesagt hatte, war John so wütend gewesen, dass er kurz davor war, seine Gitarre zu zertrümmern. Was für ein Schwachsinn, dass die Leute keine Gitarrenbands mehr sehen wollten! Was waren The Shadows, die überall gefeiert wurden? Eine reine Gitarrenband!

Während Paul in einem Magazin blätterte, schloss John die Augen. In Hamburg, bei ihrem ersten Trip, waren sie eine echte Band geworden, doch nun freute er sich vor allem darauf, Stu und Astrid wiederzusehen. In jedem seiner Briefe war Stu euphorischer geworden, wie sehr er Astrid liebte und wie großartig sein Studium an der Kunsthochschule verlief. Er hatte dort einen Professor gefunden, der seine Arbeiten schätzte, und er hatte sogar schon ein paar Bilder verkauft. Aber das war kein Wunder. Stuart war der klügste Mensch, den John kannte. Er war ein wirkliches Genie, auch wenn er sicher nicht der beste Bassist gewesen war. Vielleicht – wenn sie erst einen Plattenvertrag hatten und jemanden brauchten, der ihr Cover gestaltete, würde er Brian überreden können, ein Bild von Stu zu nehmen.

Paul neben ihm war eingeschlafen und wachte erst wieder auf, als sie zur Landung ansetzten. Dann hob er die Arme wie ein Fußballer, der soeben ein Tor geschossen hatte, und rief: »Die Beatles back in Hamburg.«

John bemerkte Astrid sofort, als sie den Ausgang erreicht und ihr Gepäck aufgenommen hatten. Klein und zart stand sie ein wenig abseits in ihren üblichen schwarzen Klamotten da. Sie schaute John an, doch kein warmes Lächeln glitt über ihre Züge, und sie war allein. Wo war Stuart abgeblieben?

John eilte auf sie zu. »Was ist los?«, fragte er, während er sie umarmte und auf die Wange küsste.

Astrid schob ihn ein wenig von sich und schaute ihn an. Noch nie hatte er so traurige Augen gesehen. Tränen glänzten darin. Dann räusperte sie sich. Er konnte die Worte, die sie sagte, verstehen, weil sie auf Englisch gesprochen waren – und konnte es doch nicht.

»Stu ist tot«, sagte sie. »Er ist vor zwei Stunden gestorben. Auf dem Weg ins Krankenhaus.«

John schnappte nach Luft wie ein Fisch auf dem Trockenen, dann hörte er, wie jemand hysterisch lachte. Paul vielleicht, der vermutlich einen Schritt hinter ihm gestanden hatte. Dann erst fiel ihm auf, dass er selbst es war, der völlig konfus und irritiert lachte. »Das kann nicht sein!«, stieß er dann hervor. Sein Lachen war als vollkommen unpassender Laut zum Glück verklungen. »Stu kann unmöglich tot sein.«

Astrid starrte ihn weiter an. Sie hatte auch bei seinem Lachen keine Miene verzogen. Zwei Tränen wie durchsichtige Perlen rannen ihr über die Wangen. »Ich habe seine Hand gehalten«, flüsterte sie heiser. »Ich war dabei, als er gestorben ist.«

Ein Schluchzen schüttelte sie. Ihre Knie schienen nachzugeben, und John fing sie auf und drückte sie an sich. Es war, als hätte er eine große Puppe im Arm.

»Das kann nicht sein!«, rief er wieder, nun umringt von

Paul, Pete und Brian. »Man kann doch nicht einfach so sterben!«

»Doch«, flüsterte Astrid. »Man kann einfach so sterben, und am liebsten würde ich das auch tun. Wie soll ich weiterleben ohne Stu?«

»Du musst!« John schüttelte sie. »Du musst weiterleben. Hörst du!« Wut überkam ihn, eine Wut auf alles, auf den toten Stu, auf Astrid, auf diese verdammte Welt, in der so etwas geschehen konnte. Aber das war eigentlich nichts Neues – auch seine Mutter war einfach sinnlos gestorben.

Brian schob John beiseite, er strich Astrid behutsam über die Schulter und zog sie sanft an sich. »Wir sollten erst einmal ins Hotel fahren«, erklärte er behutsam. »Und dann sprechen wir. Ist das in Ordnung?«

Astrid nickte. Wie ein verwirrtes Kind ließ sie sich von Brian zu einem Taxi führen.

Wenig später erfuhren sie, dass Stu vermutlich an einer Gehirnblutung gestorben war. Er hatte schon seit Jahren immer wieder unter heftigen Kopfschmerzen gelitten.

Am nächsten Abend standen sie trotzdem auf der Bühne. Der Star-Club lag genau wie der Indra Club, in dem sie zuerst gespielt hatten, auf Sankt Pauli, aber er war eindeutig die angesagteste Adresse in Hamburg. Astrid saß in der ersten Reihe. Sie hatte Klaus Voormann mitgebracht, den sie wegen Stu verlassen hatte. John schaute die beiden an, als er auf die Bühne ging, und nickte ihnen zu.

»Dieses Konzert«, sagte er, bevor sie mit ihrem ersten Song loslegten, ins Mikrophon, »spielen wir für unseren toten Freund Stuart Sutcliffe. Er war Musiker, Maler, ein Genie. Ich werde ihn nie vergessen.«

Nach diesem Auftritt im Star-Club verschwand Astrid für die nächsten drei Wochen. Als John vor ihrer Tür stand, öffnete sie ihm nicht, obschon er das Gefühl hatte, dass sie zu Hause war. Auch an Stuarts Beerdigung in Liverpool hatte sie nicht teilgenommen, wie er von Cynthia erfahren hatte.

Als sie dann wieder im Star-Club auftauchte, wirkte sie noch zarter als sonst. Sie war allein und saß rauchend hinten im Saal, doch John entdeckte sie sofort, obwohl er auch in Hamburg auf der Bühne nie eine Brille trug.

Nach dem Auftritt gingen sie zu den Landungsbrücken hinunter. Es war warm, eine milde Hamburger Frühlingsnacht. Die Schiffe am Kai waren erleuchtet, Tanzmusik wehte von einem Ausflugsdampfer herüber.

»Ich werde mich nie davon erholen, Stu auf diese Weise verloren zu haben«, sagte Astrid. »Und wenn ich achtzig Jahre alt werde. Niemals!«

John wusste nicht, was er antworten sollte. In der ersten Woche nach Stuarts Tod hatte er Paul die meisten Gesangparts überlassen. Er hatte das Gefühl gehabt, keine Stimme mehr zu haben, und wenn er einmal sang, kam er sich heiser vor, als hätte er zu viel getobt und geschrien. Und das hatte er auch, aber stumm in sich hinein, wenn er nachts in seinem Zimmer über dem Star-Club lag, voller Wut auf die Welt, auf all die Verluste, die er bereits erlitten hatte. Dann, nach einer Woche, hatte er an Cynthia gedacht, dass er sie auf keinen Fall verlieren wollte, und hatte ihr einen langen Liebesbrief geschrieben, der mit »You know I love you« begann und endete. Irgendwie war danach seine Stimme zurückgekehrt, und er hatte wieder singen können.

»Es kommt darauf an zu leben, nicht zu sterben«, sagte er zu Astrid und ergriff ihren Arm. Sie entzog sich ihm nicht, blieb aber auch nicht stehen, sondern ging langsam weiter auf das Wasser zu. »Irgendwann werden wir sterben, vielleicht morgen, vielleicht in zehn oder vierzig Jahren, aber vorher müssen wir leben.«

»Ja«, sagte sie, »du hast recht, aber es ist so schwer. Ich habe die letzten Tage nur in meinem Zimmer gesessen, bei Kerzenlicht, und habe die Fotos angeschaut, die ich von Stu gemacht habe. Warum stirbt jemand, der gerade einmal einundzwanzig Jahre alt ist?«

Darauf hatte John keine Antwort.

»Ich glaube nicht an Gott«, sagte er schließlich, als sie direkt vor der Elbe standen und sich ihre Schatten im matten Licht einer Laterne auf dem Wasser spiegelten. »Aber ich glaube an das Leben und daran, dass alles seinen eigenen Sinn hat. Der Sinn in meinem Leben ist die Musik, und bei dir sind es deine Fotos. Du hast die schönsten Fotos gemacht, die es von der Band jemals geben wird. Glaube mir.«

Astrid nickte, dann ließ sie seinen Arm los und lief ein Stück voraus. Für einen Moment dachte er, sie würde sich ins Wasser stürzen, doch sie lehnte sich nur an eine Laterne und blickte in die Dunkelheit über dem Fluss.

29. KAPITEL

Liverpool, Frühjahr 1962

»Stuart ist tot.« Sie vernahm Johns Stimme aus weiter Ferne. Er stand irgendwo in Hamburg in einer Telefonzelle. Das Rauschen des Verkehrs war im Hintergrund zu hören. »Ich hoffe, dir geht es gut? Dir geht es doch gut, oder?«

»Ja, mir geht es gut«, versicherte sie eilig, auch wenn es nicht stimmte, aber sie kannte seine Verlustängste. Nach seiner Mutter, seinem Onkel war nun wieder ein für ihn wichtiger Mensch gestorben.

»Wir müssen hier unsere Konzerte geben«, redete er weiter, »deshalb kann ich nicht kommen, wenn Stu in Huyton beerdigt wird. Selbst in den Zeitungen hier hat etwas über ihn gestanden und warum wir weiter auftreten. Kannst du dir das vorstellen?«

»Du warst Stus bester Freund. Er würde verstehen, dass

du nicht zu seiner Beerdigung kommst. Wir können später gemeinsam an sein Grab gehen.« Sie versuchte, John zu trösten, und wusste, wenn er eines nicht ertragen konnte, dann waren es Trauerfeiern. Das war schon beim Tod seiner Mutter Julia so gewesen, was seine Tante ihm immer noch vorwarf.

Er wollte noch weiter von Hamburg erzählen, doch das Gespräch brach plötzlich ab. Vermutlich war ihm das Kleingeld ausgegangen. Cynthia hatte keine Nummer, um ihn zurückzurufen, aber wahrscheinlich war es auch besser so. Stuarts Tod hatte John so hart getroffen, da hätte sie ohnehin kaum über sich sprechen können.

Die Wahrheit war: Sie hielt es nicht mehr bei Mimi aus. Tag für Tag wurde sie herumkommandiert und wie eine billige Hausangestellte behandelt.

Wenige Tage nach Johns Anruf zog sie zu ihrer Tante Tess, die um ihre Sorgen wusste und ihr ein kleines Zimmer angeboten hatte, bis sie etwas Eigenes fand. Wenig später mietete Cynthia dann für fünfzig Shilling eine Unterkunft in einem heruntergekommenen Reihenhaus, das in der Nähe des Art College lag. Kein gemütliches Heim, sondern ein schäbiges Zimmer mit einem Radiator als Heizung und einer winzigen Kochplatte. Das Bad lag auf dem Gang und wurde noch von anderen benutzt, und für ein wenig warmes Wasser musste man Geld in einen Automaten einwerfen. Aber immerhin hatte sie es endlich geschafft, Johns Tante zu entkommen. Es war ohnehin eine dumme Idee gewesen, bei ihr einzuziehen.

Im Nebenzimmer wohnte eine alte Frau, die viele Katzen hütete. Immer wenn sie die Tür öffnete, drang bestialischer Gestank heraus. Mit ihr reden wollte die Alte offensichtlich nicht, obschon Cynthia sich bei ihrem Einzug ordentlich bei ihr vorgestellt hatte, aber sobald sie Anstalten machte, das Haus zu verlassen, lag ihre Nachbarin auf der Lauer und beobachtete sie durch die einen Spaltbreit geöffnete Tür.

Cynthia hatte schon das Gefühl, nach Tante Mimi nun von ihrer seltsamen Nachbarin kontrolliert zu werden, als die Alte eines Tages plötzlich verschwunden war. Das Zimmer war verlassen und ausgeräumt, keine alte Frau mehr, keine Katzen, kein Gestank. Vielleicht war sie in ein Altenheim gezogen oder plötzlich gestorben.

Einen Moment dachte sie daran, John nach seiner Rückkehr zu überreden, dort einzuziehen. Dann wäre ihre Zeit der Einsamkeit endlich vorbei, aber wahrscheinlich würde er noch einige Zeit brauchen, bevor er sich von seiner Tante trennen könnte. Als sie jedoch Dot fragte, ob sie nicht von zu Hause ausziehen wolle, war Pauls Freundin von dieser Idee sofort begeistert. Allerdings musste sie ihre Eltern überzeugen, dass sie alt genug war, auf eigenen Beinen zu stehen. Nach einem Wochenende, das Dot damit verbrachte, sie von morgens bis abends zu bearbeiten, willigten ihre Eltern schließlich ein. Dot zog in das kleinere Zimmer, während Cynthia in den Raum der Katzenfrau übersiedelte.

Eine Woche brauchten sie, um zu streichen und aufzuräumen. Die Wände in dem Katzenzimmer waren fleckig und voller Schimmel, doch vor allem Dot war mit größtem Eifer bei der Sache. Sie malte sich immer wieder aus, wie Paul reagieren würde, wenn er hörte, dass sie ihre eigene Bleibe hatte und sie sich sehen konnten, wann immer sie wollten.

»Paul ist so sanft und verständnisvoll, aber er kann sich nicht gegen seinen Vater wehren. Wir sind nie richtig allein, wenn Mister McCartney im Haus ist. Es wird himmlisch sein, ein eigenes Zimmer zu haben – ohne einen Vater, der uns kontrolliert.«

»Dabei seid ihr doch verlobt«, meinte Cynthia spöttisch, aber im Grunde ging es ihr genauso wie Dot. Da weder Paul noch John es bisher geschafft hatten, eine eigene Wohnung zu mieten, hatten sie ihnen eben zuvorkommen müssen.

»Wollen wir nicht ein Fest veranstalten, wenn die Boys aus Hamburg zurückkommen?«, fragte Dot an ihrem ersten Abend, als sie alle Sachen verstaut hatten und richtig in die beiden Zimmer eingezogen waren.

»Ich weiß nicht. Stuarts Tod hat John sehr mitgenommen – keine Ahnung, ob so ein Fest nicht zu früh kommt«, erwiderte Cynthia.

»Okay, vielleicht hast du recht.« Dot hatte Stuart nur einmal getroffen, als er Anfang des Jahres zu einer Stippvisite in Liverpool gewesen war. »Trotzdem sollten wir genug Bier dahaben, wenn die beiden uns besuchen. Und Chips und Kerzen und …« Dot lächelte und rollte mit den Augen. Ihr war unschwer anzusehen, wie sie sich ein Wiedersehen mit Paul vorstellte.

Anfang Juni war es dann so weit, die Band kehrte aus Hamburg zurück. Cynthia hatte John geschrieben, so dass er nicht überrascht war, dass sie nicht mehr in Mendips bei seiner Tante wohnte. Er kam noch am selben Tag und war an einem Fest tatsächlich gar nicht interessiert. Er küsste sie und zog sie aus. Momente später lagen sie in ihrem Bett mit einer neuen Matratze, die sie sich geleistet hatte. Erst danach erzählte John von Hamburg.

»Es war absolut great, Cyn. Wir waren so gut. Der Star-Club ist eine super Location. Es gab auch nicht so viele Schlägereien wie im Indra Club oder im Kaiserkeller. Über dem Club hatten wir eine richtige Wohnung mit einem Bad und einer Dusche. Wenn ich daran denke, wie wir bei unserem ersten Trip in Hamburg gehaust haben. Großer Gott, was für ein Unterschied!«

Erst als sie nach Astrid fragte, wurde John ernst.

»Sie ist richtig zusammengefallen. Ganz mager ist sie. Ich habe sie nur drei-, viermal getroffen. Wahrscheinlich hat sie es nicht ertragen, uns auf der Bühne zu sehen und unsere Songs zu hören. Sie hat Stu wirklich geliebt – genau wie ich. Millie, Stus Mutter … sie ist nach Hamburg gekommen, um ihn zu überführen. Ich habe sie kurz gesehen, aber trösten konnte ich auch sie nicht.«

»Wir können bald zu seinem Grab gehen, wenn du möchtest.«

John nickte, dann schliefen sie erneut miteinander, und nun war es wirklich wie eine Heimkehr. John ließ sich Zeit, er küsste sie am ganzen Körper. »Wie habe ich dich vermisst«, flüsterte er, und sie tat es ihm gleich, küsste erst seine Brust und wanderte mit ihrem Mund langsam tiefer, wie er es liebte.

»Wir dürfen uns niemals allein lassen«, sagte er hinterher, als sie gemeinsam eine Zigarette rauchten. »Nicht, wenn wir es nicht beide wollen, verstehst du?«

Natürlich verstand sie ihn, und dann sprach er von seiner Mutter, erzählte Cynthia seine Geschichten von ihr, die sie alle schon kannte, wie sie ihm Banjospielen beigebracht und wie ihre Stimme geklungen hatte, immer hell und voller Freude, und dass sie überall, wo sie gearbeitet hatte, den Männern den Kopf verdreht hatte, weil sie so hübsch und lebenslustig gewesen war. Er begann »Love Me Tender« von Elvis zu singen, danach »Hello Little Girl«, einen Song, den er selbst geschrieben hatte.

»Wir werden immer besser, wir sind inzwischen richtig aufeinander eingespielt und können viel besser aufeinander eingehen, wenn einer von uns beim Auftritt eine Idee für etwas Neues hat.« Nackt stand er im Bett und bewegte seine Hände so, als würde er eine Gitarre halten. »Und wir haben in unserem Repertoire immer mehr eigene Songs. Es wird echt Zeit, dass wir eine Schallplatte aufnehmen. Brian hat etwas arrangieren können. Nächste Woche fahren wir wieder zu einer Plattenfirma nach London. Und ich sag dir was, Cyn, diesmal wird es klappen, diesmal werden sie uns einen Vertrag geben. Und wenn nicht ...« Er grinste.

»Und was, wenn nicht?«

Er ließ sich auf sie fallen und küsste sie auf den Mund. »Dann spielen wir auf der London Bridge und bringen sie mit unserem Sound zum Einsturz.«

30. KAPITEL

Ihr müsst wissen«, sagte Brian auf dem Weg nach London, »dass Parlophone eigentlich ein Jazzlabel ist, aber George Martin, der Producer … Nun, ich habe ihn zweimal besucht, zuletzt, als ihr in Hamburg wart … Er mag eure Musik, und er ist der beste Producer, den ich kenne. Also versaut es nicht.«

»Versaut ist ein Wort, das vornehme Menschen wie du nicht aussprechen sollten.« John lächelte. »Aber wir werden gut sein. Keine Sorge.«

Der Mann, der ihnen in dem Studio mitten in London gegenübertrat, sah aus, als würde er gleich auf eine Beerdigung gehen wollen. Er trug ein weißes Hemd mit einer schwarzen Krawatte und eine ebenfalls schwarze Hose. Er begrüßte jeden von der Band mit einem kräftigen Händedruck. »Ihr seid also die Jungs aus Liverpool mit diesem lächerlichen Bandnamen. Ich konnte es erst gar nicht glauben, als Brian meinte, ihr hättet euch die Beatles genannt.«

»Wir sind die Beatles«, erwiderte John ein wenig ungehalten. »Und was ist mit diesem Namen nicht in Ordnung?«

Martins hageres Gesicht verzog sich, ein beinahe schmerzhaftes mattes Lächeln breitete sich auf ihm aus. »Er klingt nicht gut. Das ist alles, aber wichtig ist ja die Musik, die ihr macht, oder? Und übrigens schätze ich bei meiner Arbeit, wenn man mir sagt, was einem an mir nicht gefällt.«

»Ihre Krawatte …« George lachte auf. »Ihre Krawatte ist langweilig und öde. Sie gefällt mir nicht.«

Diese Bemerkung trug ihm einen dunklen Blick von Brian ein.

»George ist der Beste«, erklärte Brian und wiederholte das, was er schon im Zug auf dem Weg nach London gesagt hatte. »Und er ist selbst ein begnadeter Musiker. Er spielt Klavier und …«

»Wir sollten an die Arbeit gehen«, unterbrach George Martin ihn. »Ich habe mir die Platte angehört, die Brian mir geschickt hat. Mir gefällt, dass ihr nicht nur einen Sänger habt, und ich mag euren Sound, sehr roh, ungeschliffen, unverfälscht. Am liebsten würde ich euer eigenes Material hören, keine Songs von Elvis oder Chuck Berry oder wem auch immer. Wenn ich unbedingt Elvis hören will, lege ich eine Platte von ihm auf. Da brauche ich keine andere Band, die sich an seinen Songs versucht.«

»Alles klar.« John nickte George Martin herausfordernd zu.

Dann gingen sie an ihre Instrumente, die Brian schon vorausgeschickt hatte. Sie spielten fünf eigene Songs, zuletzt »Love Me Do«, einen Song, zu dem Paul die Idee gehabt hatte, die John und er dann gemeinsam ausgearbeitet hatten.

Während sie spielten, wurde John den Eindruck nicht los, dass etwas nicht stimmte. Ihm kam mit jedem Stück mehr das Gefühl abhanden, ob sie gut waren oder nicht. George Martin saß da und hörte sie an, ohne auch nur ein einziges Mal die Miene zu verziehen oder einen Kommentar abzugeben.

Am Ende stand er auf, gab Brian die Hand und rief ihnen, die noch vor den Mikrophonen standen, einen kurzen Dank zu. »Nicht schlecht, Jungs. Ich melde mich bei euch.«

Auf der Rückfahrt nach Liverpool machte John seinem Ärger über diesen Kommentar Luft. »Was heißt denn ›Ich melde mich bei euch‹? Wer sind wir denn, irgendwelche Amateure von der Straße? Wir sind die Beatles, Mann. Wir haben ganz Hamburg aufgemischt. Nächste Woche steigt im Cavern Club unser großes Konzert, mit dem wir unsere Rückkehr nach Liverpool feiern. Was glaubt dieser Martin, wie lange er uns hinhalten kann!«

Brian rauchte genüsslich eine Zigarette. »George ist ein Profi durch und durch, und ihr wart nicht schlecht, aber eben auch nicht brillant. Doch er wird euch eine Chance geben. Da bin ich mir sicher.«

»Ich mag diesen Martin«, sagte George. »Er hat Humor. Er hat es mir nicht krummgenommen, dass mir seine Krawatte nicht gefallen hat.«

»George Martin hat vor allem ein absolutes Gehör.« Brian drückte seine Zigarette aus. »Aber was hätte er denn sagen sollen. Ihr seid die Größten? Ihr könnt nicht mehr besser werden? So ist es ja auch nicht.«

»Wenigstens hat er nicht gesagt, dass Gitarrenbands out sind«, erklärte Paul. »Oder dass wir komisch aussehen oder so was.«

»Stimmt ja auch nicht«, meinte Pete, der wie üblich die ganze Zeit geschwiegen hatte.

Im Cavern Club stieg dann ihr Konzert zur Rückkehr nach Liverpool. Schon von Weitem konnten sie die Schlange vor dem Club sehen.

»Warum hat niemand einen Fotoapparat dabei?«, sagte John zu Cynthia, die sich bei ihm eingehakt hatte. »Sieht das nicht großartig aus? Diese Leute sind alle gekommen, um uns zu hören.«

»Brian hat auch ein paar Interviews mit der Presse ausgemacht.« Paul hielt seine beiden Hände so vor sein Gesicht, als würde er mit der einen eine Kamera halten und mit der anderen immer wieder auf den Auslöser drücken. »Und dann sind wir auch bei einer Radiostation irgendwo in Schottland. Er macht wirklich einen guten Job.«

»Habe ich dir doch gesagt.« John konnte sich diese Bemerkung nicht verkneifen.

Bei diesem Konzert spielten sie zum ersten Mal beinahe genauso viel eigene Songs wie Coverversionen von Perkins, Elvis und anderen. Zuletzt sang John »Ain't She Sweet«, einen Song aus den zwanziger Jahren, von dem er wusste, dass er Cynthia besonders gefiel. Er versuchte auch, sie im Publikum auszumachen, aber es gelang ihm nicht, weil sich so viele junge Mädchen vorn an die Bühne gedrängt hatten. Doch sie würde wissen, dass sie gemeint war. Niemand sonst hätte es geschafft, ihm zu helfen, über Stuarts Tod hinwegzukommen. Bis heute träumte er beinahe jede Nacht von Stu, sie waren zusammen, tranken Bier, und in einem Traum waren sie in einem Boot auf einem Fluss unterwegs, vielleicht auf dem Mersey oder der Elbe, und mussten gegen starke Wellen anrudern. Stu lachte die ganze Zeit und trank Bier, doch plötzlich war er verschwunden, als wäre er einfach aus dem Boot gekippt und im Wasser versunken. So grausam konnte das Schicksal sein. In einem Moment lebte man noch, doch dann rauschte ein Auto heran, und eine Sekunde später lebte man nicht mehr. So wie es seiner Mutter passiert war. Oder etwas platzte im Gehirn, und alles kam zum Stillstand, und man verschwand in der ewigen Dunkelheit. Von Stus Mutter hatte John sich dessen marineblauen Schal erbeten, der schmutzig war und an manchen Stellen schon Risse aufwies, doch John trug ihn jeden Tag, gleichgültig, was er sonst anzog.

Und einmal, während er bei Cynthia in ihrem Zimmer lag, dachte er daran, wie er selbst sterben würde, und als sie die Frage stellte, die er eigentlich hasste – »Was denkst du?« –, antwortete er ihr ehrlich: »Ich denke an meinen Tod. Wie ich einmal sterben werde. Ob ich auch von einem Augenblick auf den anderen aus dem Leben gerissen werde wie Julia und Stu.«

Cyn beugte sich vor und küsste ihn auf den Mund. »Du bist viel zu jung, um zu sterben«, sagte sie, aber dann fiel ihr offenbar ein, dass auch Julia und Stuart eigentlich viel zu jung gewesen waren. Sie verzog das Gesicht und lehnte sich zurück. »Und wie möchtest du sterben?«, fragte sie dann.

Er überlegte einen Moment. »Vielleicht ist es gar nicht so schlecht, wenn man nicht todkrank ist, wenn man nicht für lange Zeit im Bett gelegen hat, zu alt und schwach, um sich zu bewegen. Also, am liebsten würde ich auf der Bühne sterben, mit meiner Gitarre in der Hand … Ich greife mir ans Herz und sinke zusammen und tue meinen letzten Atemzug, während mich Paul dumm anglotzt. Oder ich werde erschossen – jemand aus dem Publikum hat eine

Pistole und erschießt mich, weil ihm ein Song nicht gefallen hat.«

»Hör auf!«, sagte Cynthia ungewöhnlich barsch. »Das ist absurd. Wer sollte dich erschießen, bloß weil ihm ein Song nicht gefällt? Und komm ja nicht auf die Idee, so etwas mal auf der Bühne zu spielen, nur damit dich Paul dumm anglotzt.«

»Keine Angst«, sagte er. »Da würde ich zu viel Ärger mit Brian bekommen.«

Zwei Monate mussten sie warten, erst im Juni 1962 meldete sich Brian bei John und Paul und bat sie zu sich. Er hatte eine Antwort aus London von George Martin. Parlophone Records bot ihnen einen Plattenvertrag an.

John war so voller Freude, dass er aufsprang und Brian umarmte, der diese ungewohnte Geste starr über sich ergehen ließ. Dann, nachdem John sich wieder gesetzt hatte, richtete Brian seine Krawatte und meinte: »Es gibt allerdings ein Problem. George hat es nicht direkt gesagt, eines gefällt ihm an der Band aber ganz und gar nicht. Es ist Pete. George und ihr beiden, ihr seid großartige Musiker, aber Pete ist allenfalls Durchschnitt. George meint, ihr solltet darüber nachdenken, einen neuen Drummer in die Band aufzunehmen.«

John seufzte. »Aber dann müssten wir Pete feuern.«

Brian senkte kurz den Blick, seine Hände wischten über den leeren Schreibtisch vor ihm, er schien plötzlich unruhig. »Ich könnte versuchen, ihn bei einer anderen Band unterzubringen. Immer mehr Bands in Liverpool kommen zu mir und wollen von mir vertreten werden.«

Paul blickte ernst vor sich hin. »Wir haben auch schon darüber nachgedacht, ob Pete der Richtige ist, Brian. In Hamburg …« Er zögerte. »Wir wollten unseren Spaß haben, feiern, was wir erreicht haben, in Bars gehen und so, aber Pete … Er hat nie mitgemacht, und es stimmt, es gibt bessere Drummer als Pete. Wir haben auch schon mit einem zusammengespielt, nicht wahr, John?«

John spürte Pauls Blick auf sich. Pete war sein Freund, er war ihnen zu Hilfe gekommen, als sie verzweifelt nach einem Drummer gesucht hatten, und jetzt, wo die Band kurz davor war, Erfolg zu haben, sollten sie sich von ihm trennen? Fair war das nicht.

»Nicht wahr, John?«, wiederholte Paul.

Endlich sah John ihn an, dann wanderte sein Blick zu Brian. »Paul meint Ringo Starr … der bei Rory Storm & the Hurricanes spielt«, fügte er hinzu, falls Brian das nicht wusste. »Wir haben ihn in Hamburg getroffen, und da ist er zweimal für Pete eingesprungen.«

»Ringo hat es richtig drauf.« In Pauls Stimme lag ehrliche Begeisterung. »Er ist immer gut drauf und tut das, was ein Drummer tun soll. Er treibt die Band vor sich her, macht allen wirklich Dampf, und er sorgt für good vibrations.«

»Gut.« Brian nickte wie jemand, der zu einem wichtigen Entschluss gekommen war. »Ich spreche mit George Martin und hör mich mal um.«

31. KAPITEL

Liverpool, Juni 1962

Ihr war übel, mehrmals hintereinander am Morgen. Zuerst glaubte sie an eine Magenverstimmung, doch gleich mehrere Tage lang? Den Verdacht, der ihr dann kam, verdrängte sie gleich wieder. Ja, John und sie hatten wohl nie richtig verhütet, und seit sie ihr eigenes Zimmer hatte, war John fast jede Nacht bei ihr gewesen, wenn er nicht mit der Band unterwegs war. Aber dass sie nun schwanger war, konnte, oder besser, wollte sie nicht glauben.

Am liebsten wäre sie zu Dot hinübergegangen, um sich mit ihr zu beraten, doch als die vier Beatles kaum aus Hamburg zurückgekehrt waren, war Paul eines Mittags überraschend vorbeigekommen und hatte Knall auf Fall mit ihr Schluss gemacht – ohne jede Begründung, einfach so. Es hatte ungefähr fünf Minuten gedauert. Dot hatte mit Lockenwicklern im Haar – in dieser Situation hatte Paul sie überfallen – völlig aufgelöst dagesessen. Drei Tage später war sie zurück zu ihren Eltern gezogen, sogar ihren Verlobungsring hatte sie zurückgelassen.

Die Einzige, die Cynthia daher einen Rat geben konnte, war Phyl.

»Ich kenne eine Ärztin«, sagte Phyl zu ihr am Telefon. »Am besten gehst du gleich morgen zu ihr. Dann hast du Klarheit.«

»Kannst du nicht mitkommen?« Cynthia hatte sich noch nie so elend gefühlt. »John kann ich auf keinen Fall fragen. Ich habe keine Ahnung, wie er reagieren würde, falls ich wirklich schwanger wäre.«

Phyl drückte ihr die Hand, als sie am nächsten Tag in einem öden Wartezimmer einer Frauenärztin hockten, in der es außer ein paar Holzstühlen kein Mobiliar gab. Cynthia fühlte sich auf einmal wie eine Todkranke, kurz davor, eine Hiobsbotschaft zu erhalten.

Die Ärztin war eine ältere Frau mit kurzen grauen Haaren, die nur wortlos die Augenbrauen hochzog, als Cynthia ihr erklärte, warum sie gekommen war.

»Verheiratet sind Sie vermutlich nicht, oder?«, fragte sie dann mit kühler, vorwurfsvoller Stimme.

Cynthia schüttelte stumm den Kopf.

Die Untersuchung ließ sie schweigend über sich ergehen.

»Ihre Befürchtungen haben sich bewahrheitet«, erklärte die Ärztin wenig später. »Sie sind schwanger. Im Frühjahr nächsten Jahres werden Sie ein Kind auf die Welt bringen. Sie wissen hoffentlich, wer der Vater ist? Und wissen Ihre Eltern über Ihren Lebenswandel Bescheid?«

Cynthia glaubte für einen Moment, sich verhört zu haben. Wieso erlaubte sich die Ärztin, kaltherzig etwas von Lebenswandel zu reden?

Ich liebe John, wollte sie erwidern, er ist Musiker, ein wunderbarer Mann, doch die Ärztin sprach schon weiter.

»Sie sind ja schon achtzehn, sonst müsste ich Sie den Behörden melden. Haben Sie eine geregelte Arbeit? Und sind Sie schon einmal straffällig geworden?«

»Ich bin noch nie straffällig geworden«, brachte sie zaghaft hervor. »Ich bin Lehrerin und …«

»Eine junge Frau wie Sie hätte sich früher überlegen müssen, was geschehen kann, wenn sie Unzucht treibt. Kommen Sie in vier Wochen zur nächsten Untersuchung wieder.« Die Ärztin erhob sich und machte eine Geste, als wäre sie die Queen, die eine störrische Untertanin entließ.

Cynthia war den Tränen nahe. Sie bekam ein Kind, eigentlich doch eine schöne Nachricht, doch hier wurde sie wie eine Verbrecherin behandelt.

Phyl nahm sie im Wartezimmer in die Arme. Nun kamen Cynthia wirklich die Tränen.

»Es stimmt also?«, fragte Phyl sanft, während sie auf die Straße hinausgingen.

Cynthia nickte. Immer mehr Tränen rollten ihr über die

Wangen. »Ich bin schwanger. Und wahrscheinlich bin ich auch durch meine Prüfung gefallen und kriege nach den Ferien keine Anstellung als Lehrerin.«

Phyl führte sie in ein Café in der Nähe, obwohl sie eigentlich gar kein Geld dafür hatten.

»Wie soll ich es John beibringen? Und wie sage ich es meiner Mutter?« Cynthia trank ihren Tee. Immerhin schaffte sie es nun, ihre Tränen zurückzuhalten, und hatte sich einigermaßen gefasst.

»Es wird einen Weg geben«, sagte Phyl. »Es gibt immer einen Weg.« Doch richtig überzeugend klang ihre Stimme nicht.

»Ich kann es John nicht sagen. Er lebt im Moment nur für seine Musik, und dann ein Kind ...« Cynthia verstummte. Um ein Kind zu bekommen, musste man doch ganz anders leben, in einem Haus, mit genügend Geld, mit Angehörigen, die einem halfen, wenn man müde und erschöpft war, und eigentlich waren John und sie noch viel zu jung, um sich um ein anderes hilfloses Wesen zu kümmern. Sie hatte doch ganz andere Pläne – wollte Lehrerin sein, Bilder malen, mit John auf Reisen gehen und die Welt sehen.

Später, als sie allein in ihrem Zimmer lag, begann sie sich heftige Vorwürfe zu machen. Warum hatte sie nicht besser aufgepasst? John hatte sich wie die meisten Männer nie für Verhütung interessiert, aber sie ... sie hätte doch einen Gedanken daran verschwenden müssen, denn schließlich war sie es, die dieses Kind auf die Welt bringen würde. Eine andere Option gab es nicht. Sie war nicht religiös, aber das Kind abzutreiben, dieser Gedanke kam für sie nicht infrage, auf keinen Fall.

John war mit der Band auf Tour. Zum Glück – so hatte sie ein paar Tage Zeit, sich zu überlegen, was sie ihm sagen wollte. Wie erwartet war sie durch die Prüfungen gefallen – der Brief vom Schulamt hatte im Briefkasten gelegen, als sie von der Ärztin zurückgekehrt war –, und nun bekam sie auch noch ein Kind, Johns Kind.

Als John zwei Tage später nach Liverpool zurückkehrte, war er voller Euphorie. Sie hatten endlich ihren Plattenvertrag. Am selben Tag, als Cynthia erfahren hatte, dass sie schwanger war, hatte Brian die Nachricht von George Martin aus London erhalten.

John umarmte sie stürmisch. Er hatte sogar eine Flasche teuren Wein gekauft, die er mit ihr trinken wollte.

»Das ist es!« Er küsste sie ungestüm auf die Wange. »Wir haben einen Vertrag – bald sind wir in den Charts. Wirst sehen! Yeah, wir haben es geschafft. Wir werden berühmt!«

Cynthia versuchte, sich mit ihm zu freuen. Ja, darauf hatten sie hingearbeitet – die vielen Konzerte, die anstrengenden Reisen nach Hamburg, die endlosen Stunden, in denen sie geprobt und Songs einstudiert hatten. Es hatte sich endlich bezahlt gemacht.

Als John die Flasche öffnete und den Wein in die einzigen beiden Gläser goss, die sie besaß, lehnte Cynthia vorsichtig ab.

»Mir ist seit ein paar Tagen morgens übel«, sagte sie. Vielleicht kam er ja von selbst darauf, was der Grund sein könnte, doch nein, er lachte nur und schenkte den Wein in beide Gläser, die er dann in einem Zug austrank.

Wenig später liebten sie sich.

Cynthia war nicht bei der Sache, doch davon bekam John nichts mit.

Es ist lächerlich, redete sie stumm mit sich, ich bekomme ein Kind von dem Mann, den ich liebe. Also ist doch alles gut, und über Verhütung muss ich mir nun in den nächsten Monaten auch keine Gedanken mehr machen.

Drei Tage lang quälte sie sich weiter. Brian hatte der Band so viele neue Auftritte beschafft, dass John fast pausenlos auf Tour war.

»Irgendwann musst du es ihm ohnehin sagen«, meinte Phyl.

Cynthia nickte. »Und meiner Mutter muss ich es auch beichten. Sie ist zurzeit bei meinem Bruder zu Besuch und kommt bald nach Liverpool. Und Johns Tante … nicht auszudenken, wenn sie davon erfährt.«

»Es ist dein Kind.« Phyl lächelte sie mitfühlend an. »Euer Kind. Das ist doch eigentlich großartig! Du liebst John, und er liebt dich.«

»Ich würde das Kind auch allein durchbringen, selbst wenn John mich verlassen würde. Ja, es ist mein Kind. Und meine Mutter wird mich unterstützen, ganz sicher, auch wenn sie in Kanada lebt.« Cynthia spürte, wie durch ihre Worte neue Zuversicht in ihr wuchs.

»Und ich bin auch noch da«, erklärte Phyl entschlossen. »Ich liebe Kinder. Irgendwann möchte ich auch eigene Kinder haben – am besten drei, zwei Jungen und ein Mädchen.«

»Mein Kind wird ein Junge. Ganz bestimmt.« Cynthia nahm sich vor, dass es am nächsten Sonntag geschehen würde, wenn John nachmittags zu ihr kam, nachdem er nach dem letzten Konzert ein wenig geschlafen hatte. Dann würde sie ihn einweihen.

In den Tagen vorher verließ sie kaum das Haus. Was war aus ihrem Leben geworden?, dachte sie. Sie war durchgefallen, sie lebte in einem schäbigen Zimmer und würde sich irgendeinen miesen, schlecht bezahlten Job suchen müssen – und nun die unerwünschte Schwangerschaft. Sie kam sich gescheitert vor, während der ahnungslose John gerade das Gefühl hatte, auf die Straße des Erfolges eingebogen zu sein. Aber nein, sie musste das anders sehen – was konnte es Schöneres geben, als ein Kind zu haben. Sie würden es schaffen, eine neue Zeit war angebrochen, die dunklen Nachkriegsjahre waren vorbei, alles kündete von Aufbruch, auch in der Musik, in Johns Musik.

Als John wieder vor ihrer Tür stand, war seine Euphorie verflogen. Er war müde und wollte mit ihr gleich ins Bett gehen.

»Was ist los?«, fragte sie ihn. »Ärger mit Brian? Oder klappt mit dem Plattenvertrag etwas nicht?«

»Nein.« Er lag nackt neben ihr und hatte, bevor er zu ihr kam, eindeutig schon ein paar Bier mit Paul getrunken. »Es ist eigentlich alles in Ordnung. Es ist nur so … Ich habe es dir nicht erzählt. Die Leute von der Plattenfirma wollen, dass wir uns einen neuen Drummer suchen.«

»Ihr sollt Pete rauswerfen? Aber warum?« Ja, davon hatte ihr John nichts erzählt, doch so war es häufiger bei ihm, dass er Dinge, die er nicht sehen wollte, auch nicht sah und einfach verdrängte.

»Pete ist ihnen nicht gut genug, und es stimmt ja auch. Pete ist als Drummer okay, aber nicht mehr, und er sitzt meistens in der Ecke, starrt vor sich hin, und wenn wir unsere Witze machen, schweigt er und trägt nicht gerade dazu bei, dass wir uns als Band wohl miteinander fühlen. Trotzdem ist er mein Freund, verdammt, und er hat uns geholfen, als wir damals keinen Schlagzeuger hatten.« John trank die letzte Flasche Bier aus und machte dann eine Geste, als wolle er sie voller Wut gegen die Wand werfen, was er dann doch nicht tat.

»Und wer soll statt Pete in der Band am Schlagzeug sitzen?«, fragte Cynthia. »Ich weiß noch, wie ihr am Anfang ohne Drummer losgezogen seid und wie froh ihr wart, als Pete in die Band kam.«

»Ringo Starr soll Pete ersetzen. Er hat bei uns schon ausgeholfen, ein guter Typ, witzig und ein absoluter Profi. Und er hat Brian schon zugesagt.«

Cynthia stöhnte auf. So war es also: Sie hatten Pete bereits gefeuert. »Dann weiß Pete es schon?«

John nickte. Er griff erneut nach der Flasche Bier, die er eben abgestellt hatte und von der er wusste, dass sie leer war, hielt sie sich an die Lippen – eine nervöse, fahrige Geste. »Brian spricht heute mit ihm. Wir, Paul und ich … wir fanden es gut, wenn er das macht. Schließlich ist er unser Manager.«

Ihr wart zu feige, eurem Freund die Wahrheit zu sagen, dachte Cynthia, sprach ihren Gedanken allerdings nicht aus.

»Brian will Pete auch helfen, eine neue Band zu finden«, fügte John hinzu. Weil kein Bier mehr da war, steckte er sich eine Zigarette an.

»Aber Pete ist kein Beatle mehr. Er gehört nicht mehr zur besten Band in Liverpool«, sagte Cynthia leise. Sie lehnte sich zurück und schloss für einen Moment die Augen.

Jetzt, dachte sie, jetzt sage ich ihm, dass ich schwanger bin, seine Laune ist ohnehin im Keller, aber dann brachte sie doch kein Wort über die Lippen.

»Ringo wird uns echt weiterbringen«, sagte John und starrte an die Decke. Er nahm einen letzten Zug von seiner Zigarette. »Er hat ein anderes Rhythmusgefühl, mehr Intensität, er fordert uns als Band, legt viel mehr Energie in die Songs.«

Cynthia hätte beinahe gelacht. So war John – eben noch völlig zerknirscht, aber zwei Minuten später hatte er sich schon an den neuen Gedanken gewöhnt, dass sie seinen Freund Pete vor die Tür setzen mussten.

Eine Weile schwiegen sie. John wirkte nachdenklich. Er wandte sich zu ihr um und drückte sein Gesicht in ihr Haar, als wolle er sich verstecken, eine Weile unsichtbar sein.

Jetzt, dachte sie, und dann sprach sie es laut und deutlich aus, ohne länger nachzudenken: »Ich muss dir noch etwas sagen. Ich bin schwanger, John. Wir bekommen ein Kind. Nächstes Jahr im März. Und bevor du etwas entgegnest: Ja, ich will dieses Kind haben, so oder so.«

32. KAPITEL

Die Sache mit Pete machte ihm zu schaffen. Für Paul hingegen war alles ganz einfach gewesen. »Mit Ringo wird die Band besser. Er hat einfach mehr drive, in jeder Hinsicht, nicht nur musikalisch, sondern auch, was die vibes in der Band angeht.«

»Aber den Job, es Pete zu sagen, überlassen wir Brian?« John fühlte sich bei diesem Gedanken nicht wohl.

»Dafür sind Manager doch da, oder nicht? Außerdem wird Pete eine andere Band finden, und wir müssen an uns denken.« Paul hatte sein Bier ausgetrunken und war gegangen. Er hatte eine neue Freundin, ein blondes, recht großes Mädchen, dessen Namen er noch nicht verraten hatte.

Eigentlich hatte John mit ihm darüber sprechen wollen, ob nicht sie Pete die schlechte Nachricht überbringen sollten. Aber vielleicht stimmte es: Sie mussten an die ganze

Band denken, an ihre Songs, an die Platte, die sie bald aufnehmen würden. Und doch … Sie hatten schon Stu verloren, und nun würde auch noch Pete gehen.

Als er dann vor Cynthias Tür stand, wusste er gleich, dass etwas nicht stimmte, dabei war sie es, die ihn sonst immer wieder ins Gleichgewicht brachte. Wenn er bei ihr lag, ganz nah an ihren duftenden Haaren, sich warm an sie schmiegte, glaubte er, den schönsten Platz auf der Welt gefunden zu haben. Wenn er von der Bühne einmal absah.

Doch Cyn reagierte gar nicht auf seine Zärtlichkeit. Sie hatte Ärger mit ihren Prüfungen, wie er wusste, und fürchtete, durchgefallen zu sein, aber warum war sie auch überhaupt auf die Idee gekommen, irgendwelchen arroganten Kindern reicher Eltern Kunst beibringen zu wollen?

Er wäre am liebsten an ihrer Schulter eingeschlafen, als sie es ihm sagte: »Ich bin schwanger, John. Wir bekommen ein Kind.«

Er spürte selbst, wie er bleich wurde, wie sein Kreislauf durcheinandergeriet und ihn Schwindel erfasste. Die Worte waren eindeutig, doch er verstand sie nicht auf Anhieb. Wir bekommen ein Kind …

Er sah Cynthias schönes Gesicht vor sich, ihre zusammengepressten Lippen. Eine Falte der Sorge, die noch nie da gewesen war, hatte sich in ihre Stirn gegraben. Später, dachte er plötzlich, später, wenn sie älter ist, wird diese Falte vielleicht immer da sein. Vor Sorge um das Kind, das sie großzuziehen hatte. Aber Cynthia war nicht alt, sie waren beide viel zu jung für ein Kind.

Wie konnte das passieren?, hätte er beinahe gefragt, eine blödsinnige Frage.

»Uuh«, sagte er dann und stöhnte auf. Cynthia schaute ihn abwartend an. Sie schien die ganze Zeit die Luft anzuhalten, dann atmete sie seufzend aus.

»Damit hatte ich nicht gerechnet.« John wollte aufstehen, sich auf einen der beiden Stühle setzen, die Cynthia besaß, um ein wenig Abstand zu finden, aber dann drehte er sich zu ihr und nahm sie in den Arm. Sie drückte sich an ihn, fast wie ein schutzsuchendes Kind. »Es wird alles gut«, fuhr er leise fort. »Ich bin da. Ich lasse dich nicht im Stich.«

Ihr Körper in seiner Umarmung entspannte sich ein wenig, dann schaute sie zu ihm auf. Ihre Augen funkelten fragend.

»Eine neue Situation, aber das kriegen wir hin.« John lächelte. Ein Kind, dachte er, na gut, ein Kind. So etwas ist im Leben schon vorgekommen. Für einen Moment stand ihm seine lebenslustige Mutter vor Augen, kurz dachte er auch an seinen Vater, den Scheißkerl, der von einem Tag auf den anderen verschwunden war und von dem niemand wusste, ob er noch lebte oder irgendwo ersoffen war. So wie dieser Nicht-Vater Alfred würde er nicht werden. »Ich liebe dich«, redete er weiter, »und wir werden heiraten. Ja, wir heiraten, sobald wir können.«

Cyn löste sich abrupt von ihm. Sie wischte sich ihre langen Haare aus dem Gesicht. Ein anderer Ausdruck lag in ihren Augen, eine neue Kraft und Zuversicht. »Du musst mich nicht heiraten«, sagte sie. »Ich will dieses Kind, und ich komme auch allein klar, ganz bestimmt. Ich weiß, dass du deine Freiheit liebst – und ich … ich will auch meine Freiheit haben.«

Ihm gefiel dieses andere Funkeln in ihren Augen. »Wir heiraten«, bekräftigte er und zog sie wieder an sich. »Hätten wir doch wahrscheinlich ohnehin getan, nur nicht so bald.«

»Also gut.« Cynthia warf ihm einen Blick zu, den er zuerst nicht ganz deuten konnte – Freude oder Erleichterung oder sogar leichter Spott. »Und wer sagt es deiner Tante Mimi? Sie wird dich umbringen. Da bin ich mir sicher.«

Tante Mimi war seine einzige Verwandte – so fühlte es sich an, obwohl es natürlich nicht stimmte; es gab seine Tante Mater in Edinburgh, seine Tanten Nanny und Harriet und seine Halbschwestern, vor allem Julia bewunderte ihn und hatte ihn schon mehrmals auf der Bühne gesehen. Beim letzten Konzert hatte sie ihre halbe Schulklasse mitgebracht und war hinterher ganz stolz mit drei Freundinnen in den Backstage gekommen. Aber Mimi – sie war das Maß aller Dinge, auch wenn John sich immer wieder einredete, auf ihr Urteil nichts zu geben. Es stimmte natürlich nicht, sie hatte ihn aufgezogen, sie hatte ihm Sicherheit gegeben, auch wenn die beiden über viele Dinge völlig anders dachten.

Er musste es ihr sagen: Er würde heiraten und Vater werden. – Vater werden, wie sich das anhörte, als könne er nichts damit zu tun haben.

Paul und Brian hatte er es schon gesagt, Paul hatte gelacht und ihm auf die Schulter geschlagen und »Respekt!« gerufen und hinzugefügt: »Dann musst du ja demnächst Windeln wechseln.«

Brian hatte, wie es seine Art war, sehr zurückhaltend reagiert. Er hatte John in seinem Büro eine Zigarette angeboten, und sie hatten schweigend geraucht, während unaufhörlich das Telefon klingelte. Dann hatte er gesagt: »Hast du es dir reiflich überlegt? Heiraten ist eine ziemlich ernste Sache. Musiker in deinem Alter sollten nicht verheiratet sein. Die Hälfte eurer Fans sind junge Frauen, Mädchen, die fast in Ohnmacht fallen, wenn sie euch auf der Bühne sehen. Jedes von diesen Mädchen kauft Schallplatten und träumt davon, einmal an eurer Seite zu stehen, an Pauls und deiner Seite. Die Nachricht, dass du nun verheiratet bist, wird ihnen nicht gefallen.«

»Wir müssen es nicht an die große Glocke hängen«, hatte John gesagt und war wieder gegangen. Draußen hatte er die Zigarette wütend in den Rinnstein geschnippt.

Nun stand er bei Mimi vor der Tür.

Sie würde gleich ihren Tee trinken, sechzehn Uhr, wie

jeden Tag, und ihre vier Katzen würden um sie herumschleichen. Julia, seine Halbschwester, hatte ihn eigentlich begleiten wollen, aber von ihr war nichts zu sehen.

»Wieso kommst du nicht rein?«, fragte seine Tante ihn und riss die Tür auf, noch bevor er den Schlüssel ins Schloss geschoben hatte. »Drückst dich hier vor der Tür herum! Du bist doch hier zu Hause.«

Natürlich, sie hatte ihn längst entdeckt.

»Was stimmt nicht?«, fragte sie und schaute ihn misstrauisch an. Sie war viel kleiner als er, nicht einmal einen Meter sechzig, aber ihr strenger Blick war immer noch furchteinflößend.

»Brauchst du Geld?«, fragte sie weiter. »Hast du Ärger?«

Sie gingen in die Küche, wo der Tee schon parat stand. Seine Tante liebte nichts mehr als ihre kleinen Rituale. Auch ihre Katzen waren schon da, hatten es sich auf der Fensterbank und auf der Sitzbank bequem gemacht.

»Ich habe keinen Ärger«, entgegnete John. Gegen seinen Willen fühlte er sich unbehaglich. Seine Tante hatte es wieder geschafft, ihn in die Defensive zu drängen, ohne zu wissen, worum es eigentlich ging.

»Im Gegenteil, es läuft in der Band richtig gut. Brian hat uns einen Vertrag mit einer Schallplattenfirma verschafft, und …«

»Mag sein, dass dieser Brian sein Geschäft versteht, aber wie lange wird so ein Erfolg anhalten?« Seine Tante schenkte ihm Tee ein und lächelte ihn scheinbar fürsorglich an. »Ein, zwei Jahre vielleicht – und was machst du dann, ohne einen ordentlichen Beruf erlernt zu haben? Aber noch ist es nicht zu spät. Du könntest dein Studium wiederaufnehmen und Lehrer werden. Am Nachmittag könntest du deinen Schülern auch etwas vorspielen … nach dem Unterricht.« Sie nahm ihre Tasse und trank einen Schluck.

Eine Katze begann zu miauen, als wolle sie seiner Tante zustimmen.

Auf einmal störte ihn ihr Tonfall wie nie zuvor. Er würde niemals Lehrer werden – und warum sprach sie zu ihm wie zu einem Kind?

»Ich werde heiraten«, sagte er mit tonloser Stimme. »Cyn bekommt ein Kind – von mir«, fügte er schnell hinzu.

Die Veränderungen in Mimis Gesichtszügen vollzogen sich sehr langsam. Sie begannen in ihren Augen, die sich weiteten, dann trat eine Falte auf ihre Stirn, sie presste die Lippen zusammen, als müsse sie einen plötzlichen Schmerz unterdrücken. Eine Sekunde später jedoch brach es aus ihr heraus. »Bist du komplett verrückt geworden, John? Du willst diese Schlampe heiraten? Sie hat dir ein Kind angedreht! Willst du dein Leben wegwerfen – sinnlos wegwerfen für dieses Flittchen?«

Die Stimme seiner Tante war immer schriller geworden und überschlug sich bei ihren letzten Worten. Zugleich hatte sie sich über den Tisch gebeugt und dabei ihre Teetasse umgeworfen. Der Tee tropfte vom Tisch auf den Boden, was eine der Katzen anlockte, doch Mimi achtete gar nicht darauf. Eine Ader an ihrer Schläfe begann heftig zu pochen.

»Ja, ein Flittchen ist diese Cynthia!«, rief Mimi aus und holte dann tief Luft, weil die Entrüstung sie fast atemlos gemacht hatte.

Er sah ihr Gesicht, das ihm auf einmal faltig, alt und hässlich vorkam.

»Ich liebe Cynthia«, sagte er dann, »und ich will nicht, dass du so über sie sprichst.«

Als er aufstand und zur Tür eilte, sprangen alle Katzen auf. Eine hüpfte seiner Tante auf den Schoß, als würde sie Mimi beschützen wollen.

»Heirate sie nicht!«, rief seine Tante ihm nach. »Mach dich nicht unglücklich, John.«

Er warf die Eingangstür hinter sich ins Schloss. Seinen wilden Herzschlag spürte er bis in den Hals hinauf. Er war wütend und traurig zugleich. Eigentlich hätte er genau wissen können, wie seine Tante reagieren würde.

Dann lief er zum Friedhof zu seiner Mutter. Auch ihr würde er es sagen, dass er heiraten und Vater werden würde, und sie würde ihn verstehen und sich freuen. Da war er sich absolut sicher.

33. KAPITEL

Liverpool, August 1962

Die Panikattacken kamen und gingen wieder. Sie erwartete ein Kind, ja, ein Junge wuchs in ihr heran, wurde mit jedem Tag größer. Sie war überzeugt, dass es ein Junge sein würde, ein kleiner John. Und sie würde heiraten. Aber war das auch alles richtig so? Wollte sie denn heiraten? Wäre es das Leben, das sie führen wollte? Hatte sie nicht andere Pläne gehabt – mit John ja, aber so frei, dass sie ihr eigenes Geld verdiente, nicht abhängig war wie all die Frauen in der Generation ihrer Mutter? So wie ihre Mutter hatte sie nie leben wollen.

John war sofort losgelaufen und hatte einen Termin beim Standesamt beantragt. Am 23. August 1962 würden sie sich das Jawort geben. Als Cynthia ihn fragte, wie seine Tante Mimi reagiert hatte, als sie es von ihm erfuhr, winkte er nur ab. »Du kennst sie. Sie hat sich aufgeregt und mich beschimpft, und sie wird bestimmt nicht zu unserer Hochzeit kommen.«

»Sie wird mich jetzt noch mehr hassen.« Cynthia konnte sich leicht vorstellen, wie Mimi getobt und geschimpft hatte.

John lächelte. »Es ist doch egal, was Mimi denkt. Wir lieben uns, und nun heiraten wir. Es ist unsere Entscheidung.«

Der 23. August war ein Donnerstag. Cynthia hatte die ganze Nacht vor Aufregung nicht schlafen können. Zu allem Unglück war ihre Mutter zurück in Kanada, und ihre beste Freundin Phyl hatte eine Urlaubsreise gebucht, die sie nicht hatte stornieren können. Also war niemand da, der sie schminken oder ihr bei der Kleiderauswahl hätte helfen können, doch viel zum Anziehen hatte sie ohnehin nicht, und Geld, sich etwas Neues zu kaufen, auch nicht. Cynthia entschied sich für diesen besonderen Tag für ihr lila-schwarzes Kostüm und eine weiße Rüschenbluse, die Astrid Kirchherr ihr in Hamburg geschenkt hatte. Ihr blondes Haar steckte sie hoch und trug ganz leicht einen pinkfarbenen Lippenstift auf. Als sie sich jedoch im Spiegel anschaute, kam sie sich blass und krank vor, jedenfalls nicht wie eine schöne, selbstbewusste Braut.

Sie dachte noch darüber nach, doch etwas anderes anzuziehen und sich weniger dezent zu schminken, als es schon an der Tür klingelte. Brian war in einer Limousine mit Chauffeur vorgefahren. Er hatte es sich nicht nehmen lassen, sie abzuholen. In einem grauen Nadelstreifenanzug sah er überaus elegant aus. Er nahm sie in den Arm und küsste sie auf die Wange.

»Du bist die schönste Braut, die ich je gesehen habe«, sagte er dann mit einem warmen Lächeln. Cynthia wusste, dass er übertrieb, doch seine Worte beruhigten sie.

»John wird Augen machen«, fuhr Brian fort. »Ich hoffe, er zieht sich nur halb so geschmackvoll an wie du.«

»Mir ist egal, was John anzieht«, entgegnete Cynthia, während sie zu der Limousine gingen. Der Chauffeur trug tatsächlich Mütze und Uniform. »Hauptsache, er läuft nicht noch davon.«

»Das wird er nicht – ganz bestimmt nicht.« Als wäre er der Chauffeur, hielt Brian ihr die hintere Tür auf.

Das Wetter war fürchterlich, graue, tief hängende Wolken, die kaum Sonnenlicht durchließen. Ein Blick zum Himmel ließ erahnen, dass jeden Moment ein Wolkenbruch niedergehen konnte. Wäre das ein gutes oder schlechtes Zeichen?, dachte Cynthia, doch es blieb trocken, als sie vor dem Standesamt Mount Pleasant eintrafen, das mitten in der City lag.

Paul, George und John warteten in einem hässlichen Vorraum, der dem Wartezimmer einer Arztpraxis glich, auf sie. Die drei sahen in ihren schwarzen Anzügen mit weißem Hemd und weißer Krawatte aus, als würden sie eher auf eine Beerdigung denn auf eine Hochzeit gehen, und sie waren alle gleichermaßen nervös.

John stürmte auf Cynthia zu, als hätte er Angst gehabt, sie könne nicht kommen, und küsste sie. »Du siehst bezaubernd aus«, flüsterte er ihr ins Ohr.

Paul zupfte spielerisch an ihren hochgesteckten Haaren herum und grinste. »Solch eine schöne Frau hat John eigentlich gar nicht verdient. Er ist doch nur ein mittelmäßiger Sänger und weiß kaum, wie er eine Gitarre halten soll.«

Kurz vor der Trauung kam noch ihr Bruder Tony, der wieder nach Liverpool gezogen war, mit seiner Frau herein.

Brian, ganz der Manager, nickte ihnen zu. »Dann sind ja alle Trauzeugen zusammen.« Er schaute Paul an. »Selbst Johns Trauzeuge ist pünktlich erschienen.«

Als sie ins Trauzimmer gegangen waren und ganz förmlich Aufstellung genommen hatten, dröhnte im Hinterhof des Standesamts plötzlich ein Presslufthammer los.

George begann zu lachen, während Cynthia heftig zusammenzuckte.

John, der ihre Hand hielt, warf ihr einen besänftigenden Blick zu.

»Hat deine Tante Mimi die Bauarbeiter bestochen?«, raunte Cynthia ihm zu. John zog zwar die Augenbrauen hoch, aber sein Blick sagte ihr, dass er sie gar nicht verstanden hatte. Das Dröhnen und Rattern der Maschine war ohrenbetäubend.

Der Standesbeamte ließ sich allerdings nicht aus der Ruhe bringen. Cynthia beobachtete, wie sich seine Lippen bewegten, die Worte jedoch drangen durch den Lärm aus dem Hinterhof nicht zu ihr.

Fünf Minuten dauerte die Prozedur. Nachdem ihr Bruder als ihr Trauzeuge unterschrieben hatte, waren sie verheiratet: Nun war sie Misses Cynthia Lennon.

Nach der Trauung wusste keiner, was sie nun sollten. Unschlüssig standen sie vor dem Standesamt. Cynthias Bruder musste wieder zur Arbeit, und obendrein hatte der Himmel über Liverpool nun doch seine Schleusen geöffnet.

»Wir können nicht einfach so nach Hause gehen«, meinte Paul. Er hatte den Kragen seines Mantels hochgeschlagen. »Es gibt doch etwas zu feiern.«

Immer heftiger begann es zu regnen.

»Wir können ins Reece's hinübergehen.« Brian schaute Cynthia entschuldigend an. Offenbar war es ihm peinlich, dass er zwar mit einer Limousine gekommen war, sich aber keine Gedanken gemacht hatte, wie sie hinterher feiern sollten.

Sie liefen durch den Regen und mussten dann zwanzig

Minuten warten, bis ihnen ein Platz zugewiesen wurde. Es war Mittagszeit, und das Café war bis auf den letzten Platz gefüllt.

»Sorry, ich habe vergessen zu reservieren.« So zerknirscht hatte Cynthia Brian noch nie gesehen.

»Brian, ich bin froh, dass du da bist.« Cynthia küsste ihn sanft auf die Wange, was ihn wie ein Schuljunge erröten ließ.

Als Brian dann eine Flasche Champagner bestellen wollte, schaute ihn der Kellner fragend an. »Tut mir leid, Mister, für Alkohol haben wir keine Schankerlaubnis. Ich kann Ihnen Tee oder Mineralwasser anbieten.«

Sie stießen mit Wasser an, und Brian erhob sich zu einer Rede. Verlegen hüstelte er.

»Ich bin ja nun euer Manager, aber nicht nur das …« Paul reckte ihm den Daumen entgegen, und John rief: »Hört, hört!« Brian lächelte. »Nein, ich kümmere mich nicht nur um Tourpläne und Verträge. Ich tue auch noch andere Dinge.« Er sah Cynthia direkt in die Augen. »Ihr, Cynthia und John, habt euch ja schnell zu dieser Hochzeit entschieden. Überstürzt möchte ich nicht sagen, weil ihr euch schon so lange kennt und glücklich miteinander seid. Aber euch fehlt etwas sehr Wichtiges. Das ist mir klar geworden.«

Paul lachte auf. »John fehlt tatsächlich etwas Wichtiges – ein paar gute Ideen für Songs.«

John wandte sich um und drohte ihm spielerisch mit der Faust.

»Etwas Wichtiges«, wiederholte Brian. »Nämlich ein eigenes Heim. Deshalb stelle ich euch meine Wohnung bis auf Weiteres zur Verfügung.«

»Willst du ausziehen und unter einer Brücke schlafen?«, fragte John verblüfft, während Cynthia noch versuchte, Brians Worte für sich zu übersetzen. Brian hatte eine Wohnung für sie? Sie konnten nun wirklich zusammenleben. Vor Freude traten ihr Tränen in die Augen, die sie aber verstohlen wegwischte, bevor jemand sie bemerkte.

»Ach nein.« Brian winkte ab. »Ich habe … nun, ich habe noch eine zweite Wohnung, wo ich sehr wichtige Geschäftspartner empfange. Diese Wohnung gehört nun erst einmal euch.«

Die Falkner Street lag nicht weit entfernt, ganz in der Nähe der Kathedrale von Liverpool. Noch am selben Nachmittag packten sie ihre Sachen und zogen um. Die Wohnung im Erdgeschoss der Hauses Nummer 36 bestand aus einem Wohnzimmer, einem Bad, einer Küche und einem Schlafzimmer, das jedoch außerhalb der eigentlichen Wohnung lag und das man nur über den Flur des Hauses erreichen konnte.

Trotzdem fühlte es sich für Cynthia großartig an, endlich

eine eigene Wohnung zu haben. Zwar musste sie am Abend warten, bis John nach seinem Konzert zu ihr kam, doch dann weihten sie ihr neues Zuhause mit einer Flasche Champagner ein, obschon Cynthia wegen ihrer Schwangerschaft eigentlich keinen Alkohol trinken sollte.

John war alles andere als ein Tänzer, aber nachdem sie angestoßen hatten, nahm er sie in den Arm und tanzte mit ihr, während er leise »Love me do« sang.

Cynthia hatte nur an ihrem Glas genippt. Sie lehnte sich an ihn.

»Wir sind verheiratet«, flüsterte sie. »Ist das nicht unglaublich?«

»Das ist es, Misses Lennon«, flüsterte John zurück. Er küsste sie auf den Hals, und dann trug er sie in das Schlafzimmer hinüber.

Sie zogen sich gegenseitig aus.

Wir gehen in Brians Bett, dachte Cynthia in einem kurzen Moment, bevor John ihr ihren Slip abstreifte.

Später lag John neben ihr und rauchte eine Zigarette.

»Wie fühlt es sich für dich an, verheiratet zu sein?«, fragte er, während er den Rauch an die Decke blies.

Cynthia hatte den Kopf an seine nackte Schulter gelegt. »Es fühlt sich gut an, und auch deinem Kind gefällt es.«

John richtete sich kurz auf. »Hat das Kind sich schon geregt? Spürst du etwas?«

Sie legte ihm eine Hand auf den Bauch. »Dafür ist es

noch zu früh, aber ich weiß, dass es unserem Kind gefällt, was wir hier tun.«

John schaute sich kurz um. »Es ist eine merkwürdige Wohnung, die Brian sich da heimlich zugelegt hat, oder? Paul sagt, dass die Geschichte mit den Geschäftspartnern wohl nicht so ganz stimmt. Er glaubt eher, dass Brian hier ganz privat sein will, wenn du verstehst, was ich meine.«

Nein, sie verstand nicht, was er meinte. »Du meinst, Brian hat uns angelogen? Aber warum hat er dann diese Wohnung?«

»Aber nein, er hat nicht direkt gelogen.« John drückte seine Zigarette aus und beugte sich über sie. »Du bist doch sonst so klug, Cyn. Hast du Brian schon einmal mit einer Frau gesehen? Er empfängt hier junge Männer, denke ich, mit denen er …«

»Das hier ist sein geheimes Liebesnest?«

Auf diese Idee wäre Cynthia niemals gekommen.

John lachte. »Nun ist es unser Liebesnest.«

34. KAPITEL

Er war nun verheiratet. Die anderen, allen voran Paul, zogen ihn damit gelegentlich auf, nannten ihn »Mister Lennon«, als wäre er nun ein älterer Herr. Brian jedoch erinnerte ihn ständig daran, dass er ja keinen Ehering tragen sollte und dass die Nachricht von der Hochzeit tabu für die Öffentlichkeit zu bleiben habe.

»Ich bin neulich am frühen Morgen am Cavern Club vorbeigefahren, und da standen schon die ersten Leute, um beim Mittagskonzert die besten Plätze zu bekommen. Und es waren fast alles Mädchen«, erklärte er. »Die Girls würden es dir übelnehmen, John, wenn sie hören, dass du verheiratet bist und Vater wirst.«

Auch Cynthia sollte keinen Ehering tragen. Sie hatte es nach einigem Nachdenken eingesehen und war damit einverstanden gewesen. John bewunderte ohnehin ihre Klugheit. Cyn mochte zwar durch ihre Prüfungen gefallen sein, aber sie hatte die Fähigkeit, Menschen zu durchschauen und Situationen schnell zu erfassen.

Er hatte ihr allerdings nicht erzählt, dass ihre Trauung auf merkwürdige Weise der Hochzeit seiner Eltern glich. Auch Julia und Alf, der Mistkerl, hatten geheiratet, weil sie ein Kind bekamen, auf demselben Standesamt, und hinterher waren sie ebenfalls ins Reece's gegangen, weil sie keine Feier geplant hatten. Cynthia hätte das als schlechtes Zeichen gewertet, aber er würde es besser machen als sein Vater, der fünf Jahre später verschwunden und nicht mehr aufgetaucht war.

Cynthia fand sich auch damit zurecht, dass John mit der Band fast ständig unterwegs war. Sie tourten durch Schottland, fuhren nach London, um eine Single aufzunehmen, waren dann im Umland von Liverpool unterwegs. Auch die Radiostationen luden sie plötzlich ein, weil Brian ordentlich Druck gemacht hatte. Und weil »Love Me Do«, ihre erste Platte, sich zumindest in den unteren Rängen der Charts platzierte.

Als John den Song das erste Mal im Radio hörte, hätte er beinahe geschrien vor Glück. Es war im Auto auf dem Weg zurück nach Liverpool.

»Yeah!«, schrie auch Paul. »Wir existieren. Uns gibt es. ›Love Me Do‹.«

George Martin hatte sie diesen Song über zwanzig Mal

aufnehmen lassen, bevor er zufrieden war. Zwischendurch hatte er sogar gedroht, Ringo Starr durch einen anderen Drummer zu ersetzen, aber das hatten sie dann doch noch verhindern können.

Der Einzige, der cool blieb, als der Song sich in den Charts platzierte, war Brian. »Ein Anfang ist gemacht«, meinte er ziemlich geschäftsmäßig. »Und der nächste Song muss eine Nummer eins werden. Dann starten wir richtig durch.«

John kaufte Rosen und eilte dann nach Hause. Nein, es stimmte nicht ganz, ein Zuhause war Brians Wohnung nicht geworden, auch wenn Cynthia versucht hatte, sie einigermaßen behaglich einzurichten. Aber das separate Schlafzimmer, das lediglich durch den Hausflur zu erreichen war, störte sie sehr. Einmal, als John wieder unterwegs war, hatte nachts jemand an die Tür gepocht und gerufen: »Du alte Schwuchtel, komm raus, damit ich dir die Fresse polieren kann.«

Cynthia hatte sich in Panik still unter ihre Decke verkrochen. Zum Glück war der Eindringling irgendwann abgezogen und hatte nicht die Tür eingetreten, aber seitdem ging sie mit höchstem Unbehagen zu diesem Zimmer hinüber.

Als John die Tür zum Schlafzimmer öffnete, ahnte er sogleich, dass etwas nicht stimmte.

Cynthia hob nur matt den Kopf und sah ihn mit glasigen Augen an.

»Bist du krank?«, fragte er und warf die Blumen auf das Ende des Bettes.

Sie nickte und streckte ihm ihre Hände entgegen. »Das Kind …«, flüsterte sie. »Ich blute …«

Sie hob die Bettdecke an, und dann sah er, dass das Laken voller Blut war. Der Anblick ließ sein Herz vor Angst schneller schlagen. »Ich hole einen Arzt!« Seine Stimme war so schrill, dass sie fast kippte. »Du brauchst einen Arzt.«

Obwohl Cynthia ihm nachrief, er solle bei ihr bleiben, sie wolle auf keinen Fall allein sein, rannte er auf die Straße hinaus. Kopflos suchte er nach einem Telefon und landete dann in einem Pub, von dem aus er einen Krankenwagen alarmierte.

Der Arzt, der eine halbe Stunde später eintraf, verordnete Cynthia strenge Bettruhe.

»Wenn Sie das Kind nicht verlieren wollen, müssen Sie sich schonen. Noch ist nichts Schlimmes passiert, aber bei der nächsten Blutung könnte die Sache nicht mehr so glimpflich ausgehen. Und Sie …« Er wandte sich an John, der bleich neben ihm stand. »Sie sollten auf Ihre Frau aufpassen und sie am besten nicht mehr allein lassen.«

Wie soll das gehen? Ich bin Musiker, und wir haben Konzerte, hätte er am liebsten erwidert. Stattdessen nickte er und kochte einen Tee, den er Cynthia behutsam einflößte, nachdem der Arzt gegangen war.

Sie lächelte ihn dankbar an. »Ich wollte dir keine Schwierigkeiten machen«, flüsterte sie. »Wirklich nicht, John. Ich weiß ja, dass ihr noch viele Auftritte habt. Ich werde Phyl anrufen, falls ich wieder einmal … bluten sollte.«

Er schaute sie ernst an. »Nein«, sagte er. »Wir müssen uns etwas anderes überlegen.«

Nachts lag er wach neben Cyn. Er hörte ihre langsamen Atemzüge. Ich bin nun verantwortlich für sie und das Kind, dachte er. Ich bin nicht wie Alf, dieser Vater, der gar kein Vater war.

Als es wieder hell wurde, wusste er, was sie tun mussten. Es führte kein Weg daran vorbei. Sie mussten wieder zu seiner Tante Mimi nach Mendips ziehen. Dann wäre immer jemand in Cynthias Nähe und könnte sofort einen Arzt holen, falls mit dem Kind etwas sein sollte.

»Nein!«, rief Cynthia am nächsten Morgen, kaum dass er die Sprache auf seinen Plan gebracht hatte. »Auf keinen Fall. Keine zehn Pferde bringen mich wieder in das Haus deiner Tante.«

John lächelte. Nichts anderes hatte er erwartet. Er hatte Cynthia einen Kaffee ans Bett gebracht und dann gewartet, dass sie aufwachte. Natürlich wollte sie nicht zurück zu Mimi, auf keinen Fall.

»Gestern habe ich zum ersten Mal unseren Song ›Love Me Do‹ im Radio gehört«, sagte er. »Brian meint, der Song könnte sich noch höher in den Charts platzieren, und dann müssen wir auf eine richtige Tour gehen. London, Manchester … Nach Hamburg gehen wir auch … wieder in den Star-Club.«

Cynthia nippte an ihrem Tee. Sie war nicht mehr aschfahl, und die Blutung hatte auch aufgehört. »Du lenkst ab«, sagte sie.

»Nein, ich lenke nicht ab.« Er küsste sie auf die Stirn. »Wir werden bald eine eigene Wohnung haben. Ich verspreche es dir … wenn das Kind da ist. Wir verdienen schon richtig Geld, aber bis zur Geburt müssen wir tun, was am besten für das Kind ist. Ich kann nicht jeden Abend zu Hause sein, aber du musst jemanden in deiner Nähe haben.«

»Was ist mit deiner Schwester?«, fragte Cynthia. »Sie könnte doch kommen.«

»Julia ist erst fünfzehn. Sie würde in Panik geraten, wenn du …« Er verstummte abrupt und schüttelte den Kopf. »Es gibt nur diese eine Lösung.«

Cynthia schloss die Augen. Ihre Hand lag auf ihrem Bauch.

Sie ist so schön, dachte er, und ich liebe sie, so wie sie ist, sanft, klug, und auf keinen Fall darf ihr etwas passieren.

»Ich mag den Song«, sagte sie mit geschlossenen Augen. »Besonders die Zeile ›You know I love you‹.« Als wäre ihr ein schöner heller Gedanke gekommen, schlug sie die

Augen auf. »Ich liebe dich sehr, John Lennon, weißt du das? Und, verdammt, ja, wenn deine schreckliche Tante zustimmt, dann ziehen wir in ihr Haus zurück. Aber nur so lange, bis wir eine eigene Wohnung haben.«

35. KAPITEL

Sie sagte es John nicht, aber eigentlich stimmte sie seinem Plan, wieder zu seiner Tante zu ziehen, nur zu, weil sie in der Nacht nach ihrer Blutung einen Alptraum gehabt hatte, der sie um drei Uhr aus dem Schlaf gerissen hatte. Mit ihrem Kind an der Hand, das überraschenderweise schon laufen konnte, ging sie durch eine riesige leere Wohnung, von Raum zu Raum, um nach John zu suchen. Die Räume waren viel zu groß und kaum möbliert, dort stand ein einzelner Stuhl, dann wieder nur ein Tisch. Mit jedem Zimmer, das sie absuchte, stieg ihre Panik und gleichzeitig die Gewissheit, dass John aus ihrem Leben verschwunden war. Dann, in dem schönsten Raum, der zu einer Terrasse hinauswies und in den das meiste Licht fiel, entdeckte sie seine Gitarre. Gut, dachte sie im Traum, ihr Kind an der Hand, John ist doch noch bei mir, er kehrt bald zurück. Im nächsten Moment entdeckte sie, wie zerschrammt diese Gitarre war und dass sie gar keine Saiten mehr hatte.

Zwei Tage später gingen John und sie zu Johns Tante. Misstrauisch öffnete Mimi ihnen die Tür und beäugte Cynthia. John tat so, als bemerke er ihr Verhalten gar nicht und als sei es das Normalste von der Welt, dass sie beide auf einen Besuch vorbeikamen.

Mimi servierte Tee und Gebäck, was Cynthia beinahe wie ein Friedensangebot wertete. Sie gab sich alle Mühe, freundlich zu sein. John hatte schon so viele Menschen verloren, und seine Tante war seine engste Angehörige, mochte sie sich auch noch so abweisend verhalten.

Als er den Schallplattenvertrag erwähnte, den die Band unterschrieben hatte, lächelte sie flüchtig und meinte: »Dieser Brian scheint ein tüchtiger Mann zu sein.«

John gab ihr euphorisch recht. »Und einer unserer Songs ist in den Charts«, fügte er stolz hinzu. »Aber leider ging es Cyn zuletzt nicht so gut. Sie hatte eine Blutung und …« Er brach ab, als würde er nun eine Bemerkung seiner Tante erwarten.

Mimi jedoch schaute Cynthia über ihre Teetasse nur forschend an.

»Es ist schon wieder alles in Ordnung«, beeilte sich Cynthia einzuwerfen. »Mir geht es wieder gut.«

Mimis Blick verdunkelte sich. »Ihr könnt wieder hier

einziehen«, sagte sie langsam, jedes Wort betonend. Sie kannte ihren Neffen, sie wusste genau, warum John zu ihr gekommen war. »Bis ihr etwas Eigenes habt. Ich habe noch zwei Untermieter, aber die haben gerade gekündigt, und sobald die weg sind, bewohne ich mit den Katzen nur noch die beiden Zimmer oben. Dann habt ihr das Erdgeschoss mit dem Kaminzimmer für euch.«

John beugte sich vor und küsste Mimi auf die Stirn. Ihre Augen funkelten auf. »Du bist ein Schatz«, sagte er. »Nicht wahr, Cyn?«

Cynthia nickte und versuchte zu lächeln, aber mehr als eine matte Grimasse brachte sie nicht zustande.

»Wenn es dir recht ist, ziehen wir schon morgen ein«, redete John weiter. »Dann können wir Brian seine Wohnung zurückgeben. Er braucht sie auch wieder für seine Geschäftspartner.« Natürlich war das eine Lüge. Brian hatte nicht eine Andeutung in diese Richtung gemacht, aber John hatte offenbar Angst, dass seine Tante einen Rückzieher machen könnte. Oder dass Cynthia es sich anders überlegen würde.

Aber kaum waren sie wieder eingezogen und John war nach Hamburg verschwunden, als Mimi wieder in ihren alten Trott verfiel. Missmutig lief sie durch das Haus und sprach nur ihre Katzen freundlich an. Cynthia fühlte sich als Störenfried, als jemand, der nicht dazugehörte und nur geduldet wurde.

Tagsüber trieb sie sich in Liverpool herum, manchmal mit Phyl, meistens jedoch allein, und abends, wenn sie müde in ihrer Kammer auf dem Bett lag, wartete sie darauf, dass John anrief, aber in der Regel hatte auch Mimi auf der Lauer gelegen und war vor ihr am Apparat. Sie redete endlos mit John, scherzte und erzählte Belangloses von sich und ihren Katzen. Für Cynthia blieben dann immer nur ein paar Minuten, die sie mit John sprechen konnte, bevor ihm das Geld ausging.

Im November kam John kurz zurück nach Liverpool. Er war besonders liebevoll und zärtlich und versuchte, Cynthia aufzuheitern. Sie beschwerte sich nicht über Mimi, aber sie konnte ihm auch nicht vorspielen, dass es ihr in Mendips gut ging. Ihr Bauch wurde immer größer. Die Übelkeit morgens war verschwunden, dafür fühlte sie sich unansehnlich und geriet schnell außer Atem.

Wie gewöhnlich konnte John lediglich ein paar Tage bleiben. George Martin wollte mit der Band neue Songs aufnehmen.

»Wir haben jetzt unsere Chance«, sagte John. »Wir sind auf dem Sprung nach ganz oben. Stell dir nur vor, Cyn, wir können es wirklich schaffen!«

Dann fuhr er nach London, um ins Studio zu gehen, und danach stand wieder Hamburg auf dem Tourplan.

Nachts, wenn sie nicht einschlafen konnte, redete Cynthia mit ihrem Kind. An ihrer Überzeugung, dass es ein

Junge werden würde, hatte sich nichts geändert, im Gegenteil, sie war sich dessen sicherer als je zuvor, und sie hatte auch schon einen Namen für ihn, den sie John noch nicht verraten hatte. John strich ihr zwar gelegentlich über den Bauch, ansonsten schien er aber keine konkreteren Gedanken daran zu verschwenden, dass sie bald zu dritt sein würden, und nach der Geburt würde sie auf keinen Fall länger in Mendips bleiben können. Immerhin kam Brian regelmäßig vorbei, um nach ihr zu sehen. Er erzählte ihr von den Plänen, die er mit der Band hatte, als wäre sie die heimliche Chefin, die er überzeugen musste.

»Die Jungs sind immer besser geworden«, sagte er ihr, als er sie zu einem Tee in sein Büro hatte abholen lassen. »Sie werden bald auf eine noch größere Tour gehen, größere Hallen, wichtigere Leute, die sie sehen werden. Und irgendwann wird auch Amerika anstehen, New York, Los Angeles, San Francisco … all die ganz großen Orte.«

Cynthia konnte nur zustimmend nicken, und während sie Brian zuhörte, wie er sich die Zukunft der Beatles ausmalte, spürte sie zum ersten Mal wirklich ihr Kind. Ein sanfter Tritt, ein Zeichen »Ich bin da, bei dir …«

»Ich weiß, dass es nicht leicht für dich ist, Cynthia.« Brian zog seine Zigarette hervor und steckte sie dann doch nicht an. »Aber du musst eines wissen, John liebt dich, und ich bin froh, dass du ihn so sehr unterstützt. Wir wissen alle, wie schwierig John sein kann, wenn er seine Launen hat. Du erdest ihn, gibst ihm Halt. Ohne dich könnte er nicht so wunderbare Songs schreiben.«

Ja, wollte sie sagen, und trotzdem bin ich allein. Stattdessen aber sagte sie: »Ich liebe ihn auch, und ich liebe jeden seiner Songs.«

Dann brach der Winter über Liverpool herein. Es war bitterkalt und schneite unaufhörlich, so dass sie kaum noch vor die Tür gehen konnte. John war wieder in Hamburg. Zum letzten Mal, hatte er ihr erklärt. Im Jahr 1963 würde ihr Kind kommen, und dann würde alles anders werden.

36. KAPITEL

Wenn er ehrlich war, fühlte er sich in den Abbey Road Studios in London zum ersten Mal wirklich als Musiker. Sicher, Musik hatte er vorher schon gemacht, schon seitdem seine Mutter ihm ihr Banjo in die Hand gedrückt hatte, aber nun lief »Love Me Do« im Radio, und nach den Konzerten standen die Mädchen Schlange, um sich Autogramme von ihnen zu holen. Und da war George Martin, der strenge Producer mit dem absoluten Gehör, und redete mit ihm und nahm ihn ernst, als würde er, John Lennon, nun wirklich zum Business dazugehören.

Bei der Aufnahme ihrer neuen Songs gerieten John, Paul und George Martin immer wieder in Streit miteinander, aber es war kein schlichter Streit über Nichtigkeiten, es waren Auseinandersetzungen unter musikalischen Profis, als wären sie Fechtkünstler, die sich mit dem Florett ge-

genüberstanden. John genoss diese Diskussionen. George Martin wollte, dass sie einen bestimmten Song aufnahmen – »How Do You Do It!« –, was aber kein Song war, den sie selbst geschrieben hatten. Aber er meinte: »Damit steigt ihr ganz oben ein. Top Ten der Charts, wenn nicht mehr. ›Love Me Do‹ war ein schöner Auftakt, aber wenn wir nun nicht nachlegen, war es das schon.«

»Nein«, sagte zuerst Paul. »Es ist ein guter Song, aber er passt nicht zu uns. Wir sind die Beatles.« Er sagte das so voller Überzeugung, wie John ihn noch nie gehört hatte.

In solchen Momenten wusste John genau, was ihn und Paul verband und warum sie so enge Freunde geworden waren.

»Außerdem haben wir einen besseren Song. ›Please, Please Me‹ ... Damit kommen wir auf Nummer eins. Garantiert.« John lächelte George Martin an, erntete jedoch nur einen misstrauischen Blick.

George Martin reckte seinen dürren Hals vor. John sah ihm an, dass er widersprechen wollte. Er kannte den Song bereits, sie hatten ihn schon im Juni bei ihrem ersten Vorspieltermin in London auf ihrer Playlist gehabt. »Also gut«, sagte er dann. »›How Do You Do It‹ gebe ich an Gerry and the Pacemakers. Die sind ja auch aus Liverpool und wollen einen neuen Song von mir, aber ihr ...« Sein strenger Blick wechselte von John zu Paul. »... ihr seid ja die

Beatles und bringt ›Please Please Me‹ heraus. Wir werden sehen, wer erfolgreicher sein wird.«

John sang den Song und übernahm die Rhythmusgitarre und die Mundharmonika, während Paul Bass spielte und George Leadgitarre. Das Lied war in Mendips entstanden. John hatte plötzlich die Zeile aus einem Song von Bing Crosby im Kopf gehabt. »Please lend your little ear to my pleas.« Die phonetische Dopplung von Please/Pleas hatte ihm gefallen. Außerdem hatte er schon immer ein Stück im Stil von Roy Orbison, den er verehrte, schreiben wollen, und Paul war sogleich mit eingestiegen und hatte den Song mit ihm ausgearbeitet.

Während sie dann nach Hamburg fuhren, um wieder im Star-Club aufzutreten, feilten sie an weiteren neuen Songs.

»Wenn ›Please Please Me‹ nicht erfolgreich sein sollte, haben wir uns definitiv blamiert.« Paul musste man nicht erklären, dass sie sich kein zweites Mal so vehement gegen George Martin stellen könnten. Immerhin hatte Martin bei den Aufnahmen dafür gesorgt, dass der Song nicht ganz so getragen und melancholisch klang wie in ihrer ersten Version.

»Der Song wird funktionieren.« John tat so, als wäre er ganz sicher, auch wenn er genauso viel Respekt davor hatte, dass sie scheitern könnten. »Und wenn er es nicht tut, suchen wir uns einen neuen Manager und einen neuen Producer.«

Das war natürlich Unsinn. Niemals würden sie einen besseren Manager als Brian Epstein finden und niemals einen besseren Produzenten als George Martin, aber es gab John ein gutes Gefühl, so zu tun, als stünden ihnen alle Türen offen.

Erst am Neujahrstag 1963 kehrten sie aus Hamburg zurück. John hatte ein schlechtes Gewissen, weil sie so viele Konzerte hatten geben müssen und er, wenn er ehrlich war, so gut wie nie an sein noch ungeborenes Kind gedacht hatte.

Paul hatte ihn einmal damit aufgezogen. »Na, Daddy John, wann kommt denn dein Kind auf die Welt, und wie soll es heißen?«

Er hatte keine Ahnung, wann genau das Kind kommen sollte, und über einen Namen hatte er auch nie nachgedacht.

Cynthia war die Schwangerschaft nun deutlich anzusehen. Sie hatte sich die Haare abschneiden lassen, was ihn so wütend machte, dass er am liebsten sofort wieder umgekehrt wäre, zurück nach London ins Studio, um weitere Songs für ihre erste LP aufzunehmen. Ja, darum drehten sich all seine Gedanken. Das erste Album der Beatles. Es musste so gut werden, dass allen buchstäblich Hören und Sehen verging.

Um Cynthia kümmerte er sich trotzdem, so gut er konnte. Mimi war tatsächlich, nachdem ihr letzter Untermieter seine Sachen gepackt hatte, mit ihren Katzen in das obere Stockwerk gezogen. Sie hatten nun die untere Etage für sich und konnten abends zumindest für ein paar Stunden so tun, als wären sie ein ganz normales Paar.

Nachts lagen sie nebeneinander, er trank Bier oder Wein, während Cynthia an einer Tasse Tee nippte, und sie dachten über Namen nach. Ihm wäre es am liebsten, wenn das Kind ein Mädchen würde.

»Dann muss es Julia heißen«, flüsterte er Cyn zu. Kerzen brannten auf dem alten abgeschrammten Nachttisch seiner Tante. Cynthia liebte das Licht von Kerzen und den Geruch von Wachs.

»Julia ist ein schöner Name«, gab sie ihm recht. »Aber es wird ein Junge. Ich weiß es genau. So heftig, wie er in meinem Bauch strampelt, muss es ein Junge sein.«

John nahm seine Gitarre, die immer neben dem Bett stand, und spielte ein paar Akkorde. »Julia«, sang er, »you are my love, my everything.« Aber ein richtiger Reim wollte ihm nicht einfallen.

Niemand, nicht einmal Cynthia oder Paul wussten, dass er gelegentlich zum Grab seiner Mutter ging und mit ihr redete, als säße da, unsichtbar für jeden anderen, eine lebendige Person auf einer Bank, die ihm aufmerksam zuhörte. Ihr hatte er auch erzählt, dass »Love Me Do« in die

Charts eingestiegen war, er, der kleine verlassene Banjospieler John, hatte mit seiner Band einen Hit gelandet.

»Please Please Me« kam als Single am 11. Januar 1963 heraus, am 2. Februar war es auf Platz siebzehn in den Charts.

Als sie ein paar Tage später den ganzen Tag im Studio waren, konnte John es sich nicht verkneifen, George Martin anzugrinsen. »Wir sind in den Charts, oder nicht?«

George Martin verzog keine Miene. »Platz siebzehn – reicht dir das etwa?« Dann klatschte er auffordernd in die Hände. »Aber eigentlich sind wir doch hier, um das Album komplett zu machen, oder nicht?«

Sie waren den ganzen Tag von frühmorgens bis spät in den Abend im Studio, probten und entwickelten ihre Ideen weiter, unablässig von George Martin angetrieben. »There's A Place« und »I Saw Her Standing There« waren die ersten Stücke, die im Kasten waren. Einen Song hatte John eigens für George Harrison geschrieben, damit wurde er der dritte Sänger in der Band: »Do You Want To Know A Secret«. Der Song war, obschon John es niemandem verraten hatte, seiner Mutter gewidmet. Sie hatte ihm, als er noch ein kleiner Junge war und bei ihr wohnte, manchmal ein Lied aus dem Film »Schneewittchen und die sieben Zwerge« vorgesungen, in dem auch von einem Geheimnis die Rede war. »Wanna know a secret«, hatte die erste Zeile gelautet, die er nie vergessen hatte.

Später am Nachmittag nahmen sie »Misery« und »Hold Me Tight« auf. Und ganz zum Schluss, als es schon auf Mitternacht zuging, sang John noch »Twist And Shout«. Mit diesem Song, der allerdings nicht von ihnen stammte, sondern von Bert Berns und Phil Medley, hatten sie jedes Mal den Cavern Club zum Kochen gebracht. John war heiser und müde, doch George reckte ihm den Daumen entgegen.

»Gut so«, sagte er. »Jetzt ist unser erstes Nummer-eins-Album so gut wie fertig.«

John hätte gern noch endlos an den Songs gefeilt, aber er begriff, warum George Martin es so eilig hatte, das Album rauszubringen. Zum einen hatte Parlophone kein großes Budget für ihre Aufnahmen, andererseits mussten sie das Eisen schmieden, solange es heiß war. Und ihre Single »Please Please Me« stieg unaufhörlich in den Charts, bis der Song am 23. Februar tatsächlich die Nummer eins wurde. Sie hatten es geschafft, genau, wie sie es George Martin vorausgesagt hatten. Die Band war ganz oben angekommen, mit einem Song, den sie selbst geschrieben hatten.

Sofort, als John die Neuigkeit erfuhr, rief er Cynthia an. Sie kreischte am Telefon vor Freude, und doch spürte er, wie einsam sie war. Er war nun der Star auf der Bühne, und sie saß hochschwanger in einem Reihenhaus in Liverpool, wo sie sich absolut nicht wohlfühlte.

Anfang März, als das Kind eigentlich zur Welt kommen sollte, verbrachte er ein paar Tage in Mendips. Cynthia war kugelrund und so kurzatmig, dass sie sich kaum noch vor die Tür traute.

Jeden Abend, bevor sie ins Bett ging, hoffte sie, dass in der Nacht ihre Fruchtblase platzen und das Kind endlich kommen würde.

»Unser Junge«, nannte sie das Kind. »Bestimmt wird er auch Musiker. Du hast ihm so viele Lieder vorgesungen.«

Das stimmte zwar gar nicht, doch John gefiel, dass sie das sagte.

Aber das Baby kam nicht, nicht Mitte März, nicht ein paar Tage später, und dann musste er auch schon wieder auf Tour gehen.

Am 23. März erschien das Album unter dem Titel »Please Please Me«, und sein Kind war noch immer nicht geboren worden.

37. KAPITEL

Liverpool, April 1963

Liverpool ist die Stadt der wartenden Frauen.« So hatte Mimi sich einmal ausgedrückt. »Im Krieg haben alle Frauen auf ein Lebenszeichen ihrer Männer gewartet. Jetzt warten die Frauen, dass ihre Männer von hoher See zurückkommen oder aus dem Pub um die Ecke.« Nun, Mimi hatte wohl nur selten auf jemanden gewartet, höchstens auf John, wenn er abends mit seiner Band unterwegs gewesen war.

Cynthia aber wartete, dass ihr Kind kam. Sie strich sich über ihren kugelrunden Bauch und redete ihm gut zu, dass der Moment gekommen sei, sich auf den Weg zu machen. Aber das Kind ließ sich Zeit. Vielleicht hatte sich ihr Arzt auch verrechnet. Der März verging, und außer wildem Gestrampel in ihrem Bauch tat sich nichts. Und dann wartete sie, dass John abends anrief. Er war wieder irgendwo auf Tour und meldete sich fast jeden Tag. Zumindest kam ihr

Mimi nun nicht mehr zuvor. Doch fast jedes Mal, wenn gegen sieben Uhr am Abend das Telefon klingelte, hörte Cynthia, wie in der Etage über ihr eine Tür klappte und Johns Tante in den Flur hinaustrat, um zu lauschen.

Am Telefon mit John tat Cynthia so, als wäre alles gut, und sie freute sich wirklich für ihn. Die Band war nun die Nummer eins im Land, und alle Konzerte waren ausverkauft.

Doch für sie war eigentlich gar nichts gut. Sie konnte sich kaum noch rühren, und nachts schlief sie schlecht oder so gut wie gar nicht. Sie hatte keinen Seemann geheiratet, sondern einen Musiker, der aber vermutlich genauso oft unterwegs war wie jemand, der über die Weltmeere fuhr.

Doch selbst in diesen dunkelsten Momenten hatte sie stets Johns Stimme im Ohr – wie sie ihn zum ersten Mal gehört hatte, als er vor dem Art College hockte, ihr nachsah und »Ain't She Sweet« sang, und nun war dieser Mann der Leadsänger der erfolgreichsten Band des Landes. Und irgendwann würden sie eine eigene Wohnung haben, vielleicht sogar einen Garten, und dann würde Brian möglicherweise seine Einwilligung geben, die ganze Welt wissen zu lassen, dass John verheiratet war und ein Kind hatte. Sie hatte ihren Ehering wieder angelegt, als sie nach Mendips gezogen war, was Mimi mit einem argwöhnischen Blick registriert hatte. Johns Tante interessierte sich jedoch keinen Deut für das Kind, sie fragte Cynthia nie, wie es ihr ging.

Die ersten Apriltage verstrichen, und noch immer rührte sich das Kind nicht. Am 6. April war ihre Stimmung so schlecht, dass sie sich mit ihrer Freundin Phyl zu einem Spaziergang über die Penny Lane verabredet hatte, die nicht weit von Mendips entfernt lag. Dort gab es etliche Geschäfte, die sie ablenken würden, und einen kleinen Park mit ein paar Bänken.

Auf dem Weg zurück setzten plötzlich die Wehen ein. Stechende Schmerzen fuhren ihr in den Unterleib, so dass Cynthia kaum noch gehen konnte. Passanten wandten sich beunruhigt nach ihr um. Einer wollte sogar einen Krankenwagen rufen, doch schließlich schafften sie es die Menlove Avenue hinauf, und abrupt hörten die Wehen auf, als hätte ihr Baby es sich wieder anders überlegt, kaum dass sie in Mendips angekommen waren.

Phyl entschloss sich trotzdem, über Nacht zu bleiben. Sie wusste, dass Johns Tante keine Hilfe sein würde.

Mitten in der Nacht wachte Cynthia mit einem Schmerzschrei auf, als hätte ihr jemand ein Messer in den Bauch gerammt. Sie bekam kaum noch Luft und keuchte um Hilfe. Phyl war sofort bei ihr. Sie war genauso panisch wie Cynthia und lief in den Flur, um einen Krankenwagen zu rufen.

Es kam Cynthia wie Stunden vor, auch wenn es wahrscheinlich nur ein paar Minuten dauerte, bis eine Ambulanz vorfuhr und zwei Sanitäter sie auf eine Trage legten und aus dem Haus trugen. Phyl sprang mit in den Wagen und hielt ihr die Hand. Sie hatte noch ihren Schlafanzug an, weil sie es nicht geschafft hatte, sich anzuziehen. Bis zum Sefton General Hospital war es zum Glück nicht weit. Die Wehen kamen nun im Abstand von wenigen Minuten. Cynthia wurde in einen Krankensaal gebracht, in den Phyl sie nicht begleiten durfte. Mit einem kurzen Gruß verabschiedete ihre Freundin sich und wurde dann von einer resoluten Krankenschwester zurückgedrängt.

In diesem Saal hielten sich nur Frauen auf; einige thronten glücklich in ihren Betten und hielten schon ihre neugeborenen Kinder im Arm, während andere stöhnend und schreiend in den Wehen lagen.

Zwischendurch, wenn wieder einmal eine Wehe geschafft war, fragte sich Cynthia, ob sie in einem Alptraum gelandet war. Wie konnte das sein? Ein Raum einerseits mit Babys, glücklichen Müttern, die alles überstanden hatten, andererseits lagen da vor Schmerzen schreiende Frauen in ihren durchgeschwitzten Laken. Eine Frau rief immer wieder nach ihrer Mutter, eine andere versuchte, sich zu erheben, als wolle sie fliehen, vor sich und ihrem Kind, das nicht aus ihr herauskommen wollte.

Der Lärm war durchdringend und angsteinflößend.

So etwas, dachte Cynthia in einem plötzlichen klaren Gedanken, so etwas hat wahrscheinlich kein einziger Mann jemals gesehen.

Dann aber tauchte ein Arzt mit einer schwarzen Hornbrille und in einem strahlend weißen Kittel auf und ging von Bett zu Bett, ohne jedoch etwas zu sagen; es wirkte beinahe, als würde er die Frauen nur zählen, die dort lagen und sich in ihrer Pein wanden.

Irgendwann, als es hell geworden war, kamen andere Männer in den Saal, mit Blumen und in steifen Anzügen. Es waren die Männer der Frauen, die bereits ihr Kind bekommen hatten, begriff Cynthia.

Nur zu ihr und ihrer Bettnachbarin, die genauso in den Wehen lag, kam niemand. Aber wer hätte sie auch besuchen sollen? John war auf Tour, ihr Bruder lebte sein Leben und kümmerte sich kaum um sie, und ihre Mutter war im fernen Kanada. Und Mimi … sie hatte vermutlich mitbekommen, dass mitten in der Nacht ein Krankenwagen vorgefahren war, aber Cynthia konnte nicht einmal sicher sein, dass sie John davon erzählte, wenn er am frühen Abend wie üblich anrief.

Die Nacht verbrachte sie in einem Halbschlaf aus Schmerzen, Angst und schlimmen Träumen, dann am Morgen wurde sie in den Kreißsaal geschoben. Anscheinend hatte ein Arzt beschlossen, dass es nun Zeit wäre, das Kind zu holen.

»Sie müssen stark sein, sonst stirbt Ihr Kind«, raunte eine magere Krankenschwester ihr zu und bekräftigte ihre Worte mit einem routinierten Lächeln.

Sonst stirbt mein Kind? Diese Worte waren schlimmer als die Schmerzen, die sie seit über zwei Tagen hatte, und ließen sie fast ohnmächtig werden.

Cynthia nahm all ihre Kräfte zusammen, das Kind musste nun kommen. Ja, sie wollte unbedingt, dass Johns und ihr Kind endlich das Licht dieser kalten, rauen Welt erblickte.

Um sechs Uhr fünfzig am 8. April 1963 war es dann so weit. Sie brachte einen Jungen zur Welt.

Was fühlte sie? Erleichterung, abklingende Schmerzen, Dankbarkeit, und zugleich hatte sie sich selten so einsam gefühlt. Sie meinte, ganz allein auf der Welt zu sein. Da der Junge sich die Nabelschnur um den Hals gewickelt hatte und an einer Gelbsucht litt, durfte sie ihn nur kurz im Arm halten und anschauen. Mit verquollenen Augen, aber überaus neugierig blickte ihr Sohn sie an. Dann wurde er zu einer Untersuchung weggebracht.

Cynthia wurde in den Krankensaal zurückgefahren. Sie war so erschöpft wie noch nie in ihrem Leben.

Ihr Sohn war da, aber wie würde John nun davon erfahren? Sie hatte vom Krankenhaus aus keine Möglichkeit, ihn zu erreichen. Ja, sie wusste nicht einmal genau, wo er war.

Als eine junge Krankenschwester, die ihr ein Lächeln schenkte, ein Kinderbettchen mit ihrem Sohn neben ihr Bett schob, wäre sie vor Erleichterung beinahe in Tränen ausgebrochen. Der Kleine war wirklich winzig, sein Gesicht ganz zerknautscht. Er schlief.

»Mein kleiner wunderschöner Sohn«, flüsterte sie ihm zu und umfasste sein rosiges Händchen, »endlich bist du auf der Welt, aber dein Vater weiß nichts davon. Stell dir vor.«

Am Ende ihrer Kraft, schlief sie dann ein, bis ihr Söhnchen sie mitten in der Nacht weckte und eine Nachtschwester ihr das Kind anlegte. Es begann sofort zu saugen. Danach schliefen sie beide wieder ein. Ein Gedanke traf sie, der sie genauso erfreute, wie er sie erschreckte. Dieser kleine Junge ist nun immer da, die nächsten zehn, ach, zwanzig Jahre, und er verlässt sich darauf, dass ich mich um ihn kümmere, Tag und Nacht.

Am nächsten Morgen überraschte Mimi sie mit einem Besuch. Ihr Blick streifte Cynthia in ihrem Krankenbett nur flüchtig, aber ihre Augen funkelten auf, als sie Johns Sohn betrachtete und sich vorbeugte, um ihm sanft über die Wange zu streichen.

»Ich habe John schon informiert«, sagte sie wie beiläufig. »Er hat gestern angerufen. Er freut sich.« Ihre Stimme klang vollkommen nüchtern.

Cynthia schluckte ihren Ärger herunter. »Er freut sich?«, wiederholte sie. Mehr hatte John nicht gesagt?

Mimi richtete sich wieder auf. Das Funkeln in ihren Augen war wieder erloschen. »Er kommt, sobald er kann, und er lässt dich grüßen.« Als sie sich bereits wieder zum Gehen wandte, hielt sie noch einmal inne. »Ich kann deiner Mutter ein Telegramm schicken, wenn du willst«, sagte sie, ohne Cynthias Antwort jedoch überhaupt abzuwarten.

Während ihr Sohn neben ihr schlief, war sie im Kopf so oft durchgegangen, was sie John sagen und was sie ihrer Mutter schreiben wollte.

Als John dann nach drei Tagen kam, brachte sie jedoch kein Wort heraus. Stumm deutete sie auf das Kinderbett.

»Cyn!« John küsste sie auf die Stirn und ging dann neben dem Bett in die Hocke. »Wahnsinn, unser Sohn! Ein wunderschöner Junge.« Er wagte nicht, seinen Sohn zu berühren, doch Cynthia setzte sich auf die Bettkante, nahm ihr Kind heraus und legte es ihm behutsam in den Arm.

»Wahnsinn!«, sagte John wieder.

»Da ist er.« Cynthia spürte, wie ihr warm ums Herz wurde und all die Anspannung endlich von ihr abfiel. »Julian Charles John Lennon.«

John lachte und widersprach nicht. Sie hatte ihm diese Namen einmal vorgeschlagen, ohne dass er wirklich darauf reagiert hatte. Julian erinnerte an Julia, Johns Mutter, und Charles hatte Cynthias Vater geheißen.

»Guck dir seine Hände an. Er wird ein Gitarrist wie sein Vater, ein Rockstar, ganz bestimmt.«

Das Kind schlug die Augen auf, als hätte es Johns Worte verstanden.

»Wir sind jetzt eine Familie«, sagte John. Er schaute sie voller Zärtlichkeit an. Zwei Krankenschwestern hatten sich an der Tür aufgebaut und blickten verstohlen zu ihnen herüber. Es hatte sich herumgesprochen, dass John gekommen war. Er war mittlerweile in Liverpool eine Berühmtheit geworden.

»Ja«, sagte Cynthia, »wir sind eine richtige Familie, und deshalb möchte ich auf keinen Fall länger bei Mimi wohnen.«

John gab ihr das Kind zurück, das plötzlich herzhaft gähnte. »Ja«, wiederholte er, »wir sind eine richtige Familie, und bald haben wir ein eigenes Haus und werden zusammen sein. Wir vergessen Mimi und all die anderen Leute und werden glücklich sein, Cynthia. Das verspreche ich dir.«

EPILOG

Wales, Dezember 1980

Nachdem ihr Sohn aus der Hintertür geschlichen war und in das Taxi gesprungen war, das ihn zum Flughafen bringen sollte, sank sie auf einem Stuhl in ihrem Bistro zusammen. Die Vorhänge hatte sie zugezogen. Noch immer lauerten draußen Reporter, Fotografen und mehrere Kamerateams. Einer der Reporter hatte es sogar geschafft, zur Hintertür zu gelangen und anzuklopfen, obwohl sogar vier Polizisten in Position gegangen waren, um die Presseleute zurückzuhalten.

»Misses Lennon«, hatte der Reporter gerufen, ein junger Mann, der mit amerikanischem Akzent sprach, »möchten Sie uns und der Welt nicht irgendetwas sagen?«

Sie wischte sich über die Augen. Nein, sie wollte der Welt nichts sagen. Sie wollte allein trauern um den Mann, den sie mehr als alles andere auf der Welt geliebt hatte. Und sie hoffte, dass ihr Sohn pünktlich zu der Trauerfeier in New York ankommen und ihn die Presse dort in Ruhe lassen würde.

Julian war siebzehn Jahre alt, und erst seit Kurzem war es ihm gelungen, eine Verbindung zu seinem Vater aufzubauen.

Als er fünf war, hatte John ihn verlassen – genauso wie er mit fünf Jahren von seinem Vater verlassen worden war. Und Johns kleinerer Sohn, der nun in New York trauern würde, war auch erst fünf Jahre alt. Man hätte es beinahe für einen Fluch halten können, der da über John und seinen beiden Kindern lag.

Cynthia spürte, wie ihr Tränen über die Wangen liefen. Sie wollte sich an all das Gute erinnern, was zwischen ihnen gewesen war, und nicht an den Moment, als sie begriffen hatte, dass alles verloren war – ihre Liebe, ihre Ehe. Der Moment, als sie im Mai 1968 mit Freunden aus einem Urlaub in Griechenland zurückgekehrt war und John gesehen hatte, in ihrem Haus in Weybridge, mit dieser anderen Frau …

Er hatte kein Wort zu ihr gesagt, keine Erklärung, keine Entschuldigung, aber sie hatte sofort gewusst, was das bedeutete. Es bedeutete das Ende ihrer Liebe.

Aber nein, richtig zu Ende war diese Liebe erst heute – mit Johns gewaltsamem Tod. Niemals mehr würde sie seine Stimme hören und mit ihm reden können.

»Ich werde irgendwann einmal erschossen werden«, hatte er ihr wirklich gesagt. Das war 1966 gewesen, auf der Tour durch die USA, nachdem John auf dem Höhepunkt der Beatlemania, die die halbe Welt erfasst hatte, öffentlich erklärt hatte, die Beatles seien mittlerweile populärer als Jesus Christus. Damals waren nicht wenige Menschen völlig durchgedreht und hatten Drohbriefe geschrieben, und manche Radiostation hatte keine Songs von den Beatles mehr gespielt. Obschon er niemals ängstlich war, war John doch ziemlich eingeschüchtert gewesen, und Brian hatte ihn gedrängt, sich zu entschuldigen, was er dann halbherzig getan hatte. In der Band hatte es mächtig Aufregung gegeben, endgültig zerstritten sich Paul und John jedoch erst später. Das war noch nach ihrer Scheidung von John im November 1968 gewesen.

Nein, sie wollte sich an das Gute erinnern. An Johns zärtliche Hände, seine traurig sanften Augen, an seinen Humor, die Art, wie er sie angesehen hatte, wenn sie nebeneinander im Bett gelegen hatten.

Und sie wollte sich an seine Lieder erinnern. Seine Songs waren unsterblich.

Cynthia schloss die Augen, sie blendete die Stimmen aus, das Gemurmel der wartenden Journalisten, das sie von draußen hörte, sie sah John vor sich, wie er ganz jung, mit seiner hässlichen Hornbrille in den Raum im Art College gekommen war. Ein junger Mann, der anders als alle anderen war und sie sofort fasziniert hatte. Ja, sie hatte sich eigentlich im ersten Augenblick in ihn verliebt, als er gelangweilt und vollkommen desinteressiert in den Kalligraphiekurs getrottet war. Aber niemals hätte sie gedacht, dass es ihm ebenso ergehen würde.

All das würde sie Julian erzählen, der seinem Vater so ähnlich sah, wenn er aus New York zurückkehrte.

Es wurde immer dunkler im Bistro. Die Sonne war weitergezogen und durchdrang die zugezogenen Vorhänge nicht mehr, so dass Cynthia das Gefühl hatte, es würden nur noch Schatten um sie herumschwirren.

Ich sollte dankbar sein, dachte sie, für die zehn Jahre, die ich mit John zusammen war, und für den Sohn, den wir gemeinsam haben. Das konnte ihr niemand nehmen.

Und dann begann sie zu summen, keinen Song der Beatles, sondern »Ain't She Sweet«, diesen Jazzstandard aus den zwanziger Jahren, das erste Lied, das sie von John gehört hatte, als er vor dem Art College gehockt und Gitarre gespielt hatte. Der blutjunge Paul, den sie da noch nicht gekannt hatte, war auch dabei gewesen. »Ain't she sweet? See her walking down that street.«

Langsam liefen ihr die Tränen über die Wangen, und dann plötzlich lächelte sie. Trotz der Trauer wusste sie um das Glück, das sie erlebt hatte und an das sie sich immer erinnern würde.

NACHWORT

Um es gleich zu betonen: »You know I love you« ist ein Roman. Etliche Szenen und Dialoge sind erfunden, und ich habe mir die Freiheit erlaubt, da und dort leichte Änderungen an der Chronologie vorzunehmen. Im Wesentlichen aber folgt der Roman dem Leben der beiden Protagonisten und wird ihnen – hoffentlich – gerecht.

Wenn von John Lennon die Rede ist, fallen einem natürlich sofort die Beatles ein, einige seiner unsterblichen Songs wie »Imagine«, die er nach der Auflösung der Band im Jahr 1970 schrieb, und man denkt an seine Frau – Yoko Ono, die japanische Künstlerin, die er 1965 kennenlernte und im März 1969 in Gibraltar heiratete.

Cynthia Lennon, geborene Powell, die Mutter seines ersten Sohnes, hingegen ist fast nur Eingeweihten bekannt, dabei war sie für Johns Werdegang immens wichtig. Nicht, dass es ohne sie die Beatles und den Musiker John nicht gegeben hätte, aber sie war seine erste große Liebe, sein Haltepunkt, sein Korrektiv, und sie sorgte dafür, dass er seine Launen im Griff hatte und sich ganz auf seine Musik konzentrieren konnte.

Ich habe mich entschieden, in diesem Buch nicht die ganze Geschichte von Cynthia und John zu erzählen. Mit gutem Grund endet die hier erzählte Handlung mit der Geburt von Julian Lennon. Was danach kam, war der schiere Wahnsinn – die Beatles wurden zu einem Massenphänomen, zu der größten und beliebtesten Band, die die Welt jemals gesehen hatte. Cynthia war für die Öffentlichkeit eine Randfigur in dem Zirkus, der mit Beatlemania nur unzureichend beschrieben ist; es galt bis fast zuletzt das, was Brian Epstein quasi als Parole herausgegeben hatte: Niemand sollte wissen, dass John Lennon schon mit einundzwanzig Jahren geheiratet hatte und Vater eines Sohnes war.

Nach der Scheidung von John kümmerte sich Cynthia vornehmlich um ihren Sohn Julian, der später als Musiker ebenfalls einige Erfolge hatte. Privat verlief ihr Leben recht turbulent. 1970 heiratete sie einen italienischen Hotelier, vom dem sie aber bereits 1973 wieder geschieden wurde. Auch ihre dritte Ehe mit einem englischen Ingenieur hielt nicht lange. Ihre vierte Ehe ging sie im Jahr 2002 ein. Am ersten April 2015 starb sie auf Mallorca, wo sie die letzten Jahre gelebt hatte, an einer Krebserkrankung.

Für dieses Buch habe ich unzählige Quellen gesichtet, Videos geschaut und Bücher und Artikel gelesen. Besonders wichtig aber waren drei Bücher: Cynthia Lennons Autobiographie »John« aus dem Jahr 2005 (ins Deutsche übertragen von Christian Kennerknecht und Andrea Ott) sowie die Biographie »John Lennon – Genie und Rebell« von Lesley-Ann Jones (ins Deutsche übertragen von Conny Lösch) und »Imagine this – Growing up with my brother John Lennon« von Julia Baird, Johns Halbschwester.

Wer einmal nach Liverpool reist, sollte eine Tour zu den Häusern von John und Paul buchen, die der National Trust dort anbietet. Auch ein Besuch in den alten Clubs lohnt sich, um zu begreifen, wo die Beatles herkommen und was für eine Revolution ihre Musik bedeutet hat.